D1267255

НОВЫЙ ВЕК

СИЛЬВИ ЖЕРМЕН

КНИГА НОЧЕЙ

Роман

Санкт-Петербург
АМФОРА
1999

УДК 82/89
ББК 84.4 Фр
 Ж 60

Перевод с французского И. Я. Волевич

Жермен С.

Ж 60 Книга ночей: Роман / Пер. с фр. И. Волевич. —
СПб.: Амфора, 1999. — 350 с.

ISBN 5-8301-0067-3

«Нет — мое имя,
Имя мне — нет!»

Рене Домаль
«Под небесами»

«Ангел Господен сказал ему: Что
ты спрашиваешь об имени моем?
Оно чудно».

Книга Судеб, XIII, 18

Эта ночь, что однажды, в октябрьский вечер,
Сквозь крик материнский вошла в его детство,
Вошла в его сердце с горечью пепла,
С привкусом едким соли и крови,
И больше всю жизнь уже не отпускала,
Ни в юные годы, ни к старости, имя
Его повторяя, ведущее в бездну времен.

Но эта ночь, что цепко завладела им, исполнила его память тоскливым страхом ожидания, и этот крик, вошедший в его плоть, пустивший там корни и зажегший в нем бунтарский дух, явились из невообразимых, невиданных далей.

Заповедная ночь его предков; мрак, в котором все его родные, из поколения в поколение, вставали, блуждали, жили, любили, боролись, падали под ударами судьбы. И умолкали.

Ибо крик этот поднялся также из глубин куда более мрачных, нежели безумие его матери. Он шел из бездны времен — нескончаемое, неумолчное, гулкое эхо воплей, слившихся в общий, неразличимый хор.

5

Крик и ночь вырвали его из детства, из череды поколений, пронзив стрелою одиночества. Но именно оно и вернуло его, властно и неодолимо, к родным корням.

Уста ночи и крика, разверстые раны на лицах, сотрясенных жестокой судорогой забытья, внезапно пробудившего воспоминание обо всех прошедших ночах, обо всех давно смолкших криках — еще более древних, чем сам наш мир.

Ночь вне времен, что царила при рождении мира, и крик неслыханной тишины, что открыл историю мира, точно огромную книгу плоти, листаемую ветром и огнем.

Шарль-Виктор Пеньель, по прозвищу Янтарная Ночь, призванный бороться в полуночи этой ночи.

Ночь первая
НОЧЬ ВОДЫ

В те времена Пеньели еще звались «речниками». Они обитали на сонной, почти недвижной воде каналов, в этом плоском мирке, над которым тяжело обвисали облака и стыла тишина. Землю они знали только по берегам, испещренным тропинками для конной тяги, под сенью ольховых и ивовых шатров, берез и белых тополей. Эта лежавшая вокруг них земля раскрывалась подобно гигантской плоской ладони, обращенной к небу в смиренном жесте бесконечного терпения. И таким же терпением были исполнены их печальные и покорные сердца.

Земля была для них вечным горизонтом, всегда на уровне их глаз, всегда слитая там, вдали, с низким небосводом; она всегда смутно волновала душу, хотя вряд ли затрагивала ее всерьез. Земля — это была чуждая жизнь бескрайних полей, и лесов, и болот, и равнин, увлажненных молочно-белыми туманами и дождями; это были проплывающие мимо пейзажи — и странно далекие и знакомые, — где реки медленно несли свои воды по извечным руслам и где еще медленнее вершились их судьбы.

Города они знали только по названиям, легендам, рынкам да праздникам — из отрывочных, неясных, как эхо, речей тех «сухопутных», кого встречали на стоянках.

Им были знакомы силуэты городов, фантастические, причудливые их абрисы, встающие на горизонте, в капризно-изменчивом свете небес, над полями льна, пшеницы, гиацинтов и хмеля. Шахтерские и текстильные, ремесленные и торговые, они гордо воздымали свои колокольни и башни, наперекор ветрам, налетавшим с моря, утверждая себя как обители солидных, работящих людей перед лицом истории — и Бога. И так же гордо воздымались к небесам их сердца в необъятности нынешнего бытия.

Из людей они знали только тех, кого встречали у шлюзов и водохранилищ и с кем обменивались немногими простыми словами, по требованию обычая или необходимости. Словами, соразмерными с водой и баржами, с углем и ветром, с их жизнью.

О людях они знали только то, что знали о самих себе, — скудные обрывки сведений, какие могут дать лица и тела, на мгновение вынырнувшие из непроницаемого мрака бытия. Между собой они говорили еще меньше, чем с посторонними, а с самими собой не говорили вовсе, ибо в каждом произнесенном слове неизменно звенело пугающее эхо слишком глубокого безмолвия.

Зато им лучше, нежели другим, были ведомы красота сияющих или мрачных небес, влажная свежесть ветра и дождевых капель, ароматы земли и ритм светил.

Между собой «речники» охотнее назывались именами своих барж, чем полученными при крещении. Так, были среди них те, что с «Жюстины», «Сент-Элуа», «Пылкой любви», «Ангелюса», «Ласточки», «Мари-Роз», «Сердца Фландрии», «Доброй вести» или «Майского цветка». Пеньелей величали людьми с «Божьей милости».

1

Виталия Пеньель произвела на свет семерых детей, но свет избрал для себя лишь одного из них, последнего. Все остальные умерли в самый день своего рождения, не успев издать свой первый крик.

Седьмой же, напротив, закричал, еще не родившись. Ночью, накануне родов, Виталию пронзила резкая боль, какой она доселе ни разу не испытывала, и вдруг у нее во чреве раздался неистовый крик. Крик, подобный гудкам рыболовных шхун, возвращавшихся из дальнего плаванья. Она знала этот звук, ведь она так часто слышала его в детстве, когда стояла на берегу, прижавшись к матери и ожидая вместе с нею возвращения «Северной розы» или «Агнца Божия», на которых ее отец и братья ходили в море. Да, ей был хорошо знаком этот тягучий вопль, пронзавший морской туман; она так долго ждала его, ждала дважды, но услыхала, несмотря на терпеливое ожидание, лишь в диковинном эхо, зазвучавшем в безумном теле ее матери. А потом она ушла из мира безжалостных соленых вод, последовав за одним из «речников», и изгнала те крики из памяти. Но вот теперь то же

9

эхо — отзвук крика моря с его бурными водами — родилось в глубинах ее собственного тела, вырвалось из забвения, и она поняла, что на сей раз ребенок выживет «Послушай! — сказала она сонно прильнувшему к ней мужу. — Ребенок закричал. Он родится и будет жить!» — «Молчи, несчастная, — проворчал тот, отворачиваясь к стене, — твоя утроба — могила, в ней живое не держится!»

На рассвете, когда муж Виталии уже встал и пошел запрягать лошадей, она разродилась в каюте, совсем одна, полулежа на подушках. Это был мальчик. Вырываясь из тела своей матери, он крикнул еще громче, чем накануне, и этот крик испугал лошадей, жавшихся друг к дружке на берегу, еще затянутом ночными тенями. Отец, заслышав крик сына, упал на колени и разрыдался. Семь раз подряд ребенок издавал крик, и семь раз подряд лошади взвивались на дыбы, храпя и тряся гривами. А отец все плакал и плакал, и семь раз подряд сердце останавливалось у него в груди.

Наконец он поднялся и вошел в каюту; в полумраке слабо поблескивало белое, как мел, тело его жены с раскинутыми ногами, меж которых лежал еще не омытый от крови и вод младенец. Подойдя к постели, он погладил лицо Виталии, преображенное усталостью, болью и счастьем. Он едва узнал его, это лицо. Оно словно бы парило над телом, взмывало в воздух на крыльях света, поднявшегося из заповедных глубин ее естества, воплощалось в улыбку, еще более смутную и бледносияющую, чем мерцание полумесяца.

Потом он взял на руки сына; крошечное голенькое тельце оказалось невообразимо тяжелым, словно в нем сосредоточилась вся тяжесть мира и благодати.

Но отец не нашел, что сказать ни матери, ни ребенку, как будто пролитые слезы лишили его дара речи. И с этого дня он больше не вымолвил ни слова.

Виталия перекрестилась, потом осенила такими же крестами все тельце новорожденного, чтобы нигде, ни в одном месте, ее сыночка не коснулась беда. Ей вспоминалась церемония крещения судов, когда священник в белом стихаре и золотой епитрахили кропил новенький корабль святой водой сверху донизу, по всем углам и закоулкам, стараясь не оставить смерти ни единой лазейки, если море ополчится на него. Но, вспоминая об этих празднествах на морском берегу, в родном селении, она незаметно соскользнула в предательскую дрему, и рука ее упала, не успев начертать последний крест на лобике ребенка.

Вот так самый младший рожденный на свет Пеньель получил свою долю жизни, обретя при этом имя Теодор-Фостен.

Однако доля эта оказалась не такой уж малой: казалось, ребенок собрал в себе всю жизненную силу, отнятую у его братьев, и принялся расти буйно и неудержимо, как здоровое молодое деревце.

Разумеется, он стал «речником», как и все его родичи с отцовской стороны, и проводил дни на барже или на берегу, рядом с баржой,

11

между бледносияющей улыбкой матери и ненарушимым молчанием отца. Молчание это было насыщено таким мудрым, таким кротким покоем, что, слушая его, ребенок учился говорить, как другие учатся петь. Детский голосок строил свои модуляции на фундаменте этого молчания, и его тембр, одновременно и низкий и звонкий, то и дело менялся, переливаясь подобно серебристой водяной ряби. Иногда казалось, будто голос мальчика вот-вот прервется, растает в шелесте его собственного дыхания, однако, даже стихнув, он продолжался в странном эхо. Когда ребенок умолкал, последние произнесенные им слова еще несколько мгновений витали в воздухе еле слышными отзвуками, которые, постепенно замирая, семь раз подряд смущали тишину.

Мальчик любил играть на носу баржи, сидя лицом к воде, чьи блики и тени знал лучше всего иного. Он складывал птиц из ярко раскрашенной бумаги и запускал их в воздух, где они парили один короткий миг перед тем, как опуститься на воду; там их легкие крылышки мгновенно размокали, теряя краски, которые тянулись за ними розовыми, голубыми, зелеными, оранжевыми шлейфами. А еще он выстругивал из коры и веток, подобранных на берегу, маленькие баржи, водружал на них прочную мачту с парусом из носового платка и пускал по волнам, загрузив пустые трюмы грузом своих мечтаний.

Больше Виталия детей не рожала. Каждую ночь муж прижимал ее к себе, соединялся с нею, завороженный белизной ее тела, ставшего воплощением улыбки и покорности. И так засыпал в ней глубоким, как обморок, сном, лишенным видений и мыслей. Рассвет всегда заставал его врасплох, словно он только что родился из этого слитого с ним тела жены, чьи груди, со дня появления на свет сына, непрестанно источали молоко с привкусом айвы и ванили. И он опьянялся этим молоком.

Отец стоял у штурвала, а Теодор-Фостен вел по берегу лошадей. Среди них была рослая вороная кобыла по имени Сальная Шкура, вечно мотавшая на ходу головой, и два рыжих коня, Кривой и Обжора. Теодор-Фостен должен был накормить их еще затемно, а потом до самых сумерек вести в поводу по тягловой тропе вдоль реки. Во время остановок, случавшихся в шлюзах или при погрузках, он, бывало, подходил к «сухопутным» — смотрителям, кабатчикам, торговцам, — но никогда не заводил с ними дружбы, удерживаемый неясным страхом перед всеми чужими существами. Он не осмеливался разговаривать с ними, ибо его странные интонации удивляли тех, кто слышал его голос и кто, пытаясь заглушить в себе смутную боязнь этих непривычных звуков, насмехался над ним. Во время стоянок он предпочитал держаться поближе к своим лошадям; он любил гладить их мощные головы и шелковистые веки. Огромные выпуклые глаза, которым был неведом страх, обращали к нему взгляд бесконечно более нежный, чем взгляд его отца и улыбка матери. Они отливали тусклым блеском металла или матового

13

стекла, они были одновременно и прозрачны и непроницаемо темны. Тщетно он впивался в них пристальным взглядом — он ничего не различал, теряясь в бликах золотистого света, ряби илистой воды и клочьях тумана, что отражались в этих карих глубинах. В них мальчику чудился скрытый лик мира, та загадочная сторона жизни, что смыкается со смертью, и присутствие Бога; они были для него средоточием красоты, спокойствия и счастья.

Его отец умер, стоя за рулем новой баржи, купленной несколько месяцев тому назад. Это было первое его собственное, а не арендованное судно. И он сам выбрал ему имя, которое написал крупными буквами на носу — «Божья милость».

Смерть вонзилась ему в сердце одним ударом, внезапно и бесшумно. Она скользнула в него так предательски тихо, что он даже не пошатнулся: как стоял, так и остался стоять, держа руки на штурвале и глядя вперед, на воды Эско, широко раскрытыми глазами. Теодор-Фостен, который вел упряжку по берегу, ничего не заметил. Только все три лошади как-то странно дрогнули, на миг встали и повернули головы к хозяину, но Теодор-Фостен, взглянувший следом за ними в ту же сторону, не увидел ничего необычного. Отец, как и всегда, стоял за рулем, устремив на реку пристальный взгляд. Зато Виталия сразу все поняла; в ту минуту она сидела на корме, выжимая замоченное в корыте белье. Вдруг все ее тело передернула судорога страха.

Смертный холод мгновенно сковал его, груди словно окаменели. Она вскочила и бросилась на нос, слепо натыкаясь на все, что попадалось по дороге. Груди жгло, как огнем, дыхание перехватило, она не могла даже окликнуть мужа. Наконец она подбежала к нему, но, тронув за плечо, в ужасе застыла на месте. В мгновенном прозрении она увидела, как недвижное мужское тело, которого коснулась ее рука, испепелил нездешний огонь, оставив от него лишь ослепительно прозрачную оболочку. И сквозь эту подобную тонкому стеклу оболочку она увидела своего сына, размеренным шагом ведущего лошадей по тягловой тропе, чуть впереди баржи. Потом наступил мрак, и тело мужчины вновь обрело былую плотность. С глухим шумом оно рухнуло прямо в объятия Виталии. Свинцовая тяжесть этого тела словно вобрала в себя вес тех бесчисленных ночей, когда муж ложился на нее и всеми членами крепко, нераздельно сплетался с нею. Вес целой прожитой жизни, всех ее желаний, всей любви, внезапно ушел в мертвый груз холодной, неподвижной массы. Виталия не смогла удержать тело и рухнула под его тяжестью. Она хотела позвать сына, но слезы перехватили ей голос — белые слезы с привкусом айвы и ванили.

Когда Теодор-Фостен вбежал на баржу, он увидел тела своих родителей, лежащие на палубе, словно в сплетении жестокой немой схватки, и сплошь залитые молоком. Он разнял эти два невероятно тяжелых тела и уложил их бок о бок. «Мать, — сказал он наконец, — ты бы лучше встала. Не надо лежать, как отец». Виталия подчинилась сыну и дала ему унести тело отца в каюту, где он уложил его на кровать. Она вошла туда следом и ненадолго заперлась одна, чтобы убрать покойного. Она омыла его молоком своих слез, потом одела, сложила ему руки на груди, зажгла четыре свечи вокруг постели и позвала сына.

Войдя в каюту, где мать занавесила окно, Теодор-Фостен испытал тошноту от душного сладковатого аромата, царящего в тесной полутемной каморке. То был невыносимо приторный аромат перезрелой айвы и ванили. Этот запах глубоко взволновал Теодора-Фостена, ведь и его собственная плоть была напоена им, и он до сих пор ощущал его во рту. Незнакомый и, вместе с тем, до ужаса близкий, он и пугал и завораживал мальчика, возбуждая в нем неясные порывистые желания. Он хотел окликнуть мать, но его голос утонул в приливе молочной слюны, волной заполнившей рот. Виталия неестественно прямо сидела на стуле у постели, сложив руки на тесно сведенных коленях. Ее грудь не вздымалась, хотя дыхание выходило наружу странными судорожными всхлипами. Колеблющиеся огоньки свечей выхватывали из тьмы то один, то другой уголок ее лица, и казалось, будто оно состоит не из плоти и кожи, а из беспорядочно налепленных бумажных лоскутков, внезапно напомнивших Теодору-Фостену пестрых птиц, которых он в детстве складывал из бумаги и пускал над водой. Только эта птица с женским профилем не взмывала в небеса и не падала в реку; бесцветная и неподвижная, она застыла на краю небытия.

Наконец он подошел к кровати и нагнулся, собираясь поцеловать отца в лоб, но замер на полпути, пораженный взглядом полуприкрытых глаз умершего. Теперь, как никогда, он походил на взгляд его лошадей; пламя свечей глубоко пронизывало янтарно-коричневые радужные кружочки, но не отражалось, а только мягко светилось в них. Застылый свет, уснувшая вода, пепельный ветер, недвижность. Этот погасший взгляд из-под приспущенных век был направлен в бесконечность, в невидимое, в тайну. Неужто же здесь, в этих предсмертных муках покоя, безмолвия, отсутствия, и таился всемогущий Бог?! Теодор-Фостен трижды поцеловал отцовское лицо — в веки и в губы, и четырежды — в плечи и руки. Затем он опустился на колени рядом с матерью и, уткнувшись лицом в ее юбку, тихонько заплакал.

2

С этого дня Теодор-Фостен встал на отцовское место у штурвала, а Виталия взялась управлять лошадьми. Но он сам по-прежнему кормил и обихаживал их и неизменно искал в их взгляде отражение взгляда умершего отца.

Ему едва исполнилось пятнадцать лет, когда на него свалились обязанности хозяина «Божьей милости», тяжелой баржи, перевозящей в своих трюмах уголь вверх и вниз по реке Эско. Но это судно было больше, чем его собственность, — оно принадлежало отцу. Оно стало для него второй ипостасью отца, огромным подобием его тела, с чревом, полным черных отложений, тысячелетиями спавших в недрах земли, а теперь вырванных у нее волею людей. И эти окаменевшие сны матушки-земли он доставлял для очагов «сухопутным» людям, этим непонятным ему затворникам, навечно осевшим в своих каменных домах.

Он, конечно, не сразу стал настоящим хозяином баржи; он был покамест всего лишь перевозчиком, что следил за неостановимым продвижением грузного фантастического зверя, медленно рассекавшего воду под низкими небесами, в самом сердце земли, в ожидании страшной милости Божьей.

Так протекли дни, месяцы, годы. Однажды за ужином Виталия взглянула сбоку на сына и сказала: «Ты еще не подумываешь жениться? Давно уж пора тебе завести жену, собственную семью. Я старею, скоро совсем негодящей стану». Сын не ответил, но она хорошо знала, о чем он думает. С некоторых пор она угадала мучившее его неясное томление, а еще она услыхала, как он бормочет во сне женское имя.

Эту женщину Виталия знала — она была старшей из одиннадцати дочерей хозяев «Святого Андрея». Ей скоро должно было исполниться семнадцать лет; белокурая, на удивление бледная что зимой, что летом, хрупкая и тоненькая, как тростинка, она, тем не менее, работала, не покладая рук, и хорошо знала свое дело. Говорили, будто она мечтательна и даже склонна к меланхолии, в противоположность младшим сестрам, но добрее и молчаливее их. По этой-то причине девушка и пленила сумрачное сердце ее сына. И Виталия была уверена, что чувство это взаимно.

Но даже она не смогла разгадать силу этого чувства, заполонившего душу Теодора-Фостена, которая слишком долго страдала от одиночества. От встречи к встрече, какие случай дарил им в шлюзах или на стоянках, Теодор-Фостен сперва недоумевал, потом восхищался и, наконец, совсем занемог от блаженной муки при виде молодой девушки. Образ ее так прочно запечатлелся в его памяти, что стал как будто вторым его взглядом, и он не мог открыть или закрыть глаза, не увидев ее сквозь все, что являлось его взору, и даже в темноте. Этот образ вошел в его плоть и кровь и каждую ночь не давал ему покоя, опаляя все тело страстным, нестерпимым желанием. И теперь, подходя к своим лошадям, он уже не так сильно стремился разгадать тайну их глаз; ему хотелось просто прижаться гудящей от любви головой к их горячим шеям со звонкими полнокровными жилами.

— Слушай, — продолжала Виталия, помолчав с минутку, — я знаю, кого ты хотел бы взять в жены. Она и мне тоже нравится, и я буду счастлива, если она войдет в нашу семью. Чего же ты ждешь, почему не делаешь предложения?

Теодор-Фостен так яростно стиснул стакан, что раздавил его, порезав осколками ладонь. Увидев кровь, закапавшую на деревянный стол, мать встала и подошла к сыну. «Ты поранился, нужно перевязать руку», — сказала она, но он отстранил ее. «Оставь, — ответил он, — это пустяки. Я только прошу, не произноси имя этой женщины до того дня, пока она не станет моей». Он сам удивился своему запрещению больше, чем Виталия, которая приняла его как должное. «Хорошо, — сказала она, — я не стану произносить ее имя до тех пор, пока она не станет твоей женой».

Теодор-Фостен сделал предложение несколько недель спустя, в тот день, когда его баржа встретила «Святого Андрея», поднимаясь вверх по Эско. Едва он завидел вдали другое судно, как бросил руль, спустился в кубрик, торопливо натянул праздничную рубашку и семь раз перекрестился перед тем, как открыть дверь. Наконец «Святой Андрей» поравнялся с «Божьей милостью». Теодор-Фостен одним прыжком перемахнул через борт и пошел прямо на папашу Орфлама, который стоял у штурвала, попыхивая коротенькой черной трубочкой, напоминавшей утиный клюв. «Никола Орфлам! — сказал Теодор-Фостен без всяких предисловий, — я пришел просить в жены вашу дочь». — «Которую? — хитро сощурившись, спросил старик. — У меня их, знаешь ли, одиннадцать». — «Вашу старшую», — ответил юноша. Старик сделал вид, будто размышляет, потом бросил: «Это правильно. Начинать надобно с самого

20

начала». И он вновь принялся пускать дымки из своей трубочки, словно ничего не произошло. «Ну так как? — тоскливо спросил Теодор-Фостен. — Вы согласны?» — «Мне, знаешь ли, будет ее не хватать, моей первенькой, — вздохнул папаша Орфлам, помолчав с минутку. — Конечное дело, она у меня дикарка и слегка не от мира сего, но добрее и заботливее всех моих девочек. Да, это верно, мне ее будет не хватать...». «Святой Андрей» по-прежнему плавно скользил по воде, игравшей розовато-серебристыми бликами, зажженными бледным мартовским солнцем; судно потихоньку удалялось от «Божьей милости», плывшей в противоположную сторону. «Вы мне так и не ответили», — промолвил Теодор-Фостен, словно вросший в палубу в трех шагах от Никола Орфлама. «Не мне давать тебе ответ, — сказал тот. — Пойди и спроси у нее самой».

А девушка уже была тут как тут, у него за спиной. Он и не услышал, как она подошла. Обернувшись, он увидел ее. Она спокойно глядела на него, но казалась еще более отрешенной, чем обычно. Он понурил голову, не зная, как начать; взгляд его утонул в ослепительной белизне собственной рубашки, отяжелевшие руки неуклюже повисли вдоль тела. Они нелепо болтались в пустоте, словно мертвые птицы на крюках в мясной лавке, пугая его самого. Он перевел взгляд на доски палубы. Потом на ноги девушки. Они были босы и припудрены угольной пылью; солнце разрисовало их мерцающими лиловатыми разводами. И его охватило страстное желание

21

поцеловать эти маленькие ножки в черных блестках угля. Сжав кулаки, он повел взгляд выше, по темному платью, схваченному клетчатым передником; мелкие клеточки головокружительным лабиринтом обнимали тоненькую девичью талию. Потом он взглянул на плечи и здесь прочно остановился, не в силах посмотреть ей в лицо. «Помогите мне!..» — пробормотал он почти умоляюще. «Я же здесь», — просто ответила она. Только тогда он вскинул голову и осмелился встретиться с ней глазами. Но тут у него опять отнялся язык; он медленно поднял охолодевшие руки и коснулся ее волос. Она улыбнулась ему так нежно, что он был потрясен до глубины души. Отец, упорно стоявший к ним спиной, вдруг объявил: «Уж больно оно немое, твое предложение! Видать, ты язык проглотил, парень? Как же ты хочешь, чтоб она тебе ответила, коли ты сам молчишь, дурья башка?!» — «А я ему и так отвечу, — сказала дочь. — И мой ответ — да». Это «да» прозвенело в потрясенной душе Теодора-Фостена громче праздничного благовеста всех церковных колоколов мира. Схватив руки девушки, он крепко, до боли сжал их. «Эй ты, бездельник! — окликнул его Никола Орфлам. — Глянь-ка, твоя баржа уплывает себе от хозяина!» Теодор-Фостен обернулся к старику. «Может, оно и так, зато ее хозяин — самый счастливый человек на свете!» — вскричал он. Затем, даже не попрощавшись, махнул через борт и со всех ног помчался на перехват своего брошенного судна. Когда Виталия увидела подбегавшего сына, его пылающее лицо и счастливые глаза, она засмеялась и спросила: «Ну как, теперь-то можно назвать ее по имени, твою возлюбленную?» — «Называй, хоть тихо, хоть кричи!» — ответил запыхавшийся Теодор-Фостен.

3

Свадьбу сыграли в середине июня. Отметили ее скромно, в кабачке на берегу Эско, вверх по течению от Камбре. Ноэми надела кремовое платье с гипюровым воротничком и манжетами, приколола к поясу тюлевую розу с серебристой бисерной сердцевинкой. В руке она держала высокий букет из одиннадцати пушиц, которые ее сестры набрали для невесты. Теодор-Фостен вплел белые ленты в гривы своих лошадей и разукрасил мачту баржи пышно, как майское дерево. К полудню заморосил дождик, но он не прогнал солнце, а только помелькал в его лучах сверкающими янтарными проблесками. Никола Орфлам поднял стакан за здоровье молодых и весело вскричал: «Солнце и дождик, ну и ну! Никак и дьявол тоже нынче выдает дочь замуж!»

В тот день Ноэми сменила фамилию Орфлам на Пеньель, а отца с матерью и десятью сестрами, а также свое детство, на замужнюю жизнь в качестве супруги Теодора-Фостена. Она ощущала волшебную легкость, несмотря на всегдашнюю меланхолию, по-прежнему глухо терзавшую ее душу. Ей трудно было определить, за что она полюбила человека, которого избрала своим мужем. Она знала только одно: жизнь без него ввергла бы ее в истинное безумие.

Виталия глядела на невестку, сидевшую подле ее сына, с тихой благодарной радостью, со счастливым удивлением. Наконец-то у нее была дочь, которую ей так и не довелось родить самой, и эта дочь, думалось ей, слишком чиста душой, чтобы пасть жертвой проклятия, которое поразило саму Виталию, умертвив ее шестерых сыновей. Но в то же время ее сердце впервые пронзила холодная боль вдовьего одиночества, а постаревшее тело жалко вздрогнуло от страшного сознания безнадежной неприкаянности: прошло, улетело навсегда время ее горячих любовей. Ей вспоминались прежние ночи, еще живые в ее сердце, еще жгущие плоть, когда ее тело, орошенное соком тела ее мужа, белело под простыней, словно нежная чаша с молоком, благоухающим айвой и ванилью.

А Теодор-Фостен не думал ровно ни о чем. Он сидел, тесно прижавшись к Ноэми, пытаясь приноровить сумасшедшую скачку своего сердца к ритму того сердца, что билось рядом. Сквозь шум и гвалт, сквозь смех и песни гостей он прислушивался к пронзительным вскрикам гагар-черношеек и мрачному уханью выпей в теплом вечернем воздухе, на берегу Эско. И впервые в жизни он понял, как глубоко немота его отца затронула его собственную душу, породнив его голос с трепетной жалобой загадочной птицы. Ему вспомнились прежние дни, когда он шагал рядом с лошадьми по тягловой тропе, под взглядом отца, во всю жизнь не сказавшего ему ни слова, и его тело, истомленное любовным желанием, на миг содрогнулось от чувства пустоты, словно в этих птичьих посвистах, доносившихся с берега, прозвучал скорбный голос умершего отца. Он схватил руку Ноэми и изо всех сил сжал ее. Она опустила глаза, но когда подняла их вновь, ее лицо озаряла спокойная, доверчивая улыбка. И он тотчас позабыл все свои муки и вновь стал сильным, как мужчина, и счастливым, как дитя.

В начале следующей весны Ноэми родила сына. Он получил имя Оноре-Фирмен и воцарился на борту «Божьей милости» с радостной непринужденностью всеми любимого существа. Это был спокойный, веселый малыш, казалось, вовсе не знавший ни гнева, ни печали. Все вокруг было ему счастьем и забавой; он научился петь раньше, чем говорить, и танцевать раньше, чем ходить. Он жил с таким горячим нетерпением, что и все окружающие ежедневно просыпались со светлыми надеждами и каждый вечер засыпали с ощущением сбывшейся радости. Затем появилась дочка, которую назвали Эрмини-Виктория. Она была тихой и робкой, как мать, на которую, впрочем, походила и во всем остальном, однако ее брат умел отвлечь девочку от ее печалей и страхов. Дети очень любили волшебные сказки, которые Виталия рассказывала им по вечерам, укладывая спать. Сказок этих было великое множество: и про Жана-Медвежонка, сына Гея-Весельчака, который отправился в лес вызволять трех королевен из заточения у Карлика Биду; и про Жака-Юло, по прозвищу Сурок, который нашел под землей горючий камень; и про злоключения красавицы Эмергарт, попавшей в плен к свирепому Финерту, а также тысячи историй про Тиля Уленшпигеля и двух его верных спутников... Когда Виталия, сидя на краешке постели, рассказывала все эти народные легенды про фей и людоедов, чертей и великанов, духов лесов и вод, завороженным детям вдруг чудилось, будто от их бабушки исходит какое-то загадочное молочно-белое сияние, словно и она сама наделена странной, пугающей, нездешней силой, словно она-то и есть бессмертная старая царица реки Эско.

А еще иногда она рассказывала им истории о рыбаках: одни погибли в открытом море на сгоревшем корабле, другие вытаскивали сетями огромных рыб, певших женскими голосами, третьи, утонувшие, возвращались из морской пучины на берег, чтобы повидаться с родными и подарить праведникам солнечный жемчуг и кольца из лунной и звездной пыли, а злодеям предречь страшную смерть. Все эти сказки долго еще звенели в сонных детских головенках, населяя их сны толпищами фантастических существ; и утром, по пробуждении, мир казался им полным тайн, которые и манили и отпугивали. Эрмини-Виктория радовалась тому, что живет среди «речников», а не с этими чужими, непонятными «сухопутными», которые вечно борются то с каким-нибудь ужасным демоном, то с жестоким и жадным великаном, и не с теми, совсем уж дикими, что обитали на морском побережье. Особенно мучили ее две истории: одна про Большого Халевина, что скачет, распевая чудесным голосом, через залитый лунным светом лес, где на ветвях висят девушки с длинными косами; и другая — про юного Кинкамора, который объехал весь мир и еще множество других миров, спасаясь от смерти, что шла за ним по пятам, износив в этой погоне тысячи пар башмаков. И она решила, что не хочет быть взрослой. «Если я останусь маленькой, — думала девочка, — никто меня не заметит. И я буду становиться с каждым днем все меньше и меньше. И сделаюсь такой крошечной, что даже смерть не сможет меня отыскать, пусть хоть сколько пар башмаков стопчет. И никакой злой жених меня тоже не найдет. Я затаюсь где-нибудь в уголке нашей баржи, и смерть никогда меня не заберет — ведь даже жизнь и та про меня забудет!» И она замкнулась в своем детстве, как в скорлупке вечности, надеясь остаться невидимкой.

Оноре-Фирмен, напротив, сгорал от желания покинуть сцену этого плавучего театра, где жизнь словно застыла навечно. Ему хотелось объездить весь мир, избороздить все моря, повидать большие города с их каменными вершинами, устремленными к небесам, с их улицами, кишащими людьми; хотелось проехать по густым лесам, населенным свирепыми зверями и страшными людоедами, которых он, конечно же, ничуть не боялся. Сонное течение

27

каналов и рек на этих плоских равнинах наводило на него скуку; он мечтал плавать на огромных пароходах, чьи трюмы набиты не мрачным углем, но пряностями, фруктами, радужными тканями, оружием и золотом, а еще черными рабами. Он воображал, как входит на таком корабле в шумную гавань под крики людей, вой рогов и птичий гам, в багровом зареве заката. И, подобно Яну-Звонарю, он готов был продать душу дьяволу, лишь бы его мечты превратились в праздничный фейерверк реальности.

4

Но, увы, не дьяволу понадобились детские, жадные до приключений души, — люди сами завели бешеный шабаш в честь богов без ликов и имен, но зато со свирепыми пастями и бездонным, ненасытным чревом. Это пустое чрево алкало пищи и громогласно заявляло свои права гулким барабанным боем и пронзительными воплями рожков. Вот почему Теодору-Фостену пришлось покинуть свое чересчур спокойное суденышко, дабы явиться к столу, накрытому для простых людей сильными мира сего. Несколькими годами раньше, когда он достиг возраста военной службы, его постигла неслыханная удача: он вытянул пустой номер. И он, этот бедняк, даже не смог оценить щедрый дар судьбы — в те дни иное счастье заполняло его душу. Он попросту решил, что именно любовь и уберегла его от армии, и с простодушной уверенностью положился на ее волшебную силу. Но теперь жизнь одним махом покончила с его везением, которое он считал вечным, и не оттого, что любовь ослабела, — напротив; просто колесо лотереи завертелось-закружилось и пошло вразнос, указывая без разбора на знаменитых и безвестных, на влюбленных и равнодушных, на счастливых и отчаявшихся.

Вот и ему выпало идти туда, на войну, не дождавшись даже рождения третьего своего ребенка, который вот-вот должен был появиться на свет, а главное, совершенно не понимая, зачем его, против воли, обрядили в красные солдатские штаны и шапку с помпоном.

На следующий день после его отъезда Ноэми слегла. Виталия сперва подумала, что невестка собралась родить в ближайшие часы или дни, так как сроки уже подходили. Но минули и часы, и дни, а молодая женщина все еще не разрешилась от бремени. Затем протекли и многие недели, но все оставалось по-прежнему. Ноэми упорно лежала в постели, словно раздавленная тяжестью своего огромного живота, и плакала, плакала дни и ночи напролет, хотя никто не видал ее слез, — только стоя рядом, можно было расслышать их тонкое, неостановимое журчание. Вскоре ее живот стал походить на пустой железный бак, в котором гулким эхом отдается каждая упавшая капля.

Оноре-Фирмен быстро набирал силы в отсутствие отца, на чье место ему довелось заступить. Хотя ему было всего тринадцать лет, он сразу и уверенно освоил обязанности главы семьи и хозяина баржи. Что же касается Виталии и Эрмини-Виктории, то и им пришлось, каждой на свой лад, позабыть о своем возрасте. Первая заставила себя обрести былую силу и выносливость, вторая уже не смогла больше прятаться в уютном мирке своего детства. Так «Божья милость» и продолжила свою службу, пока отец семейства сражался где-то там, за тридевять земель, а мать лежала пластом в полутемной каюте и упрямо не выпускала из наглухо запертого чрева созревшего для рождения ребенка.

Теодор-Фостен долго шагал по дороге с полной солдатской выкладкой; ружье со штыком нещадно оттягивало ему плечо и больно ударяло по бокам. Он шагал так долго, что у него стали подкашиваться ноги; во время коротких привалов ступни жгло, как огнем, а дрожащие колени сделались бессильно-ватными. Он шагал, попирая землю так, как ему никогда еще не доводилось, пересекая города и поля, реки и леса, — эти последние он открывал для себя впервые в жизни и глядел на них с боязливым удивлением. Стояло теплое погожее лето, спелые хлеба вдоль дорог ходили под ветром ленивыми волнами, пригорки были сплошь усеяны пестрыми цветами, земля благоухала, его товарищи горланили шутливые, залихватские песенки, а у него так больно сжималось сердце, что он не мог ни смеяться, ни петь, ни даже говорить. Одеревенелое тело перестало его слушаться, а имя

на перекличках звучало так странно, что он не сразу и признавал его. Он непрерывно думал о родных, а больше всего о жене, которая наверняка уже родила их третьего ребенка. И, конечно, мальчика — ведь в последние месяцы от тела Ноэми исходил тот же аромат плюща и древесной коры, какой окутывал ее во времена беременности Оноре-Фирменом; когда же она носила Эрмини-Викторию, ее кожа пахла медом и рожью. Этого нового сына он назовет именем своего отца, ибо ребенок ознаменует собой его возвращение к семье, к прежней жизни.

Особенно тягостными оказались для него ночи — за прошедшие годы он отвык спать один. Тело Ноэми постоянно смущало его сны; он явственно видел, как оно растет, приближается, обвивается вокруг него; чувствовал его трепет, его тепло, но никак не мог схватить и удержать. И он просыпался весь в поту, задыхаясь от муки, среди сотен незнакомцев, вповалку лежащих вокруг него и тоже со стонами мечущихся во сне.

Он ушел всего две недели назад, а уже безмерно исстрадался от этой бесконечной разлуки и часто размышлял, не станет ли его тело таким же каменно-бесчувственньм и холодным, как тело его матери после смерти отца. А война тем временем шла своим чередом, и враг очутился так близко, что вскоре Теодор-Фостен позабыл о своих мыслях, о своей тоске, на место которых пришли совсем иные раздумья. Впрочем, и они ото дня ко дню сокращались, сведясь, в конце концов, к одной-

единственной мысли, безжалостно острой, как стальной штык, что колотился об его бока. Этой мыслью был страх смерти, его собственной смерти; он заполонил все его существо, изгнав и память, и мечты, и желания. Враг был совсем рядом, он все туже стягивал кольцо вокруг их лагеря. Уже и окрестные крестьяне разбежались, побросав на произвол судьбы поля и фермы, в надежде укрыться хотя бы в лесных чащах; они увозили на дребезжащих тележках свою бедную мебель, посуду, узлы, стариков и детей, все вперемешку посреди этой вселенской мешанины. Но он-то не мог бежать, как они; он обязан был стоять в самом средоточии битвы, уже многие дни державшей его в неослабном напряжении; он перестал отличать день от ночи, ибо взрывы, крики и кровь, окружавшие его со всех сторон, и дым, застилавший горизонт, превратили пространство, время, небеса и землю в одно огромное смрадное гноище. Тучные облака, постоянные спутники августовского зноя, по временам вспыхивали лиловыми огоньками и ярко-змеящимися желтыми молниями, но ни гром, ни барабанный дробот дождя не могли заглушить треск пулеметов и уханье пушек. В такие минуты безумие мира достигало своего апогея, смешивая в общем адском котле людей, лошадей, деревья и явления природы.

Теперь, когда Теодор-Фостен слышал на перекличках свою фамилию, она звучала уже не просто невнятным звуком, но наводящим

32

ужас сигналом опасности; всякий раз ему чудилось, что его приговаривают к смерти. И он торопился откликнуться, чтобы фамилия не прозвучала дважды и смерть не успела взять ее на заметку. Вот и сейчас его вызвали: «Пеньель!» — и он мгновенно подбежал, готовый на все, лишь бы заглушить этот невыразимо страшный оклик. «Пеньель, — повторил командир, — сегодня твоя очередь идти в наряд за водой. Бери фляги и марш вперед, ищи где хочешь, но чтобы все принес полные, ясно?» Он прицепил к поясу гроздь фляжек и под их жестяное дребезжанье отправился добывать воду сам не зная куда. Сражение было в самом разгаре, колодцы забиты грязью и трупами, а река находилась за неприятельскими позициями. Он полз и полз вслепую между телами, сплошь устилавшими землю; пули непрерывно свистели вокруг, но ни одна его не задела. Это продолжалось так долго, что он утратил всякое представление о времени. Потом вдруг на поле битвы воцарилась какая-то небывалая, фантастическая тишина. Он замер на месте, притаив дыхание, чтобы полнее насладиться этим неслыханным чудом. Конечно, стоны и предсмертный хрип по-прежнему звучали со всех сторон; ему послышались даже рыдания. Но этот жалобный страдальческий хор сотен агонизирующих солдат еще сильнее оттенял собою главную — глухую, ватную — тишину.

Сознание того, что он остался жив и невредим, без единой царапины — он один среди сотен этих убитых и раненых, — повергло

Теодора-Фостена в такую неудержимую радость, в такое буйное счастье, что его одолел безумный, истерический смех. Он хохотал и хохотал, не в силах остановиться, катаясь по земле и находя в этих судорожных всхлипах облегчение измученному телу. Он смеялся в необъятное сияющее лицо августовского небосклона, опьянев от запаха развороченной земли, насквозь пропитанной людской и конской кровью. Он смеялся, заглушая своим смехом крики и стоны умирающих.

Но что это? Не его ли смех, улетевший вдаль, на всем скаку возвращается к нему с берега реки звонким эхо? Может, он несет ему воду, этот скачущий галопом смех? Стук копыт близился и крепчал, ему вторил другой четкий размеренный звук — короткий свист, — каждый раз словно увязавший в чем-то мягком. И все это происходило быстро, очень быстро, в том же дробном ритме, что и его смех.

Вдруг он увидел над собой лоснящееся от пота брюхо серого в яблоках коня и удивительно гибкое человеческое тело, склоненное с седла набок. Он увидел также уверенный изящный жест руки всадника. Рука эта показалась ему прямо-таки волшебной, настолько длинной и чудесно изогнутой она выглядела. Ах, как ловко рубила она воздух, и сколько юного пыла сообщали эти взмахи прекрасному лику всадника! Теодор-Фостен, все еще во власти неодолимого смеха, в одно мгновение схватил все это взглядом. Он успел даже заметить, что всадник улыбался — неясной, чуточку отрешенной улыбкой подростка, захваченного героической мечтой, — и эта улыбка приподнимала острые кончики его светлых усов. А еще он увидел, что лошадь повернула голову и уставилась на него огромным выпуклым глазом, но этот глаз был всего лишь большим вращающимся шаром с пустым, ничего не выражавшим взглядом. И вдруг конь и всадник исчезли. Как, впрочем, исчезло и все остальное, даже небо, внезапно захлестнутое кровавой волной.

Теодор-Фостен перестал смеяться; багровое небо залило ему кровью глаза и рот. Он почувствовал, как на языке шевельнулось и тут же исчезло, утонуло в жгучем потоке заветное слово; это было имя его отца, имя, которое он хотел крикнуть Ноэми, чтобы она дала его сыну. А всадник все скакал и скакал вперед, гибко клонясь вбок с седла и проделывая все то же размеренное, размашистое движение, сопровождаемое тугим свистом вспоротого воздуха.

Так окончилась война рядового Пеньеля. Для него она продлилась меньше месяца. Но зато она свила гнездо в теле своей жертвы и там хозяйничала еще целый год. Теодор-Фостен так долго пролежал неподвижно, с закрытыми глазами и отнявшимися конечностями, на железной койке в углу палаты, что, когда наконец встал, ему пришлось заново учиться ходить. Впрочем, учиться нужно было и всему остальному, начиная с самого себя. Все в нем стало неузнаваемо, особенно, голос, навсегда утративший свой низкий бархатный тембр и нежные интонации. Теперь Теодор-Фостен говорил крикливым прерывистым фальцетом, словно выталкивая звуки из груди. Да и речь-то он строил с величайшим трудом, то и дело забывая и вдруг находя слова, которые невпопад вставлял в неуклюжие, сбивчивые фразы. А главное, он произносил их с яростным усилием, бросая в собеседника, словно горсть камешков в чужую голову. Но самым ужасным был его смех — злобный, полубезумный смех, который одолевал его семь раз на дню, сотрясая и едва не раскалывая ослабевшее тело. Он напоминал скрежет ржавой лебедки, этот смех, и каждый такой приступ обезображивал его лицо глубокими морщинами и жуткими гримасами. Впрочем, оно и без того было изуродовано вконец. Сабельный удар германского улана рассек ему голову чуть ли не надвое, и теперь страшный шрам, змеившийся от макушки до подбородка, наискось, делил лицо на две неравные части. Эта жуткая рана оставила на голове странную тонзуру, и при каждом приступе смеха нежная оголенная кожа вздувалась и трепетала, словно размякшая восковая пленка.

Его отметили и даже наградили. Потом отпустили домой. Лето было в самом разгаре. Он пересек в обратном направлении поля и деревни, пройденные годом раньше. Поля были изрыты воронками, мосты взорваны, деревни сожжены, города аннексированы, и повсюду люди смотрели испуганно и подозрительно, точно затравленные звери; и повсюду царил траур и позор поражения.

Он возвращался один; от всех его прошлогодних однополчан никого не осталось — одни погибли, другие давно уже вернулись к семьям. Итак, он возвращался один, только куда позже остальных. Он не ощущал ни радости, ни нетерпения на этом ведущем к дому пути. Ему все опостылело. Он знал, что безвозвратно упустил время. Отныне для всего было уже слишком поздно.

5

Он даже не поздоровался с родными при встрече. Да и они не сразу узнали его. Когда он подошел, они инстинктивно прижались друг к другу, онемев от страха перед этим незнакомцем с конвульсивными движениями, с рассеченным надвое и грубо зашитым лицом. Виталия стояла между детьми, и все трое молча смотрели на того, кого так долго ждали. Внезапно Эрмини-Виктория громко расплакалась. Отец зло глянул на нее и, топнув ногой, вскричал: «А ну замолчи, глупая!» Оноре-Фирмен обнял сестренку и привлек к себе. Наконец Виталия шагнула к сыну, по-прежнему безмолвно, не находя слов. Она потянулась к нему неловким, почти умоляющим движением. Теодор-Фостен отстранился и спросил, крикливо и раздельно: «Ноэми... ребенок... где они?» Виталия замерла, дети вздрогнули, не столько от смысла вопроса, которого, однако, со страхом ожидали, сколько

37

от этого жуткого лающего голоса. Наконец Оноре-Фирмен, собравшись с духом, глянул отцу прямо в глаза и ответил: «Она там, в каюте. Лежит с тех пор, как ты ушел». Теодор-Фостен, больше ни о чем не спрашивая, спустился в каюту. Ноэми недвижно покоилась на кровати Ее тело, будто раздавленное гигантским животом, страшно исхудало и усохло. Широко раскрытые, обведенные лиловыми тенями глаза безучастно вперились в потолок. От нее не пахло ничем особенным, разве что, самую чуточку, селитрой. Теодор-Фостен почувствовал, как кровь бросилась ему в голову, и жестокая боль, так часто мучившая его, стала совсем нестерпимой. И вдруг его обуял приступ того нечеловеческого, ужасного смеха.

Ноэми медленно повернула голову на шум и долгим бесстрастным взглядом уставилась на хохочущего человека, ничем не проявляя своих чувств. Впрочем, миг спустя они всколыхнули скорее ее живот, чем лицо. Внезапно у нее начались схватки, но даже и теперь ее живот, казалось, жил отдельно от остального тела: он трудился в одиночестве, тогда как голова и прочие члены по-прежнему бессильно лежали на постели, словно им недоставало сил, чтобы участвовать в тяжкой работе деторождения.

Сам Теодор-Фостен, который помогал жене при первых и вторых родах, даже не шевельнулся, не подошел к ней. Все происходящее не касалось его, оно было либо слишком близко, либо слишком далеко от него, чтобы ему захотелось вмешаться, и он так и остался в углу каюты, сотрясаемый своим безумным смехом и болью, терзавшей мозг.

После почти двухлетнего пребывания в материнском чреве ребенок вышел очень легко, несмотря на крайнюю слабость матери. Виталии самой пришлось справлять обязанности повитухи, совсем, впрочем, не обременительные, ибо все кончилось почти мгновенно. Вот только появился из чрева Ноэми не живой младенец, а соляная фигурка. Свернувшийся клубочком новорожденный был сплошь покрыт толстой соляной коркой. Роженица не обращала никакого внимания на происходившее; казалось, она даже не заметила, что разрешилась от бремени. Раздутый столько времени живот опал с сухим треском лопнувшего воздушного шара, так и не извергнув ни крови, ни вод.

Виталия изумленно разглядывала странное подобие младенца, лежавшее у нее на руках. Приготовленное корыто с чистой водой, пеленки и свивальники выглядели рядом с ним дьявольской насмешкой. Однако она все же попыталась запеленать крошечное окаменевшее тельце, вполголоса напевая печальную колыбельную, ту, что пела над своими мертворожденными детьми. Внезапно Теодор-Фостен стряхнул с себя оцепенение. Подбежав к Виталии, он вырвал у нее ребенка и взмахнул им в воздухе. Маленькое тельце заискрилось всеми цветами радуги и на какой-то миг сделалось почти прозрачным. Теодор-Фостен яростно швырнул младенца об пол. Окаменевшая фигурка разлетелась на семь соляных осколков. А Виталия, сидя на краешке постели Ноэми, все напевала и напевала свою колыбельную для мертвых детей, только теперь едва слышным шепотом. «Вот видишь, — вскричал Теодор-Фостен, резко обернувшись к матери, — я хотел назвать его именем отца. Но, видно, отец решил остаться среди мертвых, среди забытых; он не пожелал отдавать свое имя живущим. И он прав, мой отец!»

Увидев, что Виталия его не слушает, он подскочил к ней и стал трясти за плечи. Потом снова выкрикнул ей в лицо своим лающим голосом: «Да, отец прав! А знаешь, отчего, ну скажи, знаешь, отчего он решил сохранить свое имя в могильном покое? Да оттого, что он знает. Знает, что Бога — нет. Хуже того, он знает, что Бог молчит и злобствует! А мой отец мертв, навеки мертв, и имя его умерло вместе с ним. Его нельзя произносить вслух, иначе оно принесет несчастье. Одна только смерть знает это имя, вот почему она его дала и тут же забрала назад. И потом, вот еще что: Божьей милости не существует. Нет ее и все тут! Есть только один гнев Божий. Гнев, а больше ничего!» Он упал на колени, к ногам своей матери, и, спрятав лицо в складках ее юбки, горько разрыдался.

К Ноэми так и не вернулись ни разум, ни здоровье. Она по-прежнему лежала на кровати, отрешенная от всех и от себя самой. Виталия кормила ее с ложечки, как больного ребенка, но никакая еда, никакие заботы не шли

40

ей впрок. Вскоре ее кожа покрылась зловещими темно-лиловыми пятнами. Потом эти пятна лопнули, и образовавшиеся ямки заполнились густым светло-зеленым гноем. Они непрестанно множились, расходясь по всему телу все более глубокими язвами, испускавшими невыносимый запах гниения. Несмотря на полную невозможность содержать такую больную на барже, Теодор-Фостен упорно отказывался расстаться с женой, пристроив ее в какой-нибудь приют для умирающих. Нечеловеческое упрямство, с которым он стремился удержать жену подле себя и заставить, таким образом, всех окружающих переносить ужасный смрад, шедший от ее тела, в котором не спеша хозяйничала смерть, происходило не столько от желания быть рядом с той, кого он так страстно любил, сколько от неугасимой ярости. Раз уж мир оказался всего лишь смердящей помойкой, в которую Богу нравилось ввергать людей для издевательств и мук, он, Теодор-Фостен, должен всем явственно продемонстрировать эту Богову злобу и ничтожество человеческого бытия.

Он уже не был хозяином «Божьей милости». Отныне он стал посредником безжалостного, мстительного Бога на земле.

А вскоре у него начались стычки, все более и более жестокие, с Оноре-Фирменом — бессмысленные капризы, приступы гнева, а особенно безумный смех отца крайне раздражали юношу. Дошло до того, что однажды они схватились в рукопашную. Оноре-Фирмен, необычайно рослый и крепкий для своего возраста, легко одолел отца, швырнул его наземь, а потом привязал к главной мачте. Затем он вошел в каюту, отстранил Виталию, хлопотавшую вокруг умирающей, завернул мать в одеяло и на руках унес ее с баржи.

Никто так и не узнал, куда подевался Оноре-Фирмен и что он сделал с телом матери. Он исчез навсегда. Без сомнения, он ушел наконец в тот широкий, полный приключений мир, который был куда ближе его горячей нетерпеливой душе.

Эрмини-Виктория горячо оплакивала уход брата, но она слишком боялась «сухопутных», чтобы отправиться на его поиски. Воображение девочки, вскормленное одними лишь бабушкиными сказками да обрывками разговоров, подхваченными с соседних судов, а теперь еще пораженное ужасной метаморфозой, какую претерпел отец за год разлуки с семьей, непрестанно терзало ее, мешая отличать реальность от самых фантастических грез. В этом мире, где милость Божия могла со дня на день обернуться самым убийственным гневом, где тело молодой женщины вдруг начинало гнить, как зловонная падаль, еще до смерти, где любящий, нежный отец с мягким бархатным голосом исчезал и возвращался грубым крикливым незнакомцем, все было возможно, все, даже самое худшее.

Однако со временем жизнь Пеньелей вошла в относительно спокойное русло. Теодор-Фостен со дня исчезновения сына и Ноэми казался менее агрессивным и подозрительным.

Впрочем, он не уделял ни малейшего внимания обеим оставшимся женщинам и почти не говорил с ними, если не считать редких слов, неизбежных при общей работе. Но зато он часто беседовал сам с собой. По крайней мере, именно так можно было подумать, слыша, как он что-то бормочет себе под нос весь день напролет. И все-таки обращался он не столько к себе прежнему, сколько к другой своей ипостаси. Шрам, змеившийся по его лицу, казалось, был следом не просто физической, но еще более глубокой раны, — нанесенный удар рассек надвое все его существо, и теперь в нем жили два человека — Теодор слева и Фостен справа, без соединявшей их черточки, — и эти двое вели меж собой нескончаемый, неразрешимый спор. Он никогда ни к чему не приводил, поскольку был полон абсурдных противоречий, но всегда прерывался взрывом бешеного хохота, который словно исходил от кого-то третьего, также затаившегося внутри него.

6

Это произошло в час послеобеденного отдыха, погожим весенним днем. С берега, из тростников, неслись коротенькие посвисты овсянок, в зарослях ольхи суетились и щебетали чижи. Воздух благоухал ароматами свежей травы и цветущих кустов. Теодор-Фостен стоял, прислонясь к двери каюты, набивая табаком трубку и рассеянно поглядывая на молодую изумрудную поросль, на проснувшуюся землю, еще раз победно завоеванную весной. Эрмини-Виктория сидела на пригорке рядом с лошадьми и чинила разложенную на коленях простыню. Внезапно образ юной девушки заколебался и взмыл вверх вместе с огнем, который вырвался из трубки, на миг ослепив Теодора-Фостена. Огонек тут же опал, но образ дочери продолжал метаться и танцевать перед его взором, обжигая лицо и руки. Безумное, неодолимое желание овладеть девушкой захватило Теодора-Фостена. Он выпрямился, шагнул с баржи на берег и пошел на Эрмини-Викторию, не спуская с нее глаз. Белизна раскинутой вокруг нее простыни отражала голубоватую белизну ее лица и шеи.

Она не слышала шагов отца и вздрогнула, увидев его перед собой. Он стоял очень прямо и казался гораздо выше обычного. Его упорный, пронизывающий взгляд испугал девушку, она так и замерла с открытым ртом, с приподнятой рукой, в которой поблескивала иголка с вдетой ниткой. Теодор-Фостен бросил в траву свою трубку, опустился на колени рядом с дочерью, схватил ее за плечи и, откинув назад, впился поцелуем в губы. Она хотела было закричать, позвать на помощь Виталию, но какая-то мощная сила, переборовшая страх, удержала ее и заставила почти не сопротивляясь уступить желанию отца. Он набросил на себя и на нее простыню и под этим молочно-белым шатром, прямо на влажной земле, овладел своей дочерью. И чем решительнее она пыталась вырваться из объятий отца, тем глубже отдавалась ему с темной, животной радостью, и пугавшей, и восхищавшей ее.

После того, как Теодор-Фостен встал и ушел, она еще долго лежала на траве, завернувшись в простыню. Внутри нее воцарилась незнакомая пустота, и эта пустота была ей сладостно приятна — страх навсегда оставил ее. Наконец появившаяся Виталия подняла тревогу. Выйдя из каюты, она заметила распростертую на земле девушку, испачканную грязью и кровью простыню и кинулась к внучке: «Эрмини, малышка, что с тобой? Ты поранилась?» Но та одним прыжком, словно чертик из коробочки, вскочила на ноги и, победно глядя на бабушку, выпалила ей в лицо: «Нет, просто я стала папиной женой!» Виталию настолько потряс этот ответ, а главное, вызывающий тон Эрмини-Виктории, что она буквально онемела. Потом пробормотала: «Что ты такое болтаешь? Что это значит?» — «Не твое дело!» — отрезала внучка и, скомкав простыню, побежала к барже. «Несчастная! Несчастная девочка!..» — только и сумела простонать Виталия.

С этого дня Эрмини-Виктория и в самом деле сочла себя женой отца и каждую ночь проводила в его постели. В одну из таких ночей она зачала и стала носить своего ребенка с горделивой радостью молодой матери. Она упивалась ликующим счастьем и полнотой жизни. Теодор-Фостен отнесся к сообщению о беременности дочери-жены с совершенным безразличием. Одна лишь Виталия ужаснулась этой новости и с тоскливым страхом ожидала появления на свет плода их преступной любви.

Эрмини-Виктория рожала зимней ночью. Стояли трескучие морозы; казалось, стужа даже небо превратила в необъятный купол из черного льда, подернутого золотым инеем звездной россыпи. Роды обещали быть трудными, и Виталия послала Теодора-Фостена в ближайшую деревню за врачом. Сама она сидела подле Эрмини-Виктории, стараясь отвлечь бедную девушку от страхов, которые вдруг снова охватили ее. Давно забытый ужас перед жизнью вернулся и начал терзать ее с невиданной жестокостью. Дитя, которое она с такой торжествующей радостью носила во чреве, внезапно, в самый час своего рождения, преисполнило ее смертельной тоской. Мучимая страхом и болью, она звала к себе мать, умоляя прийти утешить ее и помочь разродиться. Она даже просила ее вернуться на свое место, то место, которое она, Эрмини-Виктория, так кощунственно заняла. Она глядела в окно на сияющие звезды, и под конец взгляд ее остановился на одной из них: ей почудилось, будто эта звездочка одновременно и скользит к ней с неба и уносится куда-то далеко-далеко, во мрак ночи.

Ребенок родился еще до возвращения отца. Он оказался таким крупным, что, выходя на свет божий, разорвал тело своей матери. Это был мальчик; едва появившись, он издал пронзительный победный крик и так энергично задвигался, что сам порвал пуповину. Его головку венчала пышная всклокоченная рыжевато-каштановая грива. «Этот ребенок проживет сто лет, не меньше», — сказала себе Виталия, купая младенца в корыте. И еще она подумала, что он тоже, как некогда Теодор-Фостен, получил от судьбы чересчур щедрый задаток, суливший множество несчастий и превратностей, но, вместе с тем, вероятно, и немало великих радостей. Пока она перебирала про себя все эти мысли и воспоминания, в ней вдруг вспыхнула такая жгучая любовь к этому новорожденному, какой она не испытывала даже к собственному сыну. И она почти испуганно взглянула на младенца, изумляясь тому властному обаянию, которое излучало это крошечное, едва народившееся на свет существо.

Вернувшись вместе с врачом, Теодор-Фостен увидел уже спеленутого ребенка, лежавшего возле юной матери. Она потеряла столько крови, что никак не могла прийти в сознание, и врач почти не оставил ей надежды на жизнь. Кровотечение невозможно было остановить, и, чем больше вытекало крови, тем она становилась чернее и холоднее; вдобавок, она мерцала так, словно это исходила кровью сама ночь, с ее золотистой звездной пылью. Всего лишь единожды роженица открыла глаза, но взгляд ее обратился не на ребенка. Теперь она сама была ребенком, единственным на этой земле. Она с трудом подняла глаза к окну: ах, как ярко блестели там, наверху, крошечные золотые гвоздики звезд! Значит, вот они где — тысячи башмаков, которые смерть износила и

47

бросила в погоне за нею! Она слабо улыбнулась: нынче смерть надела самые красивые, золотые, настоящие бальные туфельки, чтобы нагнать и пригласить ее на свое торжество. Оказывается, это вовсе не так страшно — умирать. Веки ее смежились, и она неслышно шепнула: «А теперь я буду танцевать босиком...»

Теодор-Фостен взял ребенка на руки с глухой неприязнью, но едва он поднял это крошечное создание с забавно всклокоченными кудряшками, как гнев его мгновенно улетучился, а в сердце зародилась безграничная нежность к сыну. И впервые за много лет он не расхохотался, а улыбнулся.

Эрмини-Виктория умерла еще до зари, так и не увидев ребенка, которого произвела на свет. Теодору-Фостену показалось, что никогда еще дочь не была так красива, как в этот предутренний час. Даже в смерти она сохранила свою прелестную улыбку, и теперь ее чуть видные зубки блестели ярче, чем в те ночи, когда ее уста раскрывались для поцелуев. Она улетела в смерть, овеянная тем же волшебным обаянием, каким ее сын вооружился для жизни.

Эта царственно-спокойная красота не допускала слез и причитаний. Казалось, Эрмини-Виктория не умерла, а просто уснула заколдованным сном в холодном мире, посреди ночи и звезд, посреди вод Эско и земли Фландрии.

———

Теодор-Фостен, с сыном на руках, опять сел к ногам Виталии, бодрствующей у смертного ложа Эрмини-Виктории, уронил голову на материнские колени и так замер, сторожа в тишине вечный сон юной дочери, которую сделал своей женой.

<h2 style="text-align:center">7</h2>

Самый младший из Пеньелей получил имя Виктор-Фландрен. Его густая, вечно спутанная шевелюра отливала медью, а глаза, исчерна-синие, имели одно особенное свойство: левый зрачок был наполовину золотой. Эта золотая искра сияла так ярко, что позволяла мальчику одинаково хорошо видеть и средь бела дня и в самом густом ночном мраке.

Теодор-Фостен ходил вокруг сына, как загнанный зверь слоняется возле дома, не зная, что он там найдет — убежище или новую ловушку. Его неодолимо влекло к мальчику, но он не позволял себе безраздельно отдаться этой любви, из страха нового страдания. Все, кого он любил, умирали или бесследно исчезали, если не считать матери, давно превратившейся в тень самой себя; любовь, которую он изливал на ближних, становилась проклятием. Война превратила его в чудовище, отмеченное такими муками, таким отчаянием, что теперь он ничего не мог коснуться, не загубив, как будто тот удар вражеской сабли бесконечно повторялся и повторялся, все уничтожая на своем пути.

Но ведь и война тоже могла начаться снова, и новые властители могли через несколько лет призвать его сына на поля сражений. Мысль эта неотступно терзала Теодора-Фостена, превращаясь в истинное наваждение. Днем и ночью он размышлял о том, как ему спасти сына, чтобы тот никогда не стал солдатом.

И в конце концов он решился на ужасное, но избавительное деяние.

Виктору-Фландрену как раз исполнилось пять лет. Однажды отец подозвал его, и мальчик тотчас подбежал к нему, весело подпрыгивая. Они спустились с баржи и немного прошли по слякотной тропинке, тянувшейся вдоль льняного поля с почерневшими валками. Ребенку очень нравилось гулять вот так, с отцом, и он носился вокруг него с неумолчным радостным щебетом. Дойдя до большого валуна на обочине, Теодор-Фостен остановился, присел на корточки перед сыном и, крепко сжав его ручонки, сказал: «Мой маленький, мой единственный, то, что я сейчас сделаю, покажется тебе ужасным и причинит боль. Но я это совершу для тебя, для того, чтобы спасти тебя от войны, от безумных наших правителей и жестоких уланов. Когда ты вырастешь, ты поймешь меня и, может быть, простишь». Ребенок слушал, ничего не понимая, но впервые отцовское лицо испугало его. Теодор-Фостен разжал руки и внезапно с плачем покрыл поцелуями пухлые розовые пальчики, лежавшие на его ладонях. Мальчик не осмеливался пошевельнуться и отдернуть руки, он весь сжался, стараясь в свою очередь не расплакаться. Отец резко встал на ноги, подвел Виктора-Фландрена к валуну, схватил его правую руку, загнул на ней все пальчики, кроме большого и указательного, которые прижал к камню, и, выхватив из кармана топорик, одним ударом отсек оба пальца своего сына.

Потрясенный мальчик сперва так и застыл на месте, с кулачком, прижатым к валуну. Потом он содрогнулся и с воплем кинулся прочь, через поле. У Теодора-Фостена не хватило сил бежать за ним вдогонку. Жгучая боль прихлынула к голове, прозрачная пленка на макушке вздулась и начала бешено пульсировать. И он рухнул на камень, сотрясаясь от безумного хохота.

Виктор-Фландрен вернулся лишь к вечеру; его привел крестьянин, нашедший мальчика в обмороке посреди поля. Рана уже не кровоточила, забинтованную руку он крепко прижимал к груди. Ребенок упорно молчал, и крестьянин потратил целый день, выясняя, откуда он взялся. Едва он ушел, Виталия бросилась к внуку, но тот и ей не сказал ни слова, а на просьбу показать раненую руку лишь оттолкнул бабушку. Прижимая руку к сердцу, он стоял посреди каюты с опущенной головой, уставившись в пол, пока Виталия причитала и металась, ничего не видя вокруг себя и не понимая, что стряслось.

Теодор-Фостен стоял у стены, бессильно уронив руки и глядя на сына, такой же онемевший и скованный, как тот. На голове у него белела повязка. Наконец Виталия обернулась к нему в надежде, что хоть он расспросит мальчика, но при одном взгляде на него слова замерли у нее на языке. Она вдруг все поняла. Больше толковать было не о чем. И она почувствовала, как серая пелена заволокла ей глаза.

С этого дня безмолвие и враждебная отчужденность воцарились на борту «Божьего гнева», старой баржи, о которой хозяин совсем перестал заботиться. Семья Пенелей пришла в упадок. Виталия все глубже тонула в пучине мрака, застилавшего ей взгляд, и настоящее, ныне почти невидимое, меркло и распадалось, уступая место воспоминаниям. С каждым днем она уходила мыслями все дальше и дальше вниз по течению Эско, чтобы, в конце концов, погрузиться в бескрайнее серое море своих юных лет. Вновь виделся ей пустынный берег, черные юбки ее матери, хлопавшие на студеном ветру ожидания. И каждый вечер, сидя у постели внука, она увлекала его за собой в излучины своих воспоминаний, населенных волшебными, загадочными именами и лицами. И ребенок засыпал в этих заповедных уголках бабушкиной памяти, манящих, как иные теплые, дремлющие под солнцем болота. А в ночных грезах ему неизменно являлась женщина, одновременно и мать и сестра; она обращала к нему чудесную улыбку, которая побуждала и его тоже улыбаться во сне.

Только эта сонная улыбка и осталась на долю Теодора-Фостена, каждую ночь приходившего тайком подстерегать ее. В тот миг, когда его топор отсек сыну два пальца, он безжалостно отсек вместе с ними любовь и доверие, которые тот питал к отцу. Виктор-Фландрен никогда больше не смотрел ему в глаза и не говорил с ним. Он подчинялся его приказам, он выполнял возложенные на него обязанности, но при этом не произносил ни слова и глядел мимо. Однако стоило отцу отойти или повернуться спиной, как мальчик устремлял на него взгляд неистовой силы. Теодор-Фостен знал этот взгляд, хотя ни разу не встретился с ним. Он просто ощущал его всей кожей, как удар, нанесенный сзади и отдающийся в голове жгучей болью незаживающей раны. Он так и не снял с себя повязку.

Однако Теодор-Фостен ни разу не обернулся, чтобы прогнать сына или заставить его опустить глаза, — он слишком боялся уловить в его взгляде отражение лица того германского улана с шелковистыми пшеничными усами. Ибо как раз там, в безумных глазах людей, исполненных безжалостной ненависти, и угадывалось присутствие Бога. И тогда его разбирал смех, пронзительный, конвульсивный смех, который пугал ребенка, а ему самому придавал силы и уверенности.

Но по ночам сон смягчал мальчика, озаряя беззащитное личико чудесной улыбкой, в которой Теодор-Фостен улавливал призрачные образы Ноэми, Оноре-Фирмена, Эрмини-Виктории, а иногда даже и своего отца. Так он и проводил ночи, затаясь в темноте у постели спящего сына, глядя, как уходит время, как

53

уходит забвение; иногда он робко прикасался кончиками пальцев к спутанным медным волосам сына или, дрожа, гладил его по щеке.

В конце концов, Пеньелям пришлось расстаться с «Божьим гневом». Впрочем, если баржа давно уже не удостаивалась милости Бога, то с некоторых пор была обойдена и его гневом; она просто-напросто приходила в запустение, медленно покрываясь ржавчиной при полном безразличии что Бога, что людей.

Пеньели переехали в домик при шлюзе. Они уже не могли зваться «речниками», но это не означало, что они стали «сухопутными», — теперь они перешли в разряд «береговых», — существа без корней, едва зацепившиеся за этот клочок берега, который даже не пытались обжить как следует, настолько угнетающей была эта недвижность, чуждая их привычкам и вкусам. Сделавшись «береговыми», почти «сухопутными» людьми, они теперь состояли *при* реке и так и жили на этом краю земли, точно на краю света, временными обитателями.

Именно здесь Теодор-Фостен на следующий год своего «берегового сидения» и покончил жизнь самоубийством. Как-то поутру его тело нашли в зеленоватой воде, которая прибивала его, словно пустой бочонок, к воротам шлюза. Казалось, утопленник нарочно лежит поперек створов, как будто пытаясь навсегда запереть их своим телом и остановить ход всех баржей на свете, а может быть, и ход самой жизни.

Погибшего обнаружил Виктор-Фландрен. Он тотчас прибежал оповестить о случившемся Виталию, которая еще спала. Вошел в ее комнату, тихонько потряс за плечо и сказал ровным, невозмутимым голосом: «Бабушка, вставай. Отец утонул».

Когда тело сына внесли в дом и положили на кровать, Виталия, как и в час смерти мужа, попросила оставить ее одну. Глаза ее почти ничего уже не различали, зато руки — руки были куда зорче ее прежнего молодого взгляда, и она на ощупь, но необычайно аккуратно совершила последний туалет умершего. Она убирала его теми же проворными и точными движениями, какими сорок лет назад обмывала тельце этого своего единственного выжившего сыночка. И она позабыла все, весь груз прожитых лет, потери близких, войну, другие роды, вспоминая лишь ту необыкновенную ночь, когда ребенок издал крик в ее чреве, и то раннее утро, когда из ее тела вышел наконец живой плод ее любви, желания, веры. Ах, как громко крикнул он семь раз подряд, и какими странными отголосками разлетелись эти крики! Возможно ли, что эхо столь громогласных призывов смолкло навек?! Нет, это невозможно, немыслимо, по крайней мере, доколе жива она сама. Ибо она явственно чувствовала, как в глубинах ее чрева и сердца все еще звучит, отдается дрожью то волшебное эхо зародившейся в ней жизни, которой, несмотря на долгие странствия, уготовано место где-то там, в вечности.

И она не стала оплакивать сына, ибо теперь, на этом последнем пороге, где уже стояла сама, поняла, что слезы и причитания только смущают мертвых, замедляя их и без того трудный путь к другому берегу вечности. Этот путь виделся ей похожим на плаванье барж, медленно скользящих по узким каналам, от шлюза к шлюзу, и нужно было тащить на себе мертвецов точно так же, как эти баржи, медленным шагом идя рядом с ними по берегу, чтобы сопроводить их к иным, неведомым, куда более широким, чем море, водам, где их уже ждали.

Вот такою и увидел Виктор-Фландрен свою бабушку, когда вернулся в ее комнату: она сидела на кровати, выпрямившись и положив голову сына себе на колени. Мальчик удивился ее каменному спокойствию. Взгляд Виталии был устремлен в открытое окно, откуда несся пронзительный щебет вернувшихся с юга птиц. Свежий сияющий воздух затопил комнату. Виталия мерно покачивала головой и улыбалась в пустоту, напевая что-то легким, почти веселым голосом. То была ее колыбельная для мертвых детей. Мальчику на миг почудилось, что ничего страшного не произошло, — может, отец не взаправду умер, а просто отдыхает, положив голову на колени матери. И он впервые за долгие годы позвал его: «Папа!..»

Он заметил, что улыбка бабушки как будто отражается на лице его отца, чьи губы явственно раздвинулись в такой же улыбке. Но подойдя ближе к кровати, он увидел, что из-под сомкнутых век мертвого вытекли и застыли на щеках семь слез молочного цвета. «Папа...» — еще раз позвал мальчик. Но ни отец, ни Виталия, казалось, не замечали его присутствия. Тогда он протянул руку, чтобы стереть слезы с отцовских щек, однако стоило ему коснуться их, как все семь слезинок со стеклянным звоном скатились на пол.

Мальчик собрал их в ямку ладони. Это были маленькие переливчато-белые бусинки, очень гладкие и холодные на ощупь и слабо пахнущие айвой и ванилью.

Виктор-Фландрен был еще слишком мал, а Виталия чересчур стара, чтобы жить одним у шлюза. И пришлось им снова уезжать — еще дальше от воды, еще ближе к земной тверди.

Они не просто приблизились к земле, они в нее углубились, поселившись в одном из тех черных городов, которые некогда видели только издали, при погрузке на баржу угля, извлеченного из их таинственных недр. Но эти недра, теперь открывшие им свою тайну, оказались всего-навсего мрачным, грязным, ужасающим адом.

Виктор-Фландрен был рослым крепким пареньком. Он скрыл свой настоящий возраст, и, несмотря на искалеченную руку, его взяли на работу в шахту; ему было в ту пору всего двенадцать лет.

Сперва его поставили на просеивание породы, где он с утра до ночи загружал бесчисленную череду вагонеток. Потом его перевели на «подсобку», где он с утра до ночи, как крыса,

57

пробирался по разветвленным штольням и узким наклонным штрекам, поднося шахтерам инструмент, деревянные стойки и воздуходувные трубы. Затем он стал откатчиком, и тут с утра до ночи махал лопатой, засыпая уголь в бадьи и таская их туда полными, обратно пустыми. И, наконец, его сделали бурильщиком, и тогда он с утра до ночи работал отбойным молотком, возводил крепи и боролся, непрерывно боролся за существование в мрачных безднах земли.

А Виталия тем временем жила в поселке, где они снимали жилье в домишке, стоявшем в длинном ряду других таких же лачуг у подножия терриконов. Она завела нескольких кур в уголке палисадника позади дома и, как могла, старалась облегчить жизнь Виктору-Фландрену.

Со дня смерти Теодора-Фостена она хранила нерушимое спокойствие, и улыбка не покидала ее лица. Виктор-Фландрен подозревал, что она вообще перестала спать и бодрствует все ночи напролет. Так оно и было — Виталия больше не смыкала глаз; отныне ее ночная жизнь протекала так полно, словно она сама сделалась частью этой ночи, легкой и сладостной, смиренной и кроткой, где ее терпеливое сердце неумолчно и неслышно напевало колыбельную для мертвых детей.

Однажды, вернувшись с шахты, Виктор-Фландрен заметил, что улыбка бабушки озаряет ее лицо ярче обычного. Она сидела у стола и чистила картошку. Мальчик присел рядом с нею и, взяв за руки, молча сжал их.

Он не находил слов перед этой улыбкой, от которой веяло такой безмятежной отрешенностью, что, казалось, Виталия полностью растворилась в ней. Спустя минуту она заговорила сама. «Завтра, — сказала она, — ты не пойдешь в шахту. Ты никогда больше не пойдешь туда. Ты должен уехать, покинуть эти места. Иди, куда глаза глядят, но только уходи отсюда, так нужно. Земля велика, где-нибудь да отыщется для тебя уголок, и там ты сможешь построить свою жизнь и найти счастье. Может быть, это здесь, поблизости, а может, и очень далеко.

Ты знаешь, что у нас ничего нет. То малое, что у меня оставалось, я потеряла. Мне больше нечего тебе дать, кроме той безделицы, что останется после моей смерти — тени моей улыбки. Унеси ее с собой, эту тень, она ничего не весит и не обременит тебя. Так я никогда тебя не покину и останусь самой верной твоей любовью. Завещаю тебе эту любовь, ведь она так велика, куда больше меня самой. В ней умещаются и море, и реки, и каналы, и множество людей, мужчин, женщин и детей тоже. Нынче вечером они все сошлись здесь, поверь мне. Я их чувствую, они тут, вокруг меня». Потом она вдруг умолкла, словно ее отвлекло чье-то невидимое присутствие, и опять забылась, ушла в свою блаженную улыбку, как будто ничего не говорила и ничего не произошло.

Виктор-Фландрен попытался удержать ее, расспросить, ибо не понял бабушкиных странных речей, сказанных таким нежным и в то же время отрешенным голосом — голосом прощания навек, — но внезапно его одолел глубокий сон, и он тяжело уронил голову на стол, прямо в картофельные очистки, не выпуская бабушкиных рук из своих. Когда же он пробудился, он был один. На месте Виталии трепетал легкий свет, подобный золотистому рассветному облачку. Не успел он вскочить со стула и позвать бабушку, как мерцающее пятнышко соскользнуло вниз и, облетев комнату, растворилось в его тени.

Виктор-Фландрен сделал так, как завещала Виталия. Он не вернулся на шахту. Он ушел, куда глаза глядят, унося с собой единственное доставшееся ему наследство — семь слез своего отца и улыбку бабушки, озарявшую его тень. На его лице, еще покрытом угольной пылью, блестело звездочкой в левом глазу золотое пятнышко, из-за которого ему повсюду, где бы он ни проходил, давали прозвище Золотая Ночь.

Ночь вторая
НОЧЬ ЗЕМЛИ

То были времена, когда волки, в поисках пропитания, еще рыскали зимними морозными ночами по полям и наведывались в деревни, где резали все подряд — домашнюю птицу, коз, овец, а порой даже ослов, коров и свиней. Если им не удавалось добраться до скотины, они не брезговали собаками и кошками, и при случае устраивали себе пиршество из человечины. Особенно охотно они пожирали детей и женщин, чья нежная плоть пришлась им по вкусу, лучше иной утоляя голод. А голод их был поистине ненасытим, и эта прожорливость неизменно возрастала с морозами, неурожаем или войной, словно конечный отзвук и самое отвратительное воплощение народных бедствий.

Так вот и жили многие из «сухопутных» в постоянном ужасе перед свирепым, неутолимым волчьим голодом; они окрестили волков единым именем, заклинавшим их собственный страх и этих своих извечных врагов; и было это имя — Зверь.

Этого Зверя со множеством тел люди считали адским испытанием, которое Дьявол послал им на горе. Некоторые даже утверждали, будто в нем скрывается мстительная душа

61

человека, осужденного на вечные муки за то, что он дерзнул изменить ход мироздания; другие верили, что это перевоплощение какого-нибудь злого, жадного до крови, колдуна. Третьи видели в Звере карающий перст Господа, разгневанного людскими грехами и ослушанием. Потому-то крестьяне, собираясь на волчью охоту, просили кюре освятить ружья и заряжали их на церковной паперти пулями, отлитыми из серебряных образков Богоматери и святых угодников.

Однако Зверь умел оставаться невидимым и уходить от охотников. Он скрывался в самых темных лесных дебрях, откуда временами доносились глухие завывания, и показывался лишь тем, кого избрал своей добычей.

Случалось, что люди заставали некоторых из его жертв еще живыми, но, все равно, даже самый легкий укус Зверя обрекал несчастных на смерть. Тщетно знахари натирали раны смоченными в уксусе дольками чеснока, чтобы выгнать из них дурную кровь; тщетно обкладывали укусы кашицей из растертых огурцов, меда, соли и мочи; тщетно покрывали тела больных амулетами — все они рано или поздно погибали в ужасных мучениях.

И, чем ближе подступала смерть, тем больше жертвы Зверя, в свой черед, уподоблялись волкам; жестокое страдание, корчившее их тела, зажигало в глазах такие же нечеловечески-холодные огоньки, какие горели в зловещем, исподлобном взгляде Зверя, а зубы и ногти превращало в свирепые клыки и когти, готовые разорвать любого, кто подойдет. И нередко бывало, что родные впавшего в бешенство человека сами обрывали эту кошмарную метаморфозу, придушив обезумевшего беднягу между двумя тюфяками. Потом они чинно укладывали его на кровати и, как добрые христиане, молились за душу усопшего, прося Господа, чтобы Он не допустил ее блуждать по лесам, где царит Зверь, или с глухим замогильным воем бродить вокруг их дома.

Желая заклясть такие потерянные души, а главное, отогнать Зверя подальше от своих ферм, крестьяне держались обычая после удачной охоты вешать на ворота амбара лапу, голову или хвост убитого волка. Ибо Зверь не должен был даже близко подходить к живым. Говорили, будто его взгляд, пусть увиденный мельком или издали, способен лишить человека голоса и парализовать, а зловонное дыхание может насмерть отравить того, до кого оно долетело. А иные уверяли, будто цыгане — сами по себе весьма схожие с волками, — располагаясь табором близ деревень, набивают трубки смесью табака и высушенной волчьей печени, дабы отпугивать мерзостным запахом этого дыма собак, стерегущих стада.

Таковы они были — эти свирепые людоеды, хозяева лесов, державшие «сухопутных» в вечном страхе; они носили имя Зверь и считались еще более жуткими, чем злые духи, великаны и драконы из сказок и легенд.

Но Виктор-Фландрен в ту пору не знал этого; он хранил в памяти лишь сонную, пресную воду каналов, на которых прошло его детство, да черную утробу земли, куда ежедневно спускался семь лет подряд.

1

Виктор-Фландрен долго шагал по дороге — той самой, которую двадцать лет назад одолевал его отец и которая столь безвозвратно разлучила его с родными. Только он сейчас шел один, без товарищей, не нес ружья на плече, как отец, и не страдал от тоски по дому. Ему не пришлось покидать двух единственных людей, что составляли его семью: улыбка бабушки неотступно следовала за ним, слившись с его тенью, а слезы отца, нанизанные на шнурок, висели под рубашкой на шее.

Он шагал через города и поля, реки и леса, те же самые, что некогда видел его отец, только он смотрел на них без страха и удивления. Была зима; стояли такие морозы, что ветви деревьев ломались, словно стеклянные, и их сухой треск долгими отзвуками витал в студеном безмолвии. Палка, на которую он опирался, блестела от инея и со странным звоном ударялась в оледеневшую землю. Виктор-Фландрен шагал вперед с легким сердцем; он был не то чтобы весел, но просто настолько одинок, что этот пустынный мир, раскинувшийся перед ним до самого горизонта, самою своей непривычностью умиротворял душу.

Снег слежался до каменной плотности, не проваливаясь даже под его ногами, и, когда к полудню бледный желток солнца пробивался наконец сквозь облака, все окрестные поля сверкали нетронутой белизной. Шагая посреди этой безмолвно сияющей пустоты, Виктор-Фландрен чувствовал прилив новой, мужественной силы, ибо наконец во всей полноте ощутил, что он молод, крепок и бодр. Он даже не мерз, хотя от небывалой стужи разрывались мосты, трескались камни, а из лесов выходили отощавшие, голодные волки.

Наконец Виктор-Фландрен добрался до холма, заросшего дубами, буками и елями; вьюга со злобным свистом гнала ему навстречу поземку. Узкая тропинка, разрисовавшая капризными извивами крутой склон, привела его в заснеженную чащу, куда почти не проникал дневной свет; ориентироваться здесь было невозможно, и Виктор-Фландрен с трудом продвигался вперед.

Очень скоро он вконец выдохся и, решив отдохнуть, присел на выступ скалы у прогалины. Начинало смеркаться, и впервые за время своего путешествия Виктор-Фландрен с тревогой подумал о том, где он проведет нынешнюю ночь. Нечего было и пытаться отыскать дорогу в этой сумасшедшей круговерти вьюги и ветра.

Впрочем, ветер выл с какими-то странными, жалобными интонациями, точно какой-то безумец поверял миру свое горе, и Виктор-Фландрен невольно содрогнулся всем телом:

этот заунывный звук живо напомнил ему страдальческий хохот отца.

А теперь ветер кружил где-то совсем рядом, то слева, то справа от Виктора-Фландрена. Он сидел на своем камне, боясь шевельнуться или хотя бы повернуть голову. Тьма совсем сгустилась, и тонкий серпик луны, напоминавший крошечную белую запятую, подвешенную высоко в небе, среди звезд, слабо озарял лишь середину лужайки.

Этот несмелый проблеск ободрил Виктора-Фландрена; он встал наконец с камня, где начал уже застывать, и пошел на свет, как будто тот мог предложить ему более надежное убежище. Но тут ночной мрак пронзили два других огонька. Виктор-Фландрен заметил их, подходя к озаренному луной месту; они светились где-то поодаль, но он смог различить их благодаря золотому пятнышку, наделившему его левый глаз поистине кошачьим зрением. Это были две тоненькие косые черточки мерцающего желтого цвета; казалось, кто-то пристально глядит на него из-за деревьев. Виктор-Фландрен замедлил шаг, и сердце его тоже как будто приостановилось. Наконец глядящий вынырнул из тьмы, но не пошел прямо на Виктора-Фландрена; он принялся кружить по темной опушке, не спуская глаз с человека. По-звериному гибкий шаг подчеркивал худобу вислого зада волка, однако его грудная клетка была широкой и мощной; серая, посеребренная инеем шерсть топорщилась на ней густыми пучками.

Виктор-Фландрен повторил маневр волка: он начал с той же скоростью ходить кругами по лужайке, пристально глядя зверю в глаза и, в ответ на его рычание, издавая такие же хриплые угрожающие звуки. Долго кружили они таким образом; потом волк резко прыгнул вперед, и Виктор-Фландрен немедленно сделал такой же выпад. Теперь они оказались совсем близко друг к другу; круги все сужались и сужались.

Под конец они почти вплотную сошлись в пятне лунного света, их тени уже касались одна другой. Кружение остановилось в тот миг, когда зверь наступил на тень Виктора-Фландрена. Тотчас же волк замер, испуганно прижал уши и с жалобным визгом распластался по земле. Виктор-Фландрен снял с себя ремень и, затянув его на шее дрожащего зверя, прикрепил конец к лямке вещевого мешка. Волк покорно дал посадить себя на сворку.

Теперь Виктор-Фландрен не испытывал ни малейшей боязни — казалось, вся она перелилась в лежавшее у его ног тело зверя. Но на него вдруг навалилась такая тяжкая усталость, что он решил дождаться рассвета, а там уж продолжить путь. Закутавшись в плащ, он улегся прямо на снег, тесно прижался к волку и уснул, согретый его теплом.

Ему приснился сон... приснился или, быть может, передался от лежавшего рядом волка. Он шагал по лесу и вскоре заметил, что деревья размахивают ветвями и одеваются блестящей металлической броней; закованные в панцири стволы медленно качаются во все стороны, простирая в небо ветви и сцепляя их, точно ломают руки; потом у деревьев появляются головы, круглые, массивные головы в шлемах, которые они неуклюже склоняют то влево, то вправо. Затем они с трудом вырывают из земли корни и грузно шествуют куда-то; похоже, будто они идут против ветра, так сильно согнуты их стволы и так судорожно взмахивают они ветвями, уподобляясь пловцам в бурном море.

А теперь деревья в броне сидят на огромных длинных плоскодонках, что спускаются вниз по широкой серой реке, в глубине которой трепещут багровые огни. Там, под водой, люди с непокрытыми головами идут против течения, неся факелы.

Деревья в броне покинули барки; сейчас они направляются к какому-то длинному приземистому зданию и, чем ближе подходят к нему, тем оно становится синее. Они хотят войти в этот дом, но стоит им переступить порог, как они исчезают, поглощенные густой мглой, заволокшей комнату.

Дом пуст; ветер влетает в растворенное окно и треплет занавески. Посреди комнаты стоит большая железная кровать. На ней лежит женщина, одетая в белую рубашку. Ее огромный раздутый живот готов к родам. Раздается какой-то странный, фантастический шум. Женщина, все еще лежащая на спине, медленно взмывает в воздух и начинает летать по комнате. Она изгибается так, что ей удается схватить себя за лодыжки. И ветер уносит ее в окно.

Крыши сумрачного, серо-черного города четко вырисовываются на фоне багрового грозового неба. Между высокими каминными трубами возникают глаза, очень темные глаза, обведенные голубоватыми тенями; они мерцают тусклым нездоровым светом. Город потихоньку снимается с места и плывет мимо этих глаз. Деревья в броне, по-прежнему рассекая воздух своими длинными руками-ветвями, входят в город, проникают в глаза.

А глаза тем временем превратились в двух огромных рыбин, проплывающих сквозь дома, чьи стены разжижаются при касании их плавников.

Волк сидит у входа на мост и, глядя в реку, играет на пиле.

Вдали, у воды, растворяется окно дома. Кто-то высовывается наружу и начинает вытряхивать ковер. На ковре выткан рисунок, напоминающий лицо; да, это именно лицо, и от встряхивания оно отделяется от ковра и падает в реку.

Волк исчез, но пила так и осталась стоять сама по себе у входа на мост; она продолжает вибрировать, издавая свою дребезжащую мелодию.

Виктор-Фландрен проснулся с первыми проблесками зари, под свистящие стоны ветра. Волк неподвижно лежал рядом. Небо расчистилось, согбенные деревья чуточку распрямились, и теперь в лесу обнаружились незаметные накануне тропы. Поколебавшись с минуту, Виктор-Фландрен решил идти налево. Он встал на ноги, тотчас поднялся и волк, и они пустились в дорогу.

После долгой ходьбы через лес они выбрались на открытую местность; поля, сменяя друг друга, полого шли вниз, где виднелись дома. Пруды и болотца, разбросанные в низине, серебрились льдом под бледными лучами утреннего солнца. Вдали по равнине петляла большая река, унося за горизонт свои пепельно-серые воды. Виктор-Фландрен почувствовал облегчение, увидев дома, стоявшие по краям полей. Эти места сразу пришлись ему по сердцу своей суровой простотой; их уединенность была чем-то сродни одиночеству жизни на каналах. Ему чудилось, будто эти серые, приземистые, крепкие фермы, охраняющие поля и леса, точно сторожевые псы, неспешно плывут куда-то вдаль. Только плывут бесконечно медленнее, чем баржи.

Он глядел, как ветер набрасывается на жиденькие дымки, курящиеся над трубами, и треплет их во все стороны. И внезапно ему вспомнились слова Виталии: «Земля велика, где-нибудь да отыщется для тебя уголок, и там ты сможешь построить свою жизнь и найти счастье. Может быть, это здесь, поблизости, а может, и очень далеко».

Здешние места были не близко и не далеко — казалось, они существуют вне пространства. Их не отличали ни дикое великолепие изваянных морем прибрежных утесов, ни царственное очарование горных пейзажей, ни бесстрастная красота пустынь, беспощадно выжженных солнцем и ветрами.

Это был один из тех уголков на краю страны, который, подобно всем приграничным зонам, казался навсегда забытым и Богом и людьми — за исключением великих, роковых мгновений, когда повелители империй, затеяв игру в войну, торжественно объявляют их своим священным достоянием.

2

Виктора-Фландрена вывел из мечтательного забытья волк, который визжа рвался со сворки. Он взглянул на припавшего к земле зверя и внезапно решил вернуть ему свободу. Когда ремень был расстегнут, волк на мгновение замер, потом, встав на задние лапы, уперся передними в грудь Виктора-Фландрена.

Теперь морда волка и лицо человека сблизились почти вплотную. Волк медленно облизал щеки Виктора-Фландрена, так бережно касаясь их языком, словно вылизывал открытую рану на собственном теле; потом он опустился наземь и, отвернувшись, неспешно затрусил к лесу. Виктор-Фландрен долго провожал его взглядом; затем, когда тот скрылся из виду, пошел своей дорогой.

Когда Виктор-Фландрен приблизился к селению, солнце уже стояло в зените. До сих пор он никого не встретил. Он внимательно оглядел поселок, сосчитал дома. Их оказалось семнадцать, но добрая половина выглядела заброшенными. Одна из ферм, самая большая, стояла на отшибе, на склоне холма между двумя еловыми рощицами. Местность здесь была такой неровной, что все постройки находились на разных уровнях. Виктор-Фландрен присел на край колодца, расположенного между пятью домами. Его мучил голод; порывшись в дорожном мешке, он нашел там только ломоть безнадежно черствого хлеба. Залаяла собака, следом тотчас подали голос другие. Наконец из одного дома вышел мужчина; он прошел мимо колодца, как бы не замечая Виктора-Фландрена, хотя искоса настороженно оглядел незнакомца. Виктор-Фландрен окликнул его. Человек обернулся с тяжеловатой медлительностью. Виктор-Фландрен спросил, как называется селение и не найдется ли здесь для него какой-нибудь работы. Услышав незнакомый акцент, крестьянин стал глядеть еще враждебнее; он ответил, что у них в Черноземье никакой работы не бывает, однако можно наведаться к Валькурам, вон туда, на Верхнюю Ферму. Виктор-Фландрен посмотрел в указанную сторону: это был тот самый дом на холме, среди елей. Он тотчас же направился к нему.

Ферма оказалась дальше, чем он предполагал, — дорога бесконечными зигзагами шла по склону холма. Собственно, ее и дорогой-то нельзя было назвать: скорее, хитрый лабиринт из подъемов и спусков. Ему пришлось даже остановиться и передохнуть. Голод все сильнее терзал его.

Когда Виктор-Фландрен добрался наконец до фермы и вошел в широкий пустой двор, его снова встретил такой яростный лай, как будто в каждом углу пряталось по собаке. Остановившись посреди двора, он крикнул: «Эй!

Есть кто-нибудь?» Лай усилился, но никто не ответил. Потом вдруг собаки испуганно завизжали, как будто почуяли близость волка. Но вот в дверях появилась женщина, так плотно укутанная в толстую шаль, что Виктор-Фландрен затруднился определить ее возраст. Он только ясно различил ее глаза: узкие и блестяще-черные, как яблочные семечки, они смотрели живо и чуточку настороженно. Женщина молча выслушала имя и просьбу Виктора-Фландрена, потом, резко отвернувшись, направилась к дому и оттуда, с порога, крикнула ему: «Ну ладно, заходите!»

В кухне царила душная жара, пахло капустой, салом и жареным луком. Хозяйка усадила Виктора-Фландрена за стол, который проворно обмахнула тряпкой, и, сбросив шаль, села напротив. Теперь Виктор-Фландрен увидал перед собой крепкую молодую женщину лет двадцати пяти, черноволосую, с круглым скуластым лицом и красиво очерченным пунцовым ртом, — мягкие губы алели ярко, как клубника.

С минуту они разглядывали друг друга; женщина не отрывала взгляда от глаз Виктора-Фландрена, особенно от левого. Он догадался, что ее заинтересовала золотая искра в зрачке; наконец он опустил веки, не столько смущенный настойчивым взглядом хозяйки дома, сколько разморенный жарой и запахами еды, дразнившими его пустой желудок. И когда женщина вдруг заговорила, он даже вздрогнул, вырванный ее голосом из полудремы.

«Значит, вы ищете работу?» — спросила она. Он удивленно глянул на нее, словно не понимая вопроса. «Что вы умеете делать?!» — продолжала женщина. Виктор-Фландрен подумал, что голос у нее такой же округлый и сдобный, как лицо; ему почудилось, будто ее слова катятся, точно свежие теплые булочки, и вместо ответа он заулыбался. «Странный вы какой-то!» — удивленно заметила молодая женщина. «Просто я очень устал, — сказал он, как бы извиняясь. — Я долго шел и ничего не ел со вчерашнего дня». Потом добавил: «Но я много чего умею делать. Я привык к тяжелой работе».

Женщина встала, повозилась в углу кухни возле массивного темного ларя и, вернувшись, выложила на стол перед Виктором-Фландреном огромную, как точильный круг, хлебную ковригу, кусок сыра и колбасу. Потом села и стала глядеть, как он ест. «Работа-то у меня найдется, — помолчав, сказала она. — Правда, сейчас, зимой, ее не так чтобы много. Но отец хворает, его совсем скрючило, еле ползает. Есть у нас два батрака, да толку от них мало». Затем она рассказала про свое хозяйство: поля, пастбища, а из живности — коровы, быки, свиньи. Ферма Валькуров была самой большой из всех в Черноземье, но приходилось день и ночь гнуть спину, чтобы содержать ее в порядке и не довести до запустения, как множество соседних. Хозяйка добавила, что война, двадцать лет назад прокатившаяся и по их местам, разорила все дотла: фермы сгорели, поля заросли сорняками —

ведь на фронте погибло столько мужчин, что в деревне остались одни старики. Больше половины здешних домов стоят пустые.

«Я насчитал всего семнадцать», — сказал Виктор-Фландрен. При этой цифре женщина вздрогнула так, словно он сказал что-то непристойное. Заметив ее удивление, он спросил: «Может, я ошибся?» — «Н-н-нет,— с запинкой ответила она, — просто...» И смолкла. «Просто — что?» — настаивал Виктор-Фландрен. «Да вот... эти пятнышки у вас в глазу...» — и она снова замолчала. «Пятнышки? — переспросил он, машинально подняв руку к глазам, словно она могла отразить его лицо, — да ведь их всего одно!» Женщина отрицательно качнула головой, потом встала, вышла из комнаты и, вернувшись, протянула Виктору-Фландрену зеркальце. Но не успел он поднять его к глазам, как стекло вдруг потемнело и затуманилось, как будто лишилось амальгамы. Виктор-Фландрен положил его на стол. Отныне и до самой смерти ему не суждено было увидеть себя в зеркале, и только взгляды других людей возвращали ему его образ.

Однако Мелани Валькур трудно было испугать подобными чудесами. Она взяла зеркало и спрятала его в ящик стола, который закрыла с сухим треском. Все ее жесты отличались той же проворной точностью, что и взгляд узких, черных, как яблочные семечки, глаз. Еще только завидев у себя на дворе незнакомца с черным от угля лицом и золотой пыльцой в левом глазу, она сразу приняла решение —

оставить в доме этого мужчину, сделать его своим, пускай от этого ослепнут хоть все зеркала на свете. Уж ее-то глаза, во всяком случае, не померкнут — они глядели зорко и мгновенно, безошибочно определяли вес и стоимость любой вещи, любого существа, особенно мужчины. Этот был молод, полон сил и отмечен красотою зимней ночи, осиянной звездами. Вот так Виктор-Фландрен и был нанят батраком в самый день своего прихода в Черноземье. Впрочем, на должности этой он не задержался — уже на следующий день он твердо знал, что станет здесь хозяином; так оно и случилось в действительности, и довольно скоро.

Странствие его продолжалось всего одну зиму, а врастание в эту землю будет длиться почти целый век.

3

Папашу Валькура и в самом деле так скрючило, что при ходьбе руки его почти касались земли. Впрочем, трудно было назвать это ходьбой — он едва ковылял, опираясь на палку, такую же искривленную и узловатую, как и он сам. Большей частью старик сидел кучкой в углу, мирно подремывая, и стряхивал с себя оцепенение только в одном случае — когда поминал императора. Он воочию видел его и даже удостоился чести побеседовать со своим повелителем накануне того рокового дня, когда они разделили горечь поражения. Случилось это в Седане, двадцать лет назад, и за прошедшие годы позорная битва обернулась, в воображении папаши Валькура, самой что ни на есть доблестной баталией, а обожаемый император стал героем и бесстрашным рыцарем. И чем больше он приукрашивал эту свою легенду о Наполеоне III, тем ожесточеннее поносил старого Вильгельма, «эту жалкую сволочь, которому, видать, сам дьявол обтесал башку на манер острого кола, чтобы тот вернее протаранил ею ворота в Царство Божие — или во Францию», а это в понимании старика было все едино. Именно так он утверждал, бранясь, на чем свет стоит, и злобно стуча клюкой в пол.

Виктор-Фландрен воздержался от замечаний, когда старик с воинственными криками вывалил перед ним свою орденскую мишуру — остатки былой славы; для него самого все представления о той войне сводились к голове отца, которую дьявол не обтесал, как кол, а попросту раскромсал на куски.

Что же касается двух других мужчин, работавших на ферме батраками, то их возраст определить было трудно — они выглядели и на тридцать лет и на все шестьдесят. Звали их Матье-Малинка и Жан-Франсуа-Железный Штырь. Казалось, их обоих грубо вырубили топором из засохшего дерева, причем одного в длину ствола, а другого в ширину, и с тех пор эта мертвая древесина непрерывно коробилась и покрывалась сизой плесенью — точь-в-точь бочонок, где слишком долго хранили старое вино.

Они жили тут же, при ферме; Матье-Малинка ютился в хлеву, на сеновале, Жан-

Франсуа-Железный Штырь — в чуланчике-пристройке к амбару. Ни тот, ни другой не соглашались спать где-нибудь еще, особенно Матье-Малинка, несмотря на жалкие условия своего обиталища. Ему нравилось влажное, затхлое тепло хлева, гнилая вонь соломы, пропитанной мочой, навозом и свернувшимся молоком. Вместо женщин, с которыми ему никогда не приходилось иметь дела, он щедро ублажал себя с помощью дыр, проверченных в стенах стойла. Не проходило дня, чтобы он не спознался с одним из этих каменных влагалищ, заботливо выдолбленных под размер и поросших мягоньким кудрявым мхом. По весне ему доводилось совокупляться прямо с рыхлой землей, покрытой неясной зеленой травкой. Ну, а для Жана-Франсуа-Железного Штыря, которого в молодые годы свирепо боднул в причинное место баран, и эти утехи были излишни — с того дня его сексуальная активность заглохла намертво, раз и навсегда.

Вот с такими товарищами судьба и свела Виктора-Фландрена. Самому ему в первый вечер достался уголок в кухне, под скосом крыши, но уже на следующую ночь он улегся в широкую мягкую постель Мелани, чье пышное розовое тело, так долго томившееся по мужчине, обрело наконец щедрое сладкое утешение.

Доселе Виктор-Фландрен знал лишь двух женщин. Первую он встретил в шахте, где она работала сортировщицей. Ее звали Соланж. Это было тощее, костистое существо с такими шершавыми губами и руками, что ее поцелуи и ласки неизменно напоминали о терке. Со второй он познакомился на танцах. Его привлекло бледное личико девушки, большие, обведенные голубыми кругами глаза. Однако эта его подружка вкладывала в свои объятия так ничтожно мало желания и страсти, что, едва улегшись в постель, тотчас и незамедлительно засыпала, как будто первые же поцелуи повергали ее в летаргию. Виктор-Фландрен даже не помнил ее имени, которое она наверняка сообщила ему, зевая во весь рот.

Но тут, в постели с Мелани, Виктор-Фландрен наконец познал истинную сладость любви, ее острую, пряную сладость, что бесконечно будоражила его изголодавшуюся плоть.

Папаша Валькур вскорости умер, выкрикнув напоследок: «Слава императору!» Впрочем, смерть оборвала его на полуслове. «Слава им!..» — прошамкал он, но тут челюсть его отвисла, и он с разинутым ртом рухнул на пол; кончилось время иллюзий.

Мелани уважила последнюю волю отца — быть похороненным в солдатском мундире, с ружьем и всей прочей военной амуницией. Однако ревматизм настолько изуродовал тело старого вояки, что оказалось невозможно натянуть на него ветхий мундир. Тогда Мелани полностью распорола его, собираясь затем сшить заново прямо на теле умершего, скукоженного, словно какое-то неведомое высохшее насекомое. Но и это ухищрение ни к чему не привело: когда покойника стали укладывать в гроб, пришлось разбивать ему все кости железным ломом, чтобы хоть мало-мальски выпрямить, и под этими ударами мундир опять разлезся по швам. Тем не менее бравый солдат Валькур, до последнего вздоха верный своему императору, был погребен в военном, пусть и разодранном, облачении, вытянувшись по стойке «смирно» меж четырех досок гроба и со ржавым ружьем, приткнутым с правого бока.

Малое время спустя Матье-Малинка отправился вслед за хозяином. Смерть и его застала в самый разгар любимого дела. Однажды утром Жан-Франсуа-Железный Штырь обнаружил своего напарника уткнувшимся в стенку, в самом укромном местечке хлева: тот так и застыл стоя, с опущенными руками; расстегнутые штаны лежали гармошкой на деревянных сабо. Пришлось звать на помощь Виктора-Фландрена, иначе умершего никак было не оторвать от стены, — последняя «жена» Матье-Малинки крепко держала своего любовника, и, делать нечего, они прибегли к пиле. Так его и схоронили без той единственной части тела, к которой он проявлял хоть какой-то интерес. А она, эта часть, осталась навсегда вмурованной в стенку хлева, где ей (как сказал Жан-Франсуа-Железный Штырь, замазывая дыру цементом, чтобы укрыть последнюю память о друге) будет куда лучше, нежели в холодной земле, вместе с остальным телом.

С каждым месяцем Виктор-Фландрен проникался все большей любовью к земле, все крепче врастал в крестьянскую жизнь. Снег уже стаял, и он с удовольствием оглядывал подсыхающие поля и луга вокруг фермы, ручьи, пруды и болота, куда постепенно слетались стаи птиц, спасавшихся от зимы в дальних краях.

Валькуры владели самыми обширными угодьями в Черноземье и, вдобавок, весьма удачно расположенными. Соседи звали их землю Синим Жиром — она была необычайно плодородна, а свежевспаханные борозды и впрямь лоснились на солнце, точно политые маслом.

Вообще в Черноземье каждый участок носил имя, связанное с его качеством или историей. Так, имелись здесь Лунные Болота, Волчья Баня, Дымная Лужа, Кабаний Колодезь и Бешеный Ручей. Рощам вокруг домов также присвоили названия: одной — Лес Ветреных Любовей, другой — Утренний Подлесок, третьей — Мертвое Эхо. Именно в этой последней, самой густой из всех, Виктор-Фландрен и повстречал волка. Каждый из семнадцати домов тоже имел прозвище, его сохранили даже те, что развалились. И, конечно, почти все обитатели селения присоединяли к своим именам меткую кличку. Верхняя Ферма утратила прежнее название «Валькур-слава-императору»; теперь она стала домом Пеньеля-Золотая Ночь.

Золотая Ночь созерцал землю, простиравшуюся вокруг него, еще более молчаливую и медлительную, чем сонная вода каналов, столь же скупую и суровую, как шахта, где каждый божий день приходилось бороться за существование. Только плоды, которые он вырывал у этой земли, принадлежали ему самому, и, извлекая их из подземного мрака, он нес их к свету.

Виктор-Фландрен никогда не рассказывал Мелани о своем прошлом; он пришел к ней и остался в ее жизни незнакомцем. И она не задавала ему никаких вопросов, только втихомолку дивилась его золотистой тени и странному ожерелью из семи молочно-белых бусинок, которые даже у него на шее неизменно оставались холодными. Но она догадывалась, что человек, один взгляд которого замутняет зеркала, на любые вопросы может дать еще более диковинные ответы. И потом, к чему ей знать, откуда пришел этот человек; главное, теперь он здесь, с нею. При нем хозяйство ее расцветало, стада множились, земля приносила обильный урожай, и даже ее собственное тело стало плодородным. Ибо наконец в ее чреве шевельнулся ребенок.

4

Он появился летним днем. Никто так и не понял, зачем он покинул лес в такое время года и средь бела дня пришел в селение. Когда он затрусил по улицам Черноземья, испуганные крестьяне первым делом позапирали во дворах скот и детей, затем вооружились косами, топорами и вилами и, в сопровождении собак, бросились ловить Зверя. Однако волк бежал своей дорогой, не помышляя о добыче на лугах и в усадьбах, не обращая никакого внимания на орущую толпу и псов, спешивших за ним следом. Он мчался так быстро, что никто не смог его догнать, и когда, срезав путь через поля, добрался до Верхней Фермы, его преследователи еще пыхтели у подножия холма.

Виктор-Фландрен тотчас признал голос волка. Только на сей раз в нем звучал не тот безумный пронзительный смех, а долгая страдальческая жалоба.

Волк рухнул посреди двора на бок; в таком положении его и застал Виктор-Фландрен. Увидев волка, он не оробел и не удивился, хотя со времени его ночевки в лесу прошло более двух лет. Присев на корточки рядом с лежащим зверем, он легонько приподнял его голову.

Волк перестал визжать; слышно было только глухое, прерывистое биение его сердца. В желтых глазах сверкнул живой огонек, который из яркого сделался тусклым, а потом и вовсе померк в черных дырах зрачков. Из-под упавших век тонкой струйкой вытекли слезы, и Виктор-Фландрен, покрепче сжав голову зверя, слизнул эти едкие, горько-соленые капли. Голова волка тяжело упала к его ногам.

Заметив ватагу крестьян, спешивших к его ферме, Виктор-Фландрен схватил волка в охапку, унес в амбар и запер.

Все мужчины поселка, некоторые даже с женами, стояли у ворот; едва они вошли во двор, как Золотая Ночь пошел им навстречу, объявил, что волк мертв и они могут расходиться по домам. Но крестьяне во что бы то ни стало хотели увидеть мертвого Зверя и бросить его останки собакам. Золотая Ночь отказался — еще, мол, рано показывать им волка, — и выставил за ворота.

Прошло несколько часов, уже давно стемнело, когда на дороге, ведущей к Верхней Ферме, поднялся оглушительный шум. Грохот кастрюль, горшков и котелков, в которые били палками, перемежался с воплями мужчин и женщин, нестройным пением, топотом и злобным смехом. Шум становился все громче, поднимался, как прилив; толпа с угрожающими криками шла на приступ фермы.

Взвыли и разлаялись собаки; услышав их, тревожно замычали коровы в хлеву. Мелани испуганно вскочила с кровати, обхватив руками высокий живот. «Они собрались нас ослабить! — в ужасе воскликнула она. — Хотят проучить!» Золотая Ночь не сразу понял смысл ее слов. «Что мы такого сделали?» — недоуменно спросил он. «Нас не любят, — просто ответила Мелани. — Ты чужак, а женился на мне. Здесь так не принято. И потом, эта история с волком...»

Виктор-Фландрен встал, оделся и сказал: «Сиди здесь. Я сам с ними поговорю». — «Не нужно! — взмолилась Мелани. — Они все пьяны, их теперь злоба разбирает. Не станут они тебя слушать. Останься со мной, я боюсь!» — «Ну, а я не боюсь. Пойду к ним».

Озверевшая толпа уже ворвалась во двор и начала еще громче поносить Виктора-Фландрена и Мелани, не скупясь на самые гнусные ругательства и насмешки. Наиболее ретивые стали швырять камни в стены, окна и двери, выкрикивая угрозы и размахивая факелами. Они привели с собой старого осла, водрузив ему на спину, лицом к хвосту, чучело из соломы и тряпья, изображающее Пеньеля. «Эй, Волчья Пасть! — голосили они, беснуясь и гремя кастрюлями. — А ну, иди сюда, мы тебя выпорем, зверюга поганая, мы тебе хребет сломаем, падаль ты вонючая! Эй, эй, Волчья Пасть!»

Дверь распахнулась, и Золотая Ночь встал на пороге, в волчьей шкуре, накинутой на спину и ниспадавшей почти до пят. «Вот и я!» — сказал он. При виде его все смолкли, потом раздался глухой враждебный ропот, в нем звучали испуг и ненависть. «Это оборотень!» — закричали некоторые, отступая. Золотая Ночь пошел прямо на толпу. «Чего вам надо?» — спросил он. Но вместо ответа вновь послышались невнятные ругательства. «На осла его! На осла! — крикнул кто-то. — Обмажем его дерьмом, обваляем в перьях!» — «Держи, вот твоя шляпа!» — заготовал другой, швырнув Виктору-Фландрену драную, всю в нечистотах, корзину. «Проклятый оборотень! Смерть оборотню! Сожжем его! Спалим его!» — завопили третьи, и тотчас все хором подхватили этот призыв.

Но едва люди двинулись к нему в свете факелов, неровными сполохами освещавших их разъяренные лица, как осел бросился в гущу толпы, скинул со спины чучело и, обежав вокруг Виктора-Фландрена, умчался прочь бешеным галопом; никто не смог удержать его. «Ах ты, пес проклятый! — заорали крестьяне, — вон даже скотина и та тебя боится!» Однако им никак не удавалось подойти вплотную к Золотой Ночи: осел как будто очертил вокруг него невидимую границу, которую они не могли переступить. Тщетно все топали ногами, махали кулаками и рвались вперед — ни один из нападавших не в силах был приблизиться к Виктору-Фландрену. Тогда они с удвоенной яростью бросились на валявшееся чучело, насадили его на вилы и, водрузив среди двора, подожгли.

Соломенная кукла мгновенно сгорела, к великой радости зрителей. Но когда огонь уже померк, из кучи золы вдруг вырвались семь ослепительно-желтых языков пламени; они взвились в человеческий рост, изогнулись, как змеи, потом опали и мгновенно, семью огненными кометами, унеслись в ночной мрак.

Ярость крестьян тут же улеглась, как погасшее пламя; их обуял страх. С испуганным шепотом они медленно попятились к воротам. И в гробовом молчании, чуть ли не на цыпочках, покинули Верхнюю Ферму.

С той поры никто больше не осмеливался устраивать Виктору-Фландрену кошачьи концерты, но теперь к его прозвищу Золотая Ночь добавилось второе, злобное — Волчья Пасть.

———

Мелани родила осенью. Роды произошли вечером, в два приема. Все это время Виктор-Фландрен простоял за дверьми спальни, в темном коридоре: Мелани запретила ему входить, допустив к себе только трех деревенских женщин. Из комнаты доносились лишь их голоса, то тихо, то громко звучали приказы, советы и странные звуки, которыми они помогали роженице тужиться; весь этот гомон сопровождался непонятными шорохами и суетой. Безмолвствовала одна Мелани. В конце концов, Виктору-Фландрену почудилось в темноте, что три повитухи только для вида суетятся вокруг пустой кровати, а сами колдовскими чарами извели Мелани, заставив ее исчезнуть. И он яростно заколотил в дверь, требуя, чтобы женщины впустили его, но они упорно не открывали.

Он был не в силах переносить мучительный страх и молчание Мелани, пугавшее его больше, чем любые вопли; под конец его собственный живот пронзила та жестокая боль, которую Мелани отказывалась выразить криком. И тогда он сам начал кричать во все горло, надсаживаясь громче любой роженицы, и этот душераздирающий вопль привел в ужас всех, кто его услышал, и людей, и домашний скот. Он оборвался лишь в то мгновение, когда закричал первый новорожденный. И тут он впервые в жизни разрыдался — от усталости, облегчения и счастья. При крике же второго младенца слезы его разом высохли, он улыбнулся и вновь почувствовал себя ребенком.

Внезапно мир преобразился, он стал волшебно легким, как будто и сам он, и все вокруг сделано из тонкой прозрачной бумаги. Ему вспомнился запах ветра, провожавшего баржи вверх по течению Эско, и ароматы весенних берегов в лилово-розовых сумеречных туманах. Он вновь увидел себя бегущим по тягловой тропе, усеянной конскими яблоками, которые летом сплошь покрывались изумрудно-голубыми роями мух. Он почувствовал на лице нежное касание ладоней Виталии, которая подтыкала внуку простыню, чтобы ему уютней спалось в добром мире снов, куда уводили ее ежевечерние сказки. А еще в нем затрепетало нечто иное, невидное, поднявшееся из самых заповедных глубин естества и походившее на чужой и, вместе с тем, невыразимо близкий взгляд, проникший в него, чтобы охранять и лелеять сновидения. Но ему никак не удавалось определить, чье же всевидящее око живет в нем, хотя он и подозревал, что это его мать и сестра, а быть может, и отец, надзиравший за сыном помимо его желания.

Когда женщины наконец вышли и впустили его в комнату, он еще не опомнился от потрясения и воспоминаний.

Мелани покоилась на кровати с запрокинутой головой; ее распущенные волосы струились по подушкам. Виктор-Фландрен долго смотрел на уснувшую жену, которая прижимала к себе двух рожденных ею сыновей. Сейчас ее красота казалась ему почти пугающей — бледное, испитое лицо, запавшие, в темных кругах глаза, приоткрытые губы, вспухшие и прозрачно-алые, как ягоды смородины. Еще влажные от пота, блестящие волосы обрамляли щеки длинными волнистыми прядями, которые слабо поблескивали каштановой рыжиной в лучах закатного солнца. Потом он взглянул на детей, уютно пристроенных в гнезде материнских рук; они были похожи друг на друга, как две капли воды. Тело Мелани казалось зеркалом, удвоившим одного ребенка, и Виктор-Фландрен машинально поискал в нем глазами собственное отражение. Но наткнулся на ту же матовую непроницаемость, какую встречал в любом зеркале, и почувствовал себя исключенным из этого тройственного союза тел, погруженных в общий сон. Тогда, не в силах разделить с ними этот сон, он сел на краешек постели и принялся охранять его.

5

Итак, Виктору-Фландрену никогда не удавалось поймать в зеркале свое отражение. Но зато он непрестанно сеял его вокруг себя. Например, его золотистая тень еще долго витала там, где он давным-давно прошел, и обитатели Черноземья испуганно шарахались, встретив ее на своем пути. Никто не осмеливался ступить в тень Золотой Ночи-Волчьей Пасти, наводившей еще больший страх, чем он сам.

Он оставил также след своей золотой ночи в глазах сыновей — Огюстена и Матюрена. Каждый из них носил золотую искорку в левом глазу. И такое пятнышко отмечало всех его последующих детей, неизменно рождавшихся близнецами.

Ради своих сыновей он взялся за работу с удвоенной силой и энергией, захватывая в собственность все больше полей, лесов и вод Черноземья. Вскоре его репутация удачливого хозяина стала известна не только в соседних деревнях, но и в городке, где каждый месяц устраивались ярмарки. Однако эта слава, так же, как странная тень и волчья шкура, внушала людям не столько почтение, сколько боязнь, угнетая их души наподобие невидимого зимнего солнца, которое, укрывшись в плотной облачной хмари, наводит уныние своим рассеянным светом.

Никто не знал, откуда он явился, почему и как попал в эти края, но из уст в уста передавались самые фантастические легенды и россказни по поводу его зачерненного угольной пылью лица, золотых пятнышек в левом глазу, которые унаследовало его потомство, золотистой тени, разгуливающей без хозяина по дорогам, дружбы с волками, нездешнего выговора, взгляда, способного гасить зеркала, искалеченной руки.

Он был здесь инородцем, и потому, сколькими бы землями он ни завладел, ему никогда не суждено было стать своим, проживи он хоть Мафусаилов век. Для всех и на все времена он должен был остаться чужаком.

Но он проходил сквозь годы и по своей земле ровным, уверенным шагом, и его сердце, с детства омраченное горестями, постепенно раскрывалось навстречу безмятежному чистому сиянию дня. И любовь, которую он питал к своей жене и сыновьям, к своим полям, стадам и лесам, была цепкой и жизнестойкой, как луговая трава. Если бы ему пришлось давать Верхней Ферме другое имя, он назвал бы ее не так, как его дед и отец окрестили их баржу. Не «Божья милость» и не «Божий гнев», но «Божья опора» — вот таким словом нарек бы он ее.

Его вера на самом деле была лишена всяческих образов и чувств. Он совершенно не разбирался ни в религиозных таинствах, ни в церковных обрядах и сказаниях. Одно лишь он знал непреложно: Бог никак не мог родиться младенцем и прийти в этот мир, ибо тогда мир, лишившись Божественной опоры, тотчас рухнул бы, обратившись в руины и хаос. И потом, Бог, даже в образе младенца, был слишком тяжел, чтобы спуститься на землю и ходить по ней, — он наверняка все раздавил бы в прах на своем пути.

Проникшись этим убеждением, он посещал церковь всего раз в году, что, разумеется, только усугубляло враждебность окружающих. Золотую Ночь-Волчью Пасть сочли неверующим.

Единственный церковный праздник, который он соблюдал, была Троица; в этот день он шел отмечать деяние, и впрямь, по его мнению, достойное Господа: «И внезапно сделался шум с неба, как бы от несущегося сильного ветра, и наполнил весь дом, где они находились. И явились им разделяющиеся языки, как бы огненные, и почили по одному на каждом из них. И исполнились все Духа Святого и начали говорить на иных языках, как Дух давал им провещавать» (Деян 2: 2—4).

Господь мог, конечно, проявить свое могущество, обрушив на головы людей, от щедрот своих, все это великое множество языков, но не иначе как оставаясь на своем месте, в небесах. Таким образом, мировое равновесие было сохранено, а связь между этими двумя непримиримыми силами только упрочилась. Виктор-Фландрен представлял себе, как этот фантастический ливень огненными потоками низвергается с небосвода на землю, и сверкающие капли Божьего дождя опаляют своим жгучим пламенем непокрытые головы и плечи людей. А язык, на котором начали тогда изъясняться эти люди, наверняка был подобен голосу всесокрушающего безумного ветра, ниспосланного на землю. Золотая Ночь-Волчья Пасть до страсти любил ветер и никогда не уставал слушать его свист или завывание. Он и смерть воображал эдаким прощальным порывом ветра, что выхватывает из груди человека живое сердце и возносит его на своих крыльях высоко-высоко, в просвет между облаками.

Огюстен и Матюрен были так похожи, что одни родители могли различать их. От отца они унаследовали буйно-рыжую, вечно всклокоченную гриву и золотую искорку в левом глазу, а от матери — округлое лицо с тугими скулами. Любой жест, любая гримаса были у них общими, но делили они их не поровну, и в этом, едва заметном неравенстве и состояло их различие. Так, их голоса и смех имели одинаковый тембр, зато модуляции сходились не всегда, совпадая тоном, но не нюансами. В голосе и, особенно, смехе Матюрена звучало больше веселых, ясных ноток, тогда как у Огюстена всегда слышалась легкая заминка, чуточку приглушавшая любой звук. И такая же, едва ощутимая разница чувствовалась у них во всем, вплоть до дыхания.

Именно это последнее необыкновенно занимало Виктора-Фландрена. Каждый вечер он садился у постели сыновей и рассказывал им те же сказки, какими некогда Виталия полушепотом усыпляла его самого. Оба мальчика тоже почти сразу погружались в сон, зачарованные волшебными образами и приключениями, которые еще долго переживали в ночных грезах. А их отец все сидел возле кровати, любуясь спящими сыновьями, вслушиваясь в их дыхание и пытаясь уловить на умиротворенных, беззаботных личиках отблеск собственного детства, так рано и жестоко пресеченного судьбой. Потом он и сам укладывался в постель, где под пышной периной ждала его Мелани. Ее свернувшееся клубочком тело в теплом коконе простыней источало запах промокшей коры, каким дышит лесная чаща после осеннего ливня. Он любил нырнуть в эту влажную духоту, зарыться лицом в пышные, раскинутые по подушке волосы жены и просунуть ногу меж ее сжатых коленей. Таково было его обычное вступление, за которым следовала быстрая, гибкая любовная игра, то соединявшая, то разъединявшая их руки и ноги до того мгновения, пока тела окончательно не сливались воедино.

В любви Мелани была страстной, но молчаливой, как будто ее неукротимый пыл неизменно соперничал с целомудренной стыдливостью, и это придавало их объятиям оттенок ритуальной борьбы. Но Мелани вообще была крайне сдержанна и скупа на слова. Все свои чувства она выражала жестами и взглядом. Казалось, в ее большом теле непрестанно пылает жаркий костер из слов, которые, сгорая, вырываются наружу энергичными движениями и яркими проблесками в глазах.

Век близился к концу, и, словно в честь этого знаменательного события, Мелани снова забеременела. На сей раз она дала жизнь двум девочкам — близняшкам и, конечно, с золотой искоркой в левом глазу. В противоположность старшим братьям, они унаследовали густую черную шевелюру матери и резковатые отцовские черты лица.

И вновь Виктора-Фландрена пронзило странное ощущение нереальности при виде двух существ, одно из которых выглядело зеркальным отражением второго. Но и в этом обманчивом зеркале он вмиг научился различать оттенки, неуловимо нарушавшие игру подобий. Одна из девочек, Матильда, казалась ему выточенной из твердого камня, тогда как другую, Марго, как будто вылепили из мягкой податливой глины. Однако именно на этих, едва заметных различиях зиждилась неразлучная, горячая привязанность близнецов и близняшек друг к другу, ибо каждый искал и любил в другом ту мелкую черточку, которой не хватало ему самому.

Обитатели Черноземья увидели в этом квартете близнецов Пеньелей новое подтверждение странности Золотой Ночи-Волчьей Пасти: дескать, этот упрямый чужеродец все делает с перебором, хоть бы людей постыдился! Слава Богу, у его детишек (на которых они переносили часть враждебности, питаемой к их отцу) в левом глазу всего по одному золотому пятну, а главное, они не унаследовали от него эту жуткую гулящую тень. Что же до Мелани, то она чувствовала в себе достаточно сил хоть для целой армии близнецов, буде ей придется их родить. Вдобавок, за время двух своих беременностей она необыкновенно хорошела и расцветала; ей сладко было носить в себе этот чудесный груз, который все прочнее и глубже привязывал ее к земле, к жизни, к Виктору-Фландрену. Для нее все самое прекрасное в мире связывалось с округлой полнотой. Весомая округлость стога сена и хлебной ковриги, сияющая округлость солнца, твердая округлость мужских мышц, полнота желания... И ее нежность к близким, спокойная, полновесная и сочная, тоже уподоблялась этой округлости бытия и всех вещей на свете.

Округлость дней, где под ее любящим взглядом росли дети и плодоносили поля, сменялась округлостью ночей, еще более раздольной и сладостной.

А Виктор-Фландрен крепко держался Божьей опоры, не забывая о том, что с этим Богом, таким далеким, если он вообще существует, нужно постоянно хранить связь сквозь разделяющую их пустоту, хранить, дабы не нарушить равновесие мира. И дети, плоть от плоти его, стали теми спасительными балансирами, что помогали ему надежно держаться на этой земле.

6

Ближайшая к Черноземью деревня находилась в шести километрах от Верхней Фермы, если идти по дороге. Но дорога эта, начинаясь со склона холма, где стоял дом, шла бесконечными извивами вокруг горных болот, скалистых выступов и ложбин, поросших колючим кустарником. Затем она пересекала раскиданное по плато селение, бежала вдоль опушки Леса Ветреных Любовей, резко сворачивала к Бешеному Ручью и вновь уходила в поля и луга, чтобы наконец уткнуться в деревню Монлеруа.

Поэтому, когда близнецам настало время идти в школу, Виктор-Фландрен решил проложить тропу покороче, которая вела бы через поля напрямик к короткой и не очень извилистой дороге на Монлеруа. Таким образом, детям придется одолевать каждое утро и каждый вечер всего по три километра.

Огюстену сразу понравилось в школе, и он принялся усердно осваивать чтение и письмо. Он испытывал огромный интерес к книгам и любил в них все — и тяжесть, и сладковатый запах, и шершавость бумаги, и ровные черные значки на белых страницах, и иллюстрации, делавшие текст еще более захватывающим. Скоро Огюстен начал мечтать над книгами и картинками; особенно поразили его воображение книга «Путешествие двух детей по Франции» и две большие географические карты, висевшие по обе стороны классной доски.

Справа красовалась Франция, во всем своем тысячелетнем великолепии, которое чуточку подпортил с восточной стороны отгрызенный немцами кусок — Эльзас и Лотарингия. Обширное шестиугольное пространство походило на звериную шкуру, растянутую для просушки, бирюзовые ниточки рек змеились по зеленым пятнам лесов и желтым лоскутам равнин, испещренных жирными и мелкими черными точками городов — центров префектур и супрефектур. Огюстен мог с закрытыми глазами провести указкой вдоль Мезы и единым духом перечислить все города на ее берегах.

Слева от доски висела карта мира, где континенты выделялись светлыми пятнами на темно-синем фоне морей и океанов. Мальчика зачаровывали названия этих необъятных водных пространств со множеством стрелок — указателей главных морских течений: Тихий океан, Северный Ледовитый океан, Красное и Черное моря, Балтийское море, Охотское, потом заливы — Оманский, Панамский, Кампучийский, Бенгальский. Все эти названия ровно ничего ему не говорили, они были для него просто словами, волшебными звуками, свободными и стремительными, как ветер, как полет ласточки. Он твердил их лишь затем, чтобы насладиться непривычным звучанием.

Освоенные земли были окрашены в охру, неосвоенные белели, как снег, зато территории, принадлежавшие Франции, выделялись чудесным, сочным розовым цветом. Когда учитель касался указкой этих розовых пятен, в его голосе всегда звучала гордость. «Вот африканская Франция!» — объявлял он, описывая неопределенный круг в центре карты. «А это Франция аннамитская!» — продолжал он, двигая указку к востоку. Эта далекая неведомая география приводила в смятение маленького крестьянина, каким был Огюстен, что, впрочем, не мешало ему распространять на нее свои мечты и воображаемые приключения.

Матюрен отнюдь не разделял братнее увлечение школой; он обожал бегать по лугам, лазить на деревья и разорять птичьи гнезда, вырезать из коры всевозможные безделушки. Книги наводили на него скуку, он только и любил в них, что картинки. Учиться он предпочитал не в доме, а прямо на земле, его окружавшей. И этой земли ему вполне хватало; он не нуждался в тех далеких, карамельно-розовых Франциях с непроизносимыми названиями, где жили люди со смуглой или черной кожей.

Матюрен очень любил животных, особенно быков. По ярмарочным дням он неизменно сопровождал отца в город, где на главной площади выставляли скот на продажу. Здесь можно было увидеть самых красивых быков в округе. Эти животные нравились Матюрену своей медлительной, спокойной силой, грузной красотой огромных тел, нежным теплым дыханием, а главное, необычайно кротким взглядом выпуклых глаз. На их ферме именно он ухаживал за быками.

С помощью отца Матюрен смастерил небольшую тележку. В хорошую погоду он запрягал в нее одного из быков и катал брата и сестренок по узкой дорожке, которую отец проложил для них на западном склоне холма. В дождливые дни он ездил по ней один. Тележка то и дело подпрыгивала и кренилась на ухабистой тропе, и мальчик, глядя на лоснящийся круп неспешно шагавшего быка, крепко сжимал вожжи, точно капитан, даже в бурю уверенно держащий штурвал своего корабля. Мир и впрямь расстилался вокруг него, как безбрежный, пустынный, свободный океан.

Возвращаясь из своих «странствий», Матюрен всегда заставал мать на пороге дома в ожидании, и, стоило ему въехать во двор, как она хватала заляпанного грязью мальчика в охапку и с ворчанием несла́ в дом, чтобы отмыть и обсушить. Однако причитания Мелани скрывали не гнев, а тревогу за сына. Матюрен был ей ближе других детей, ибо он любил и понимал землю в точности, как она сама. Огюстен тоже с нетерпением поджидал брата, но встречал его молча. Он только грустно смотрел, как тот возвращается домой, насквозь промокший, и всем своим понурым видом упрекал Матюрена за то, что тот покинул его. Он вовсе не любил быков и прогулки под дождем, но ни минуты не мог обойтись без брата. И когда тот бросил школу, Огюстен поступил так же, невзирая на свое желание продолжать учебу.

Что же до Виктора-Фландрена, он очень тосковал по лошадям. Ведь они были единственными друзьями его одинокого детства. И вот однажды он привел с ярмарки гнедого упряжного коня с великолепным пышным хвостом, таким же густо-черным и отливающим рыжиной, как волосы Мелани. Он назвал его Эско в память о своей прошлой жизни, где был «речником», а не «сухопутным». Он один помнил теперь о былых временах — все его дети родились здесь, на этой земле, к которой он шел целых двадцать лет, и их воспоминания будут совсем иными.

Но он привез из города еще одну вещь, доселе невиданную и способную объединить самых разных людей с помощью образов, независимых от времени и пространства и подчиненных лишь игре фантазии.

Это был большой, обитый черным коленкором ящик, заключавший в себе другой — поменьше и более сложной формы, сделанный из лакированной жести цвета сливы; по нижнему его краю вилась гирлянда из розовых и желтых цветочков. Все вместе походило на миниатюрную печурку с двумя трубами, горизонтальной и вертикальной. Первая была широкой и короткой, с маленьким стеклянным окошечком на конце; вторая, довольно длинная, оканчивалась зубчиками.

Доставив на ферму это таинственное сооружение, Виктор-Фландрен ничего не рассказал о нем близким; он запер аппарат на чердаке и несколько вечеров провел там один за какими-то манипуляциями. Наконец он созвал на чердак все свое семейство вместе с Жаном-Франсуа и пригласил рассаживаться на скамьи, установленные перед белым прозрачным экраном, позади которого красовался на столе загадочный ящик. С минуту он повозился в темноте у стола, и вдруг натянутое полотно ярко озарилось, а из зубчатой трубы пошел легкий дымок. И вот в чердачном полумраке возникли фантастические звери: оранжевый жираф как будто ощипывал облачко на небе; носорог в черной броне с голубоватым отливом грузно топал по саванне; обезьяна лихо качалась в пустоте, уцепившись одной рукой за ветку банановой пальмы; кит выпрыгивал из бирюзовых волн, пуская в небо радужный фонтан; павлин распускал многоцветный веер хвоста; белый медведь ездил на колесе, а следом, держа его на цепи, бежал цыган в пестром наряде с блестками; дромадер спал под сияющими звездами пустыни, рядом с полосатым желто-зеленым шатром; гиппопотам с мощным туловом стоял недвижно, как бронзовый монумент; красно-розовый попугай сидел на воздетом хоботе слона; было здесь и множество других невиданных зверей, и все они вызвали у детей бурный восторг. Затем пошли другие картинки — поезда, тянувшие за собой шлейф черного дыма, зимние заснеженные пейзажи, комические сценки с забавными двурогими зверюшками и кое-что пострашнее: чертенята, вооруженные вилами; призраки, летающие в лунном свете, и прочие крылатые, рогатые, хвостатые и зубастые чудища, которые наводили страх на зрителей, свирепо вращая глазищами и показывая ужасные когти и клыки. Долго длился этот захватывающий сеанс, который с тех пор часто повторяли зимними вечерами.

Всякий раз, как Виктор-Фландрен собирал на темном чердаке своих близких и включал для них волшебный фонарь, он чувствовал прилив огромного счастья. В такие минуты ему казалось, что на экране светятся его собственные мечты, таившиеся доселе в самых заповедных глубинах души, и что таким образом он увлекает тех, кого любит, в странствия по волшебным краям, ведомым только им одним; эти чужедальние страны, сотворенные из цветных пятен и света, уводили их за пределы земли, во владения ночи и времени, туда, где обитают умершие, и, зажигая керосиновую лампу, которая вставлялась в черное жерло камеры, он всегда вспоминал бабушку, словно тоненький язычок огня, оживлявший все эти необычные образы, был ни чем иным, как улыбкой Виталии. В конце концов, он принялся сам изготовлять картинки, неумело рисуя на стеклянных квадратиках баржи со впря-

женными в них лошадьми и таким образом
показывая детям все, о чем говорилось в его
вечерних сказках.

С приходом весны начались полевые работы,
и сеансы волшебного фонаря почти прекратились. Зато сама природа щедро разворачивала
перед зрителями свои магические картины.
Едва вынырнув из-под снега, она принялась
буйно цвести и плодоносить. После долгого
изгнания возвращались птицы; они занимали
прошлогодние гнезда на деревьях, в кустах,
по берегам речушек и болот. Животные стря-
хивали с себя зимнюю дрему, и их тела снедал
новый голод — любовный. Эско, которому не
находилось кобылы для случки, неумолчно и
свирепо ржал днем и ночью.

Мощные призывы весны так распалили коня,
что он не мог устоять на месте. Однажды утром он вырвался из рук Виктора-Фландрена и
Жана-Франсуа, которые запрягали его в по-
возку. Был ярмарочный день, и Виктор-Фландрен собирался в город с сыновьями.

Эско опрокинул обоих мужчин вместе с по-
возкой, которая завалилась на бок, и выскочил
на середину двора, распугав домашнюю птицу,
с кудахтаньем брызнувшую во все стороны.
Потом он загарцевал на месте перед крыль-
цом дома, барабаня копытами по булыжнику
и мотая тяжелой головой, будто в колдовской
пляске. Его хриплое гортанное ржание звучало
так необычно, словно исходило от какого-то

103

доисторического зверя, скрытого в горячем теле жеребца. Привлеченная этим переполохом Мелани выбежала из кухни, на ходу вытирая передником обсыпанные мукой руки. Она не успела отступить; одним ударом копыта Эско вбил ее в ступени крыльца, и она рухнула на камень, точно сломанная кукла, бессильно раскинув руки, а передник накрыл ей лицо. Эско взвился на дыбы и все с тем же призывным ржанием поскакал к амбарам.

Золотая Ночь бросился к крыльцу; Жан-Франсуа-Железный Штырь ковылял следом, хромая и держась за поясницу. Мелани не шевелилась, она безжизненно покоилась на ступеньках, свесив вниз руки в белой муке; ее лицо по-прежнему скрывал серый, в лиловых цветочках, фартук, а ноги в сабо как-то нелепо задрались кверху.

Подбежали и четверо детей; прижавшись друг к другу, изумленно разинув рты, они с ужасом глядели на мать. Виктор-Фландрен откинул фартук с лица Мелани. У нее тоже был широко открыт рот, а немигающий, напряженный взгляд узких черных глаз был острее обычного... «Боль...но...» — простонала она, не в силах даже повернуть голову.

Марго было заплакала, но сестра тотчас одернула ее. «Молчи, дурочка! Ничего такого нет, мама сейчас встанет!» — заверила Матильда. «Ну, ясное дело, встанет, — подхватил Железный Штырь, — мать у вас крепкая, что надо...» Однако говорил он неуверенно, и глаза его медленно наливались слезами.

Виктор-Фландрен бережно обхватил плечи Мелани, Жан-Франсуа взялся за ноги, и они приподняли ее. Мелани испустила такой пронзительный вопль, что они оба чуть не выронили ее. Марго побежала в дальний угол двора, уже не сдерживая рыданий. Огюстен, деревянно выпрямившись, стоял рядом с братом, который крепко, до боли, сжимал его пальцы. Наконец мужчины с трудом донесли Мелани до комнаты и уложили на кровать. Ее лицо так мертвенно побелело, что казалось тоже обсыпанным мукой.

Мелани не спускала глаз с Виктора-Фландрена; в ее взгляде горела мольба, он выражал и гнев, и желание, и страх, и отчаяние, и боль. Она пыталась заговорить, но вместо слов изо рта вырывался только невнятный хрип. Взмокшие пряди облепили ее щеки, виски и шею. Склонившись над женой, Виктор-Фландрен вытер ей пот со лба. Он вдруг заметил в ее пышных косах несколько седых волосков и впервые осознал, сколько долгих лет протекло с его прихода в Черноземье. И тут же ощутил, как нерушимо крепко связан с этой женщиной: он не мог отделить ее жизнь от своей, и ему чудилось, будто это он сам лежит и слабо стонет на кровати — весь целиком или какая-то неотъемлемая часть его существа. Мелани попыталась привстать, приблизить к нему лицо, но ее голова тотчас бессильно упала обратно на подушку.

Странное ощущение пронзило ее — будто она упала не на постель, а в какой-то бездонный, глухой, забитый тиной колодец. Тщетно

Виктор-Фландрен сжимал плечи жены — она ускользала от него, медленно погружаясь в эту темную, вкрадчиво затягивающую топь. Просунув ей под спину руки, он опять тихонько поднял ее, прижал к себе, и она судорожно вцепилась в плечи мужа, прильнула лицом к его шее, ища в этой силе, в этом запахе мужского тела спасения от вязкой, гибельной трясины. Но та неотвратимо, упорно засасывала Мелани, и невозможно было вырваться из ее мертвящей хватки.

В окно залетел воробушек, он весело прыгал по подоконнику и звонко чирикал. Утро заливало комнату голубым сиянием и душистой свежестью. Внезапно Мелани почудилось, будто воробушек влетел в нее, стал ее сердцем. «Чик-чирик, чик-чирик!» — щебетал он, резво подпрыгивая. Какие-то светло-зеленые пятна заплясали у нее перед глазами, точно стайка бабочек-поденок. «Чик-чирик...» — теперь он прыгал у нее в животе — видно, сердце скатилось в самую глубь чрева.

Но уж больно лихо распрыгался там воробушек — сердце оторвалось и изверглось наружу вместе с хлынувшей из живота струей крови, которая залила ноги Мелани. Она еще крепче схватилась за Виктора-Фландрена — не для того, чтобы удержаться, нет, она уже знала, что мощная липкая трясина поглотит ее, — но чтобы увлечь его за собой в этом гибельном падении.

Она ни за что не хотела отпускать его, ибо он значил для нее неизмеримо больше, чем собственная жизнь, и умереть одной, без него, было все равно, что утратить надежду на вечное спасение. Она любила его слишком жгучей, слишком плотской любовью и даже в этот миг своего ухода мучилась страхом ревности, которая заставила ее позабыть все остальное — детей, землю, даже ту жуткую тайну, что открывалась теперь перед нею — в ней самой. «Не покидай меня! Не оставляй!» — силилась выговорить она. Но кровавая волна уже захлестнула ей рот, а смерть сдавила горло. Мелани вцепилась в мужа так отчаянно, что разодрала на нем рубашку и поцарапала шею. Ее тело жило одним лишь ощущением — невыносимо острой болью любви, но эта боль вдруг обернулась яростной ненавистью, заслонившей ревнивую муку. «Чик-чирик...» — щебетал воробушек, прыгая на солнечном подоконнике.

В ту минуту, когда Мелани поняла, что сердце ее вот-вот замрет, она из последних сил ужесточила свою хватку, всадив ногти в шею Виктора-Фландрена и укусив его в плечо. Но сквозь боль от царапин и укусов он почувствовал, как окостенели вдруг ее ногти и зубы. Он попробовал высвободиться из этого страшного объятия, но Мелани твердо застыла в своем последнем, непобедимом сопротивлении. Смерть придала ей такую мощь, какой она никогда не обладала при жизни.

Внезапно Золотую Ночь обуял ужас: ему живо пришел на память образ волка, чью шкуру он носил на плечах. Вновь увидел он, как тот кружит по лужайке, оскалив страшные, готовые разорвать клыки, мерцая узкими желтыми глазами, и ему почудилось, будто схватка, которой он тогда избежал, произошла сегодня, сейчас, вот в этот миг. Доселе ему был неведом настоящий страх, он не испытал его даже при ночной встрече с волком. В тот день, когда отец отсек ему два пальца, он вместе с ними лишил сына темного чувства страха. На этом месте родилось другое — мятежная гордость. Он ничего не боялся, спускаясь в черное жерло шахты, где смерть чуть ли не каждодневно взимала свою жуткую дань. Глядя на безжизненные тела своих товарищей, растерзанных взрывом рудничного газа или обвалом породы, он чувствовал гневное возмущение, но никак не испуг. Он никогда не опасался за свою жизнь. Но вот сейчас, этим чудесным весенним утром, страх грубо схватил его за горло в собственном доме, руками женщины, которая была его подругой, его женой, его любовью. И, значит, безумие отца не вовсе уничтожило в нем страх; значит, остались в его душе глубоко спрятанные корни этого чувства. И теперь страх неудержимо прорастал из этих корней, стойкий, цепкий, как пырей. Он разросся, расцвел так буйно, так мощно, что заглушил все остальные ощущения, отняв память, скорбь, самую способность думать. У Мелани больше не было ни имени, ни истории; она лишилась даже человеческого облика, превратившись в кровожадную самку-волчицу, чьи клыки и когти держали его в плену, угрожая близкой смертью. Он вновь попытался вырваться, но она не ослабила хватку.

Изодранная шея и укушенное плечо налились мучительной болью. Разъяренный упорством хищницы-смерти, Виктор-Фландрен стащил с ноги тяжелое деревянное сабо и начал исступленно колотить по впившимся в его тело рукам и челюсти. Пальцы ответили сухим треском веток, брошенных в огонь, а челюсть — мягким стуком. Эти звуки отдались в его собственном теле так, словно у него внутри разбился какой-то гипсовый орган.

Наконец жуткое объятие распалось, и Виктор-Фландрен, грубо стряхнув с себя побежденное тело умершей, вскочил на ноги. Он надел сабо и быстро пошел к окну, точно спешил глотнуть свежего воздуха. Воробушек, все еще чирикавший на подоконнике, не успел взлететь — Виктор-Фландрен схватил его и сжал в кулаке. Его обуяла неудержимая, все сжигающая ярость. Птичка тут же умолкла и судорожно забилась в тисках человеческой руки. Виктор-Фландрен ощутил испуганное биение крошечного сердчишка, и ему захотелось раздавить воробья, изничтожить его, чтобы разом покончить и с этим ничтожным страхом. Любая форма испуга вызывала у него теперь гневное отвращение. Полузадушенный воробушек тщетно пытался высвободить из кулака головку с разинутым клювом.

Золотая Ночь поднял руку и стал разглядывать вблизи это жалкое существо. Он уже было собрался размозжить ему голову об край подоконника, когда его внимание привлек глаз жертвы, малюсенький, почти невидный глазок. Но в этой крошечной черной бусинке светилась такая беззащитная кротость, такая доверчивая мольба, что у него не хватило духу совершить убийство. Страх и гнев разом улетучились; их сменило другое чувство; оно не имело ничего общего с жестокостью — напротив, мгновенно обезоружило его. Это был стыд, который, прежде чем затронуть сознание, пронизал тело и сжатую в кулак руку, согретую теплом воробья, чье сердечко все еще испуганно толкалось в его ладонь. И рука широко раскрылась, освободив птицу; с трудом взлетев, она бестолково помоталась в воздухе, потом стремительно порхнула в сад и скрылась из вида. Золотая Ночь обернулся к постели.

Мелани застыла на окровавленном одеяле в нелепой изломанной позе. Ее лицо побелело, как мел, — вся кровь вытекла из нее. Виктор-Фландрен склонился над нею, пытаясь уложить так, как приличествует лежать умершим. Сейчас тело Мелани стало на удивление мягким, покорным, словно у тряпичной куклы. Разбитые пальцы беспомощно болтались, сгибаясь во все стороны. Сломанная челюсть упорно отваливалась, падая на грудь и придавая бледному лицу нелепо-дурашливый вид. Виктор-Фландрен оторвал лоскут от полога над кроватью и обвязал им голову Мелани. И вдруг ему захотелось всю ее одеть этой легкой кисеей с большими пунцовыми, розовыми и оранжевыми цветами. Она сама купила эту ткань в прошлом году на платья и фартуки для себя и девочек, но потом решила украсить ею собственную постель. Едва настали погожие дни, она сняла тяжелый шерстяной полог, укрывавший их ложе от зимней стужи, и заменила его новым, цветастым; он был совершенно бесполезен, зато создавал красивую игру света. Мелани нравилось смотреть, как утренние солнечные лучи пробиваются сквозь воздушную пеструю кисею, расцвечивая постель яркими пятнами. Да и сам Виктор-Фландрен с удовольствием любовался нежно-розовыми бликами, что легко скользили по обнаженному телу Мелани.

Виктор-Фландрен решил раздеть Мелани и смыть с нее всю излившуюся кровь, застывшую на ее теле черно-багровой коркой. Он спустился в кухню за водой. Дети сидели у стола в немом оцепенении; он даже не взглянул на них. «Папа, — спросила вдруг Матильда странно хриплым голосом, — откуда вся эта кровь?» Но отец не ответил и торопливо унес из кухни кувшин с тазом.

Окончив последний туалет Мелани, он сорвал полог и завернул в него тело от шеи до пят. Теперь, когда ее кожа побелела, как мел, а голова и тело были туго запелёнуты в цветастую материю, Мелани стала неузнаваемой. Виктор-Фландрен смотрел на эту недвижную чужую мумию и никак не мог понять, куда же девалась прежняя, крепкая, округлая Мелани и что за съеженное маленькое существо лежит на этой слишком широкой постели. Он не услышал робкого стука в дверь и шагов детей, прошмыгнувших в спальню. Они тихонько подошли к кровати и долго недоуменно разглядывали странную обстановку — скомканные окровавленные простыни, покрывало и одежду матери, брошенные в угол, отца, стоявшего спиной к ним и лицом к постели. Его плечи показались им непривычно широкими, как у великана. А потом, что это за крошечная женщина лежит в разоренной постели матери и почему она так нелепо обернута пестрой занавесью?

«Где мама?» — резко спросил Матюрен; он не признавал мать в этой жалкой, распростертой перед ними кукле. Золотая Ночь вздрогнул и повернулся к детям, не зная, что им ответить. Марго подошла к кровати и вдруг восхищенно прошептала: «Ой, какая кукла! Наша мама превратилась в куклу!.. До чего ж она красивая!..» — «Мама умерла!» — сурово прервала ее Матильда. «Какая красивая!..» — твердила Марго, не обращая внимания на остальных. «Мама... умерла?» — неуверенно спросил Огюстен, плохо понимая смысл этого слова. «Красивая... красивая... красивая...» — как заведенная, твердила Марго, склонясь над телом матери. «Да, она умерла!» — громко отрезала Матильда.

Виктор-Фландрен смотрел на детей, и их лица плясали у него перед глазами, точно языки пламени. Вдруг он бурно разрыдался и рухнул в ноги кровати. Слезы и слабость отца испугали мальчиков даже больше, чем смерть матери. Огюстен прижался к стене и начал монотонно и торопливо перечислять в алфавитном порядке департаменты и их столицы: «Алье, столица — Мулен; Альпы Верхнего Прованса, столица — Динь; Верхние

Альпы, столица — Гап; Ардеш, столица — Прива...»

Матильда подошла к отцу и сказала, стараясь приподнять его голову: «Не плачь, папа! Я здесь, с тобой. Я тебя никогда не покину, правда, никогда! Потому что я никогда не умру!» Золотая Ночь схватил и прижал к себе девочку. Он не понял смысл ее слов, но она-то сама хорошо знала, что говорит. Она дала обет и клялась его исполнить. Матильда и в самом деле посвятила свою жизнь этой клятве, которую только одна и понимала, — клятве нерушимой и вечной преданности отцу. И этой преданности со временем было суждено увенчаться горьким и яростным одиночеством, ибо ее отравила взрослая, свирепая ревность, как будто девочка получила в свою долю наследства от матери ее жадную, всепоглощающую любовь к Виктору-Фландрену. «Красивая... красивая...» — все еще бормотала Марго, робко гладя ледяные щеки Мелани. «Сомма, столица — Амьен; Тарн, столица — Альби...» — тупо перечислял Огюстен с видом наказанного ученика, которому велели сто раз повторить невыученный урок.

Внезапно Виктор-Фландрен отстранил Матильду и встал, как ни в чем не бывало. Казалось, вместе со слезами он избавился сразу от всех чувств — страха, стыда, печали. Не оборачиваясь, он вышел из комнаты и спустился во двор. Эско наконец утихомирился; стоя посреди двора, он тянул массивную голову к солнцу, которое давно стояло в зените, добела

113

раскалив небо с мелкими курчавыми облачками. Виктор-Фландрен зашел в сарай, взял тяжелый дровяной колун и направился к жеребцу.

Увидев хозяина, Эско радостно заржал и потянулся к нему, готовясь, как всегда, уткнуться головой в плечо. Но Виктор-Фландрен не ответил на ласковый порыв коня; он обошел его, встал сбоку, крепко сжал в руках деревянное топорище, понадежнее утвердился на ногах и, высоко взмахнув колуном, с бешеной силой обрушил его на шею жеребца. Эско как-то удивленно содрогнулся; его шатнуло, будто он ступил на скользкий лед. Исторгнутое им ржание прозвучало гортанным, почти человеческим воплем. Виктор-Фландрен поднял колун и нанес следующий удар. На сей раз конь издал пронзительный визг, перешедший в хрипение. Его ноги начали подгибаться. Золотая Ночь в третий раз обрушил топор на шею, целясь в широко разверстую рану, из которой потоком хлестала кровь. Эско рухнул наземь, в кровавую жижу. Виктор-Фландрен наклонился и опять яростно заработал топором до тех пор, пока не отделил голову поверженного коня от тела, которое еще несколько секунд билось в конвульсиях. С отрубленной головы на хозяина смотрели выпученные глаза, полные недоумения и ужаса.

И, как некогда крестьяне вешали останки убитых волков на деревья у входа в деревню, чтобы отпугнуть их собратьев, так Золотая Ночь прибил лошадиную голову к воротам фермы. Только этот вызов адресовался не зверям и не людям — он был направлен против Того, от чьего имени смерть всегда являлась не к месту и не ко времени, позволяя себе одним случайным ударом разрушить долгое и трудное созидание счастья человеческого.

Еще много дней после случившегося на воротах фермы Золотой Ночи-Волчьей Пасти пировали коршуны, ястребы и луни.

Мелани покинула Верхнюю Ферму «школьной» тропой; таким образом, ей не пришлось встретиться с головой Эско, выставленной на потребу хищным птицам, после чего белый конский череп еще долго венчал собою ворота фермы Пеньелей.

Виктор-Фландрен отказался везти на кладбище тело жены в повозке, запряженной быками. Он установил гроб на небольшую тележку, и сам потащил ее по дороге, проложенной им к деревне; так, в сопровождении детей и Жана-Франсуа-Железного Штыря, он и привез ее на кладбище Монлеруа, где уже покоились и папаша Валькур и все остальные предки Мелани.

Вернувшись с похорон, Матильда тут же взяла на себя обязанности матери и самолично занялась хозяйством и семьей. Никто, даже Виктор-Фландрен, не осмелился оспаривать авторитет этой семилетней девочки, которая повела дом так строго и умело, точно занималась этим всю свою жизнь. Огюстену, уже год как бросившему школу, пришлось вернуться туда по распоряжению Матильды, чтобы водить с собою Марго, — сестра мечтала сделать из нее учительницу и настояла на том, чтобы она продолжила занятия. Впрочем, роль учительницы Марго пришлось выполнять сразу же, рассказывая после уроков Матильде и Матюрену все, что она узнала в классе. Таким образом, между детьми, лишенными теперь опеки взрослых, установились новые отношения.

И в самом деле, со смертью Мелани Виктор-Фландрен сурово замкнулся в своем горе, стал вконец нелюдимым, не разговаривал с домашними и целыми днями пропадал в полях и в лесу. Казалось, вместе с Мелани ушло в землю и беззаботное детство ее сыновей и дочерей. В их глазах и душах застыло то же скорбное недоумение и испуг, что выражал взгляд Эско под яростными ударами Виктора-Фландрена. Даже для них отец превратился теперь в Золотую Ночь-Волчью Пасть — человека, наделенного редкой, пугающей силой, за которым повсюду следовала золотистая тень и который носил на шее, поверх низки из семи отцовских слез, второе, навеки впечатанное в плоть ожерелье — шрамы от ногтей Мелани.

Что же до Жана-Франсуа-Железного Штыря, то он, безутешный после смерти хозяйки, постоянно жался к детям, неумело ища подле них успокоения своему одинокому сердцу, единственному среди всех, которое исходило горем в детски-наивных слезах.

«...Так вот, я и есть *ребенок*, — писала она. — А сердце ребенка взыскует не богатства, не Славы, пусть даже это Слава Господня... Оно жаждет Любви...

Но как же проявить свою *любовь*, когда *любовь* доказывается делами? А вот как: ребенок будет *бросать цветы*.

У меня нет иного средства проявить мою любовь к тебе, как только бросать цветы, иными словами, не упускать ни одной возможности принести жертву, ласково взглянуть, сказать нежное слово, любую малость делать с любовью и для любви... Я хочу пострадать ради любви, я хочу даже возрадоваться из-за любви, стало быть, я должна бросать цветы к твоему трону; ни одного цветка не пропущу я, *не оборвав с него лепестки* для тебя... Более того, — бросая тебе мои цветы, я стану петь... петь, даже если мне придется собирать мои цветы среди шипов, и, чем длиннее и острее будут эти шипы, тем слаще прозвучит моя песнь» (Святая Тереза из Лизье «История одной души»).

Однако ей пришлось закрыть маленькую черную тетрадь, в которой она лелеяла свою любовь, настолько длинными и колючими сделались шипы. У нее началась агония. У нее, ребенка-с-розами. «Матушка, это агония? — спросила она у настоятельницы. — Разве я смогу умереть? Я ведь не знаю, как это — умирать!..» И еще она воскликнула: «Да ведь это просто-напросто агония, в ней нет ни капельки утешения...» И все же она умерла, так и не раскаявшись в том, что безраздельно предавалась своей любви.

А цветы росли по всему свету, даже в Черноземье росли они, в этом скромном, Богом забытом уголке. Были среди них дикие — в лесах и на лужайках, в полях, на пастбищах и торфяниках, по берегам ручьев и болот, всюду, вплоть до мусорных свалок. Но были и другие, взращенные в садах и оранжереях людьми, которые на свой вкус переиначивали и приручали их красоту. А ведь красота — вещь колючая, непредсказуемая и гневная, какой бывает и любовь.

Виктор-Фландрен, по прозвищу Золотая Ночь-Волчья Пасть, сохранил от той и от другой непреходящую горечь, терзавшую его сердце, ибо к ней примешивался острый вкус крови.

Но красота, как и любовь, всегда хочет вернуться вспять и достичь своего апогея. И обе они сохраняют от детства веселое, беззаботное очарование, страсть к игре, искусство обольщения и отсутствие угрызений совести.

Итак, цветы росли вольно, как им вздумается, даже на Верхней Ферме; их пестрые узоры расцвечивали и альковную занавесь и память детей. И все они просили, чтобы их бросили тому, кого любят. Но в ту пору Пенье-лям еще была неведома песнь, наполнявшая душу «ребенка-с-розами», снедаемого чистой любовью. Красота и любовь столь неистово пылали в их руках, что желание воплощалось для них в яростном порыве, в буйном огне и в горестном прощальном крике.

Однако даже самые простые слова, наброшанные в черной тетради, нуждаются, дабы обрести свой голос, в долгом безмолвном заключении, в терпеливой безвестности. И такая песнь, быть может, достигнет слуха лишь тех, кто, в свой черед, изумленно претерпевает простую агонию, лишенную всякого утешения.

1

Владычество Матильды длилось почти пять лет. А затем явилась другая женщина и свергла ее власть. На самом деле, перемена эта была простой видимостью и лишь слегка пошатнула авторитет Матильды, ибо ее переполняла гордая сила воли, тогда как пришелица страдала боязливой робостью перед жизнью.

Причиной появления этой женщины стала Марго. Ей уже исполнилось одиннадцать лет, она по-прежнему ходила в школу, но теперь уже одна — Огюстен решительно отказался от учебы и начал помогать отцу и брату в поле и на ферме. Вот почему Марго частенько забывала, куда идет, и сворачивала в другую сторону — как правило, к церкви Монлеруа. То была очень старая церковь, воздвигнутая в честь Святого Петра и носившая его имя, которое раз в году славили громким благовестом надтреснутого колокола. Однако не в церковь спешила Марго, обогнув ее, она шла на кладбище, где прогуливалась меж надгробий перед тем, как присесть у могилы Валькуров. Тут она доставала со дна сумки маленький сверток; в нем была кукла, неумело сшитая из холстины, набитая соломой и увенчанная черной куделью, изображавшей волосы.

Положив куклу на колени, Марго пеленала ее в кисейный лоскут с пунцовыми, розовыми и оранжевыми цветами. Затем она принималась нежно обихаживать ее: причесывала, баюкала, рассказывала сказки, но, в первую очередь, кормила. И не важно, что Марго совала ей в рот — землю, мох или травинки, — главное, чтобы кукла была сыта. Но однажды Марго показалось мало всех этих забот; она вдруг испуганно подумала, что ее матери холодно в сырой земле. И она бросилась укрывать могилу всем, что попало под руку, вплоть до крестов и цветов с других надгробий. Однако при виде полуобнаженных Христов, беззащитных перед ветром и дождями, Марго стало так больно и холодно самой, что она решила и их закопать поглубже. Но беспокойство все еще мучило ее: казалось, могильный холод проникает ей в самое сердце. Тогда она придумала другое. Войдя в церковь, девочка подошла к алтарю, вскарабкалась наверх и оторвала от распятия деревянного позолоченного Христа. На его место она водрузила свою куклу в цветастом наряде. Потом собрала по церкви все лампадки, слабо теплившиеся красноватыми огоньками у подножий каменных святых, и расставила их вокруг креста. Получилось нечто вроде большой клумбы светящихся полураскрытых роз; в их тусклом багровом мерцании распятая кукла отбрасывала трепещущую тень на вышитую алтарную пелену. Эта игра света и теней, эти дрожащие пунцово-розовые и оранжевые блики превращали куклу почти в живое существо в завороженных глазах Марго — наконец-то волшебное зрелище вернуло ей образ ушедшей матери, который она так давно и тщетно искала. Образ, который облагораживал смерть и рассеивал все ее детские страхи. Встав на цыпочки и опершись локтями на край алтаря, девочка благоговейно созерцала свою празднично освещенную куклу, парившую там, в высоте, словно женщина в танце.

Марго вывел из забытья хриплый, надрывный кашель, по которому она безошибочно узнала отца Давранша.

Болезнь преждевременно состарила кюре Монлеруа, жившего в доме у кладбища, и, чем дальше, тем упорнее священник замыкался в мрачном молчании, нарушаемом лишь для проповедей, молитв и кашля. Этот надсадный кашель всегда одолевал его нежданно, жестоко сотрясая тщедушные плечи и впалую грудь и прерывая все, что кюре делал в данный момент. Вот отчего старик воздерживался от разговоров, ибо, стоило ему открыть рот, как

121

его тотчас перебивал очередной приступ, по окончании которого он уже и не помнил, о чем говорил. Подобная забывчивость — следствие этого тяжкого недуга — иногда ввергала кюре в неистовую ярость, и его весьма бессвязные проповеди частенько выливались в бурю проклятий прямо на церковной кафедре. Раздражение и гнев старика особенно возрастали при виде детей, которые прозвали его Отец-Тамбур и дразнили на каждом шагу. Поэтому Марго, заслышав шаги кюре, ужасно испугалась и проворно юркнула в исповедальню у бокового нефа.

Отец Давранш наткнулся на скамью, что усугубило разом и его кашель и скверное расположение духа. Затаившись в душной полутьме исповедальни, Марго старалась унять сердцебиение; она боялась, что Отец-Тамбур услышит его. Но внимание старика было поглощено зрелищем оскверненного алтаря, где на кресте болталась нелепая тряпичная кукла. Марго не уразумела смысла восклицаний кюре, который ринулся к алтарю; она лишь слышала яростный рев, который, разумеется, тут же прервал приступ кашля, еще более жестокий, чем обычно.

Кашель не умолкал, напротив, он перешел в конвульсивное удушье, скрутившее все тело бедняги, который топтался на ступенях алтаря, вне себя от беспомощного гнева.

Марго скорчилась в своем убежище и заткнула уши, чтобы не слышать проклятий и хрипа Отца-Тамбура. Она беззвучно взмолилась к Пресвятой Деве, всем святым и усопшим на кладбище, прося прийти к ней на помощь, вызволить отсюда и избавить от невыносимого страха. Неизвестно, кто из них сжалился над ней, но факт есть факт: отняв руки от ушей, Марго ничего не услышала — как будто никакого Отца-Тамбура в церкви больше нет. Марго подождала еще немного, потом тихонько откинула краешек тяжелой лиловой портьеры и робко выглянула наружу. Она сразу увидела ноги кюре — обутые в грубые, заляпанные грязью башмаки, они лежали подошвами кверху на последней ступеньке алтаря. Задравшаяся сутана приоткрывала щиколотки в серых шерстяных чулках. Остальное скрывала колонна. Марго на цыпочках выскользнула из своего угла, бесшумно обогнула колонну и с боязливым любопытством снова глянула в сторону Отца-Тамбура. Он лежал во весь рост на ступенях алтаря, головой вниз, выбросив вперед руки, словно хотел нырнуть в воду и разбился по дороге. Вероятно, приступ кашля так сильно скрутил священника, что он потерял равновесие и, рухнув вниз, разбил голову о каменный пол. Роковой удар положил конец и кашлю, и гневу, и самой жизни Отца-Тамбура.

Затаив дыхание, Марго подошла ближе. Изо рта кюре бежала тоненькая струйка крови, быстро собиравшаяся в густо-красную блестящую лужицу. Девочка подняла глаза к напяленной на крест кукле: ей почудилось, будто это багровое пятно на плитах всего лишь еще один отблеск лампад, окружавших распятие. Она опять забралась на алтарь, сняла куклу и

123

задула все свечи, которые тотчас зачадили едким жирным дымом. Потом Марго попыталась вернуть на место статуэтку Христа, но ей удалось лишь кое-как прислонить ее к кресту; сунув куклу за пазуху, она сошла по ступенькам вниз.

И тут ей стало страшно выходить из церкви: вдруг там, на паперти, на нее бросится другой Отец-Тамбур, или множество других Отцов-Тамбуров, и они с кашлем и проклятиями начнут плевать кровью ей в лицо. Поэтому она села на скамью и принялась ждать. Но так как ожидание затянулось, Марго тихонько задремала. На сей раз ее вывел из забытья не кашель, а странные жалобные возгласы, вперемежку с рыданиями. Она удивленно раскрыла глаза, еще затуманенные сном: над телом Отца-Тамбура с горьким плачем склонилась молодая женщина. В полумраке нефа Марго неясно видела ее. «Мама?» — робко спросила она, вставая. Женщина подняла на девочку глаза, еще более удивленные и затуманенные, чем у той. Это была Бланш, племянница отца Давранша. Он взял ее к себе после смерти сестры, и она вела его хозяйство. Сейчас она принесла в церковь охапку роз, пионов и зелени, чтобы украсить алтарь. Но бездыханное тело дяди неумолимо преградило ей путь к вазам на верхней ступеньке, и теперь цветы беспорядочно валялись на полу.

Бланш было уже больше двадцати лет, но она жила затворницей, и ее никогда не видели на улицах Монлеруа. Все свое время она проводила в церкви и в домике дяди, занимаясь хозяйством и огородом. Она чувствовала себя в безопасности только за церковной оградой, защищавшей ее от всего и всех. Внешний мир, совершенно неведомый девушке, внушал ей ужас, и она упорно сторонилась его. Да и как было осмелиться вступить в этот мир, если она и пришла-то в него незаконно, по-воровски. Дело в том, что сестра кюре Давранша дала ей жизнь, не озаботившись при том дать имя отца, и ребенок с самого начала был отмечен роковым клеймом внебрачного рождения. Непростительный, по мнению кюре, грех матери безжалостно пал на девочку, на ее лицо, дабы она весь свой век носила печать своего постыдного происхождения. Позорное любострастие матери запечатлелось на коже дочери, покрыв всю левую половину ее лица сплошным родимым пятном винного цвета. По смерти сестры отец Давранш все же согласился взять к себе в дом этого проклятого Богом ребенка, тогда уже подростка. Поселившись у дяди, несчастная девочка ежеминутно утверждалась в своем позоре и бесчестии, о которых он непрестанно твердил ей. «Сие пятно, — возглашал кюре, с гневным отвращением тыча пальцем в ее багровую щеку, — есть знак греховности твоей матери! Вот к чему приводят сластолюбие и похоть! Ты была зачата в мерзости и мерзостью отмечена навек. Конечно, несправедливо ребенку искупать грехи родителей, но еще более несправедливо то, что ты вообще родилась на свет; в общем, справедливость не на твоей стороне!» Бланш ничего не понимала в дядиных инвективах и логике, ей был абсолютно неведом смысл таких слов, как «сластолюбие», «похоть» или «искупление», и ясно только одно: она лишняя на этом свете и виновна во всех его бедах.

Вот почему, увидев дядю мертвым на ступенях алтаря, она сочла эту смерть новым следствием своего вредоносного присутствия в этом мире. И горько рыдала, ужасаясь злодеянию, свершившемуся помимо ее воли.

Марго с некоторым испугом разглядывала багровое пятно на левой щеке молодой женщины: оно было такого же размера и цвета, как лужица крови возле головы Отца-Тамбура. Ей даже представилось, что эта натекшая кровь заразна, — а вдруг она пометила и ее самое! — и Марго торопливо ощупала себе лицо, желая убедиться, что оно осталось прежним. «Но почему?..» — всхлипывая, спросила Бланш у девочки. «Что почему?» — откликнулась та. «Почему он умер?» — в отчаянии воскликнула Бланш, не понимая, что произошло. «Н-не знаю, — пробормотала Марго, — упал, верно». И робко добавила: «Я хочу домой. Я боюсь». Бланш тоже боялась, но у нее теперь больше не было дома. Она разом лишилась всего. Взглянув на девочку, она вдруг почувствовала себя связанной с нею тем страхом, что наполнял их души. «Да-да, — сказала она, торопливо поднявшись. — Тебе нужно идти домой». И с несчастной улыбкой подошла к Марго. «Ты проводишь меня?» — спросила та, беря ее за руку.

Они вышли из церкви, прижавшись друг к дружке, не оборачиваясь и спеша, точно две воровки, бегущие от собак.

Бланш ни о чем не спрашивала; она шла рядом с Марго, которая не выпускала ее руки. Так они и проделали весь путь молча, почти бегом, не оглядываясь из страха, что Отец-Тамбур нагонит и покарает их. Вблизи Верхней Фермы они встретили Золотую Ночь-Волчью Пасть, возвращавшегося домой. Он удивленно смотрел на дочь, которой полагалось быть в школе, и на незнакомую женщину рядом с ней. При виде его обе испуганно замерли. «Марго, ты почему здесь в такое время?» — спросил отец. «Кюре умер!» — выпалила девочка, не отвечая на его вопрос. «Ну и что же?» — недоуменно сказал он, не понимая, какое отношение имеет к его дочери смерть кюре. «Он и вправду умер», — робко прошептала Бланш. Виктор-Фландрен внимательнее посмотрел на незнакомку с багровым пятном во всю левую щеку, похожим на жестокий солнечный ожог. «Ну и что же?» — повторил он, обращаясь на сей раз к ней. «Это мой дядя», — ответила Бланш. Но тут страх опять перехватил ей горло, и она, понуривших, замолчала. Уродство и отчаяние девушки тронули Виктора-Фландрена, он изменил своей привычной суровости. «А ну, идемте», — сказал он и жестом пригласил дочь и незнакомку в дом.

Бланш Давранш так больше и не покинула
Верхнюю Ферму. Обычное приглашение войти и отдохнуть с дороги вылилось в необходи-
мость остаться, а завершилось свадьбой. Это
произошло почти мгновенно, к величайшему
изумлению всех, начиная с самих участников
события. Впрочем, дети Пеньеля — разумеется, кроме Матильды, — довольно спокойно
восприняли странный и такой внезапный второй брак отца. Его сыновья вообще отнеслись
к этому без всякого интереса — они уже достигли того возраста, когда все мысли сосре-
доточены на себе самом, на собственном теле,
которое теперь неотступно мучили новые порывы и желания — сластолюбие и похоть, как
выразился бы Отец-Тамбур. Марго — та с радостью приняла Бланш, которой доверилась
вмиг и безраздельно, ибо хрупкость и робость
молодой женщины были близки ее собственной душе. Эти два создания питали друг к
дружке ту инстинктивную симпатию, какая с
первого же взгляда объединяет больных, ка-
лек и чужаков.

Матильда же, напротив, отнеслась к появ-
лению Бланш весьма враждебно и открыто
демонстрировала свою неприязнь. Она не
могла смириться с тем, что другая женщина
захватила место ее матери; один этот факт
уже вызывал ее гнев и сопротивление. Как посмел отец жениться вновь! — Матильда сочла
это подлым предательством и, считая себя
единственной хранительницей памяти покой-

ной, сурово осудила его. Она чувствовала себя оскорбленной в лучших чувствах, тогда как обида эта была попросту болезненно-острой ревностью, которая с тех пор навсегда поселилась в ее сердце, точа его изнутри, как червяк яблоко. Отныне девочка обращалась к отцу только на «вы».

Кроме того, Матильда никак не могла одобрить нелепый выбор отца; по ее мнению, уродливое клеймо на лице Бланш препятствовало не только вступлению в брак, но и какой бы то ни было любви. Это огромное багровое пятно выглядело жестокой пощечиной судьбы женщине, отвергнутой жизнью, и в данном случае Матильда встала на сторону судьбы. Правда, Бланш и сама разделяла это мнение, однако впервые она осмелилась преступить свою робкую стыдливость, почерпнув в интересе, которым удостоил ее Виктор-Фландрен, достаточно силы, чтобы стряхнуть с себя унизительный гнет незаконного рождения, безобразного пятна, дядиной суровости и собственного безграничного смирения.

А ведь именно это родимое пятно, источник стольких горестей Бланш и причина отвращения Матильды, в конечном счете, и определило решение Виктора-Фландрена. Он и сам был отмечен достаточно странным пятном — золотой искрой в глазу — и еще более странной тенью, которые вечно привлекали к нему интерес окружающих, чаще всего недобрый. И этого хватило, чтобы он отнесся к уродливому пятну на лице девушки с участливой нежностью.

Впрочем, если забыть об этом недостатке, Бланш была довольно привлекательна. Ее каштановые, мелко вьющиеся волосы, в зависимости от игры света, принимали самые разные оттенки — то осенней листвы, то меда, то спелой ржи; ровные высокие дуги бровей подчеркивали красивый удлиненный разрез глаз. А глаза у нее были зеленые — то почти прозрачные, то цвета старой бронзы, и они менялись не только по прихоти света, но и по настроению их владелицы. При задумчивости или утомлении они светлели, тяготея к бледно-зеленому, и совсем уж блекли, точно высохший липовый лист, когда Бланш предавалась унынию и привычному чувству вины и стыда. Но стоило ей оживиться, ощутить вкус к жизни, как зелень глаз тотчас наливалась изумрудным блеском, и в них сквозили золотистые, голубые или бронзовые искорки. Виктор-Фландрен очень скоро научился определять настроения Бланш по одному лишь цвету ее глаз, ибо она никогда ни на что не жаловалась и вообще была немногословна. Однако временами на нее нападала внезапная говорливость, и она выливала на собеседника неудержимый поток веселого детского щебета, забавно встряхивая при этом своими крошечными ручками и кудрявой головой; в такие минуты умиленный Виктор-Фландрен находил Бланш особенно желанной, и, поскольку эти приступы живой словоохотливости настигали ее, как правило, по вечерам, в постели, он никогда не упускал случая раз за разом доказывать ей свою любовь, пока изнеможение и сон не брали верх над болтливостью Бланш и его собственным вожделением.

За все время беременности Бланш чувствовала себя превосходно, словно растущий в ее чреве плод наконец-то и ей даровал полноту жизненной силы и прочное место в мире. Зелень ее сияющих глаз теперь постоянно играла чудесными голубовато-бронзовыми бликами, и не умолкал в доме веселый щебет. Однако сразу после родов ее вновь одолели страхи и сомнения. Бланш казалось, что, произведя, в свой черед, на свет детей, она продолжила грешное деяние своей матери. И преступление это она считала тем более тяжким, что оно было двойным.

Ибо она родила двух дочерей, крошечных, как котята, и сморщенных, как лежалые яблочки. Впрочем, девочки не замедлили окрепнуть и похорошеть, а их раскрывшиеся глазки непреложно свидетельствовали о могучей наследной силе Пеньелей: у каждой в левом глазу блестела золотая искорка. Но родовое наследство тоже оказалось двойным: от матери они получили не только цвет глаз и пышно вьющиеся волосы, а еще и родимое пятно винного цвета — правда, только на виске, совсем небольшое и куда более бледное, чем у самой Бланш; оно было размером с небольшую монетку и имело форму бутона. Вот почему малышкам присвоили, в честь этого двойного родительского дара, и двойные имена: одну назвали

Розой-Элоизой, другую — Виолеттой-Онориной. Но позже девочкам пришлось заменить эти имена другими, обремененными куда более тяжким и обязывающим наследием.

Однако Бланш угнетало не только это двойное рождение. Она предчувствовала нечто другое — ужасное, безумное — и не нашла в себе сил подняться после родов, настолько измучил и опустошил ее привидевшийся грядущий кошмар.

Ей чудилась земля, охваченная пламенем и залитая кровью; она слышала вокруг себя крики, вопли, стоны, лишающие ее разума. Она описывала свои фантастические видения: тысячи людей, лошадей и странных машин, напоминавших носорогов, что показывал волшебный фонарь, взрываются, падая в грязь жуткими бесформенными ошметками. Гигантские стальные коршуны с воем несутся к земле, сея за собой, посреди городов и на дорогах, фонтаны огня. И глаза Бланш, размытые ужасом и слезами, день ото дня светлели и светлели, так что под конец вовсе утратили цвет, став абсолютно прозрачными. Она убеждала себя, что если ей послано такое испытание — увидеть, услышать и перестрадать все эти бедствия, жестокости и смерти, — стало быть, Господь Бог решил покарать ее за дерзостное намерение утвердиться в этом мире, да еще и замарав его рождением детей. И все потоки крови, что лились из разорванных людских тел и обагряли землю, города и дороги, несомненно, имели только один источник —

зловещее клеймо, обагрившее половину ее лица.

Бланш наглухо закрылась у себя в комнате. Марго носила ей туда еду, Матильда нянчила девочек. Но вскоре Бланш отказалась есть — в пище ей тоже чудился привкус крови и мертвечины, а в любом напитке — едкий запах пота и слез. Она до того исхудала, что ее кожа, натянутая на остро торчащие кости, сделалась прозрачнее вощеной бумаги. И эта прозрачность жадно захватывала все существо Бланш, неумолимо вытесняя ее из видимого мира. В конце концов, именно так и случилось — она попросту исчезла, оставив от себя лишь большой лоскут высохшей истертой кожи, словно сотканной из стеклянных волокон. И в самом деле — когда ее стали класть в гроб, она разбилась вдребезги, как стекло, с мелодичным звоном, похожим на младенческий смех.

Марго сунула в гроб свою, до сих пор тайно хранимую куклу; пусть составит компанию Бланш, чтобы ей было не очень тоскливо в бесконечном могильном одиночестве, куда ее ввергла судьба.

На сей раз тележка, в которой Золотая Ночь-Волчья Пасть отвез свою вторую жену на кладбище, оказалась такой легкой, словно в ней ничего не лежало. Снова он прошел по «школьной» тропе, той самой, что ровно три года назад привела к его дому Бланш. Близнецы, Марго и Жан-Франсуа-Железный Штырь проводили усопшую в последний путь. Матильда осталась на ферме под тем предлогом, что должна присматривать за Розой-Элоизой и Виолеттой-Онориной; девочкам было всего несколько месяцев. Прижав к себе обеих уснувших сестренок, Матильда следила с верхней площадки сада за печальной процессией, спускавшейся по тропе к волнистой зрелой ниве, где, невзирая на пару устрашающих оборванных пугал, поставленных ее братьями, вовсю хозяйничали вороватые птицы. Она не испытывала ни печали, ни радости: ее ненависть к Бланш давно уже перешла в полнейшее безразличие. Что же до забот о малышках, то Матильда была твердо уверена в своих силах: она прекрасно справится и с ними и со всем остальным. Ей даже казалось иногда — и это ее несколько озадачивало, — что она отняла часть этих сил у своих близких.

Итак, все, что осталось от тщедушного тела Бланш, было погребено на кладбище Монлеруа, в могиле, где покоился ее дядя. Отцу-Тамбуру поневоле пришлось еще раз оказать гостеприимство племяннице, в силу роковой ошибки заброшенной в мир живых, а ныне ввергнутой страхом в царство мертвых. Здесь, за надежными кладбищенскими стенами, увитыми плющом и диким виноградом, вдали от шума и мирской жестокости, она и обрела вечный покой.

В тот день колокольный звон долго тревожил окрестности; от деревни к деревне церкви подхватывали и передавали дальше торжественное эхо, пришедшее издалека: первыми зазвонили колокола Парижа, и их голоса разнесли по всей Франции нескончаемый и величественный сигнал несчастья.

Разумеется, этот скорбный перезвон был затеян не в честь бедняжки Бланш — что в Черноземье, что в Монлеруа ее кончина осталась так же мало замеченной, как и жизнь. Нет, колокола провозглашали другую смерть, куда более грандиозную, смерть, высоко и надменно несущую голову, хотя до поры, до времени и невидимую, ибо она еще не успела обрасти телами, лицами и именами. В ее честь не готовили ни саванов, ни могильных пелен, зато вывешивали знамена в окнах. Синий, белый, красный — веселые, нарядные цвета праздничных платков. Только этих огромных полосатых платков вскоре оказалось недостаточно, чтобы осушить все пролитые слезы и всю пролитую кровь.

В ту минуту, когда Пеньели выходили с кладбища, на колокольне Святого Петра ударили в набат. Но тщетно усердствовал надтреснутый колокол — ему никак не удавалось сообщить своему звону весь трагизм положения, он звучал так слабо и уныло, точно это взывала из гроба замученная страхом Бланш.

Люди выбегали на улицы, а те, кто работал в полях, поднимали головы к небу. Каждый прерывал свое дело, ходьбу или речь, и все с тоскливым недоумением глядели на колокольню. Старики первыми поснимали шапки, и первыми заголосили старухи. Некоторые из мужчин кричали, размахивая кулаками и браво выпячивая грудь; другие, напротив, понурились и молча застыли на месте, точно вросли в землю. Война громовым голосом звала людей вспомнить о возмездии, о чести, и каждый отвечал ей так, как подсказывало сердце. Но скоро, очень скоро заговорят барабаны, запоют трубы, открывая бал, где их четкая музыка в единый миг соберет эти разрозненные сердца в общий строй и уведет их — едва ли не все — в царство вечной тишины.

Виктор-Фландрен, почти достигший сорокалетия, отец шестерых детей, не был призван на фронт. В любом случае, предусмотрительность отца спасала его от армии. Зато он имел сыновей, которым было без малого семнадцать лет, красивых, крепких парней с сильными умелыми руками. И впервые в жизни Виктору-Фландрену пришла в голову мысль, которую он в другое время счел бы безумной: отчего, вместо золотой искры в глазу, он не передал своим мальчикам искалеченную руку?! Ах, если бы он мог, по крайней мере, разделить между ними свою верную золотистую тень, которой Виталия поручила охранять внука! Но, увы, ни это увечье, ни эта тень не были наследственными и не могли отделиться от него. Они неотъемлемо принадлежали одному этому телу, чье пугающее одиночество вдруг поразило Виктора-Фландрена еще больнее, чем после гибели Мелани и кончины Бланш. Ибо его нельзя было назвать обычной неприкаянностью тела, внезапно лишенного ласки и наслаждения, исходящих от другого тела, нет, нынешнее одиночество угрожало самому заповедному — продолжению рода, второму и лучшему «я» Виктора-Фландрена, его сыновьям. И, также впервые в жизни, его сердце кольнула жалость, близкая к прощению — жалость к отцу.

Странное дело — после стольких лет прочного забвения отец стал часто вспоминаться ему. Истекло время отречения, и память, вступив в свои права, оказалась такой же щедрой на образы, как волшебный фонарь. Виктор-Фландрен вновь видел перед собой отцовское лицо, изуродованное уланской саблей, тоненькую, бешено пульсирующую пленку на голове. Ему даже привиделось лицо молодого всадника с тонкими пшеничными, закрученными кверху усиками и пугающе-безразличной улыбкой. Может, он и по сю пору жив; может, и у него есть сыновья, породившие, в свой черед, своих сыновей с такими же усами и такой же отвратительной улыбкой; может, все они вооружены саблями и готовы повторить подвиг своего деда. Направленный против его собственных сыновей. Его плоти и крови.

3

Похоже, германский улан народил великое множество сыновей и еще больше внуков — неисчислимые их орды перешли границу и хлынули в страну, угрожая на сей раз всю ее превратить в один гигантский Седан. Они сменили

137

яркое военное облачение своих дедов на узкие серые мундиры и победоносно шли вперед, гоня перед собою перепуганное людское стадо, спешно покидавшее объятые пламенем города.

Это было поистине апокалипсическое зрелище — нескончаемые толпы беженцев вперемежку со скотом, в самый разгар лета заполонившие огромную равнину. Их ряды росли с невиданной быстротой, ибо страшные рассказы о пережитом кошмаре ввергали в панику и бегство всех, кого они встречали на своем пути. Судя по этим рассказам, смерть входила в каждый город вместе с серыми всадниками. Льеж, Намюр, Лувен, Брюссель, Анден — эти названия теперь говорили не о древних камнях, улицах, площадях, фонтанах и рынках, но лишь о пепелищах и крови.

И снова Черноземье, грубо вырванное из покоя и забвения, очутилось на авансцене Истории, охваченной пожаром войны. По ночам с Верхней Фермы можно было уже различить зловещее зарево на горизонте, словно там метались сполохи какого-то фантастического, нежданного рассвета.

Время, обезумев, пустилось вскачь, дни и ночи безнадежно смешались, отсчитывая как попало, в сумасшедшем ураганном ритме, часы и минуты. Но на самом деле жизнь застыла в одном непреходящем мгновении — страшном последнем миге, безжалостно обрекающем на смерть сотни и тысячи солдат, едва достигших возраста мужчины.

Разумеется, в такие времена нужно было приноравливать к этому бешеному ритму все, начиная с любви. И Матюрен быстро освоил искусство побеждать — которое ему вскоре предстояло демонстрировать на пресловутом поле чести, — заваливая то одну, то другую подружку в густую люцерну или рожь на куда более скромном сельском поле. Одна из этих девушек, пригожая синеглазая брюнетка, сумела обуздать его любовный пыл и прочно привязала к себе. Звали ее Ортанс Рувье, она жила в Монлеруа, и ее шестнадцатилетние упругие груди оставляли нестираемый отпечаток на касавшихся их мужских ладонях.

Всякий раз, простившись с Ортанс, Матюрен еще долго ощущал в руках жар и дивную тяжесть этих округлых плодов, а во рту, горящем от поцелуев, вкус ее губ. Бывали вечера, когда он отказывался от ужина, лишь бы сохранить этот вкус на всю ночь, и засыпал, уткнувшись лицом в ладони и млея от сладостной боли во всем теле, изнуренном и полнотою наслаждения и новой жаждой.

Огюстен же сразу и бесповоротно увлекся такой же мягкой, мечтательной девушкой, как он сам, на пять лет старше себя, она жила в Черноземье, в так называемом Вдовьем доме, стоявшем на околице деревни. И действительно, в доме этом обитали пять женщин, у которых война, болезнь или несчастный случай отняли мужей. Жюльетта была шестой, но она еще не состояла в браке, и вовсе не потому, что не отличалась красотой, — просто смерть беспощадно поражала каждого мужчину в их семье, и, в конце концов, в деревне сложилось мнение, что на этих женщинах, всегда одетых в черное, лежит какое-то таинственное проклятие. Их дед совсем молодым погиб в битве при Фрешвиллере; отец, также еще не старый, разбился насмерть, упав с крыши, куда полез сбросить ветку дуба, отломанную грозой. Дядя — тот умер в довольно пожилом возрасте, упав с гораздо меньшей высоты — высоты собственного роста, сраженный апоплексическим ударом. Брат падать не стал, более того, — вероятно, желая раз и навсегда избавить себя от опасности падения, он в один прекрасный день взял да повесился в сарае, без всякой видимой причины. Старшая сестра Жюльетты, тем не менее, рискнула выйти замуж, однако не замедлила пополнить собою вдовий клан: ее муж погиб на охоте от нечаянного выстрела. В результате Жюльетта прониклась отвращением к браку еще до того, как настало время думать о нем, и так же, как ее брат повесился, чтобы не упасть, она замкнулась в стойком одиночестве, чтобы избежать страданий от другого одиночества, еще более тягостного и звавшегося вдовством. Но вот явился Огюстен, подверг осаде эту крепость, и жажда счастья быстро вытеснила страх проклятия.

Маршал Жоффр провозгласил: «Победа теперь заключена в ногах пехоты!» Однако победа заставляла себя ждать с таким убийственным кокетством, что пехота попросту оставалась без ног. Тогда было решено ускорить призыв молодых рекрутов, и семнадцатилетним пришлось досрочно пополнять ряды их старших товарищей на фронте. Увы, Матюрен и Огюстен, которых касался этот ранний призыв, никак не могли на него откликнуться: еще не успев повоевать, они стали военнопленными.

Видимо, внуки германского улана отличались превосходными ногами, которые занесли их очень далеко в глубь французских земель; они прорвали и отодвинули вперед границу, которую теперь обозначал буйный, незатухающий шквал огня. И этот огонь с ненасытным аппетитом пожирал города и селения, леса, поля и дороги. Вся местность превратилась в одно гигантское пепелище; казалось, на этой выжженной дотла, черной равнине больше никогда не взойдет ни один росток. Адский плуг войны распахал поля рваными, зияющими, как раны, бороздами, засеянными лишь одним — человеческими останками.

Черноземье стало зоной, отсеченной от страны, выброшенной за пределы времени и мира, военной зоной в самой гуще сражений, в которых Матюрен и Огюстен даже не смогли принять участие. Враг, половивший эту землю, озаботился выслать далеко, в глубь собственной территории, всех мужчин призывного возраста, захваченных в этом огненном кольце. Таким образом, Огюстену и Матюрену, которые уже готовились идти на фронт, приходилось отправляться совсем в другую сторону. Война одним ударом безжалостно раздавила все, чем они жили доселе, — безудержные порывы юности, горячий пыл любви, мирный покой их земли. Они лишились этих радостей, а теперь им еще грозило изгнание в чужие, вражеские края. И тогда их охватил гнев, яростный и неудержимый, и они решили ответить на призыв родины, брошенный из-за передовой. «Да вам же не удастся пройти через линию фронта, — твердил им Виктор-Фландрен. — Наши земли оккупированы, всюду ожесточенные бои; куда ни ступи, натыкаешься на их солдат». Но ни уговоры отца, ни мольбы Ортанс и Жюльетты не отвратили братьев от принятого решения.

«Ты будешь мне писать?» — допытывалась Ортанс у Матюрена, которого никак не могла отпустить от себя. Правда, читать она умела так же мало, как он — писать, да и какое письмо дошло бы до нее из-за линии фронта?! «Неважно, — упорствовала Ортанс, — все равно пиши! Диктуй свои письма Огюстену, он их напишет, а Жюльетта мне прочтет. И потом, если понадобится, я научу птиц, рыб, всех, какие есть, зверей, и дождь, и ветер приносить мне твои письма». На прощанье она подарила ему длинную прядь своих волос. Жюльетта же ничего не дала Огюстену, из страха, что проклятие Вдовьего дома наделит ее талисман злой силой и погубит того, кто станет его носить.

И они ушли, утонули в осенних сумерках, держа путь к багровому зареву передовой. Они пробирались сквозь леса, дрожавшие от взрывов, следовали изгибам рек, замешивались в толпы людей, в панике покидавших свои

деревни, и даже в стада животных, согнанные с
разоренных пастбищ. Они укрывались ночным
мраком и безмолвием; нередко им случалось
проводить ночь среди мертвецов, во множе-
стве валявшихся на их дороге. Они пересекли,
сами того не ведая, родные края их отца, которые, впрочем, и признать-то было невозможно: всюду, куда ни глянь, пейзаж был пугаю-
ще одинаков — война сровняла с землей и
обезличила все вокруг. Но чем дальше уходили они от дома, тем неистовее рвались назад
их сердца.

За все время своих странствий они не сказали друг другу ни слова и не разлучились ни на
миг: каждому достаточно было слышать дыхание другого и ощущать его рядом с собой.

И вот пришел день, когда они достигли края
земли и берега моря; они никогда не видели
моря — ведь вся их жизнь прошла на полях и в
лесах. Долго глядели они, замерев, на бескрай-
нюю свинцово-серую стихию, испускавшую
мерные, глухие, скорбные вздохи. Матюрену
море понравилось — голос волн напоминал
мычание его быков. Огюстену не понравилось — он счел, что от него пахнет смертью.

Братья не сразу узнали его, когда он, задыхаясь, бросился к ним и рухнул на бок к ногам
Матюрена. Лапы его были окровавлены, черная шерсть забурела и покрылась грязной коростой, в которой зияли порезы и раны. В глазах застыл тусклый блеск, каким отсвечивают
камешки в воде. На шее у него болтался ко-
жаный мешочек с дыркой от пули. Он дышал
так шумно, что заглушил даже рокот отлива.

«Фолько!» — вскричал наконец Матюрен, подхватив пса на руки. Подумать только — его собака, сторож его быков, отыскала хозяина здесь, в самом конце пути, на краю земли! Матюрен крепко прижал к себе пса, уткнулся лицом в мохнатую шерсть. «Фолько, Фолько...» — твердил он, лаская измученного друга. Подошедший Огюстен тоже с улыбкой гладил собаку. «Смотри, у него на шее что-то привязано», — заметил он. Пес отдышался и тихонько заскулил. Огюстен снял мешочек и, открыв его, извлек толстую пачку листков, плотно склеенных сыростью. «Жюльетта!» — прошептал он, бережно разглаживая бумагу, сплошь покрытую ровными строчками. «Жюльетта? — воскликнул Матюрен, — значит, и Ортанс написала тоже! Читай, читай скорее!»

Однако туго свернутые листки промокли так сильно, что буквы неразличимо расплылись по бумаге. «Нужно их высушить, тогда я смогу хоть что-нибудь разобрать», — сказал Огюстен, пряча сверток за пазуху.

Пес уснул на коленях Матюрена, и протяжный гул моря вновь разнесся над пустынным берегом. Братья молча сидели плечом к плечу, глядя, как мрачные свинцовые воды отлива тяжело пятятся к горизонту. Там, вдали, небо заволокла темно-серая кисея дождя. Они совершили почти невозможное, пройдя по занятой врагом территории: ползли под обстрелом, хоронились в грязных, неубранных полях, где гнилые колосья перепутались с обломками оружия и пальцами убитых; они так часто сбивались с пути, что уже потеряли надежду добраться до цели; ели одни коренья и пили воду из луж, ночевали в окопах и на ледяных камнях. И вот теперь они, живые и невредимые, по-прежнему вместе, сидят здесь, лицом к морю, которое отступает перед ними, словно распахивая новые пространства, суля новые надежды.

Матюрену почудилось даже, будто море успокоилось и его рык перешел в нежные вздохи. И ему пригрезилась Ортанс с ее гибким горячим телом, с чудесно тяжелыми, упругими грудями, а ветер с моря принес влажную солоноватую свежесть ее лона.

Семь раз подходили и отступали волны, прежде чем братья опять пустились в дорогу, на сей раз морем. Их кружной путь к армии становился все длиннее и длиннее, по вине обстоятельств. Они были еще неумелыми солдатами — эти мальчики без оружия, без формы — и никак не могли достичь конечной своей цели — войны.

Они взяли Фолько с собой. Когда листки наконец высохли и Огюстен смог их разгладить, он увидел, что сырость съела почти все письмо и от него мало что осталось. Слова безнадежно слились в синие подтеки. Пуля, пробившая мешочек, выжгла середину каждой страницы. Казалось, нежный голосок Жюльетты прерывается на каждой строчке и вот-вот замрет совсем; от стройного послания остались бессвязные обрывки, словно писавшая то и дело теряла нить мысли. Но Огюстен все-таки сумел разобрать в этом хаосе главное:

Жюльетта поверяла ему свою любовь, свое доверие и терпение и сообщала новости Черноземья.

Потом, через несколько страниц, сдержанный тон письма внезапно уступал место другому — яростному крику страсти и боли разлуки с Матюреном: теперь Жюльетта писала под диктовку Ортанс. Даже ее ровный почерк сделался тут размашистым, точно необузданная сила слов Ортанс привела Жюльетту в смятение; читая эти строки, Огюстен, в свою очередь, глубоко переживал их. Странное дело: именно эти слова устояли и сохранились куда лучше, чем первая, Жюльеттина часть. Далее письмо обрывалось; следующие листки были испещрены рисунками. Ортанс, выплеснув свои чувства в письме и больше не желая обращаться к Матюрену через двух посредников, надумала говорить с ним языком изображений. Их наивная выразительность куда сильнее рассказывала о ее любви и страсти. В самом конце Ортанс нарисовала Фолько, покидающего Верхнюю Ферму в поисках своего хозяина: черный пес мчится «школьной» тропинкой, по-зимнему оголенной и безлюдной.

Братья последовали примеру Жюльетты и Ортанс. Огюстен написал длинное письмо с рассказом об их долгом кружном пути среди огня и руин, о морском переходе в Англию и о возвращении на континент. «А когда я вернусь на нашу освобожденную землю, то женюсь на тебе, и ты навсегда покинешь свой Вдовий дом и будешь жить со мной на ферме отца», — такими словами завершил он это послание. Затем он написал от имени Матюрена. Пламенные слова брата о его неистовой плотской любви потрясли Огюстена до глубины души. Тело Ортанс, обнаженное признаниями и образами Матюрена, предстало перед ним во всем своем бесстыдном великолепии, и он, в свою очередь, начал мечтать о ней, хотя до этого весь день только и думал, что о Жюльетте. Но вскоре красноречие Матюрена иссякло, и он тоже принялся рисовать, особенно стараясь выразить свои переживания насыщенными, контрастными цветами.

Преувеличенно яркие, порой кричащие краски, какими отличаются перезрелые фрукты. Краски, которых даже летом сроду не видывали в полях и на лугах Черноземья, да, вероятно, и нигде в природе. Краски нестерпимо жгучего желания. И тело Ортанс под карандашом Матюрена также подверглось удивительным метаморфозам, воплотившись в самых невероятных образах и ярчайших цветах. На одном рисунке у нее было множество рук и ног, на другом — волосы, охваченные пламенем или окруженные пчелиным роем, на третьем он усеял все ее тело огромными ртами. На четвертом Ортанс цвела, как дикий сад: на кончиках грудей распускались маки, подмышками горел оранжевый чертополох, руки и ноги обвивала ежевика, с губ свисали грозди смородины, из глаз выпархивали сиренево-голубые стрекозы, пальцы переплетались с ослепительно-желтыми лютиками и ядовито-зелеными ящерицами. Ягодицы рдели, как раздавленные ягоды клубники, лоно скрывали синие васильки и пышно вьющийся плющ, и из этих густых зарослей победно воздымался округлый мясистый бутон плоти, готовый раскрыться, точно утренняя роза. Одну за другой он лихорадочно покрывал страницы этими фантастическими изображениями.

Фолько, с кожаным мешочком на шее, помчался в свой неверный обратный путь. Огюстен и Матюрен смотрели вслед резво бегущему псу и еще долго после того, как он скрылся из вида, их взгляды были прикованы к опустевшей дороге, не в силах оторваться от этой бурой полоски, рассекавшей заснеженный лес и уходившей за горизонт, в их родные края. Впервые взгляды близнецов разъединились, чтобы проводить пса, влиться в его тело и вместе с ним унестись туда, где жили их любимые. «А что если он не доберется, что если его убьют по дороге?» — мучительно думал Огюстен, не осмеливаясь, однако, высказать свои страхи, ибо близость Матюрена решительно исключала всякие сомнения и внушала силу преодолеть даже невозможное.

4

Сперва их направили в лагерь для новобранцев, где наспех обучили практическим навыкам боя. Но каким бы ускоренным и напряженным ни было это обучение, оно никоим образом не посвятило их в жестокую действительность войны. Затем всех этих парней, вчерашних подростков с весенним прозвищем «Васильки», отвезли на фронт, в пополнение к бывалым солдатам. Матюрен и Огюстен спрятали на дне рюкзака, между бельем и алюминиевым котелком, тетрадь-дневник, который они вели, один делая записи, другой рисуя.

«Не знаю, что мне внушает больший страх, — писал Огюстен накануне их отправки, — убивать или быть убитым. В лагере мы только делали вид, что убиваем, но ведь на фронте перед нами будут живые люди. Такие же, как я и Матюрен. И нам придется стрелять в них. В кого же превращается человек, убивающий себе подобных?» Этот вопрос неотступно терзал Огюстена, ему даже во снах чудились головы его будущих жертв, прибитые к воротам Верхней Фермы, как некогда череп Эско, напоминавший разом о двух убийствах — от конского копыта и от руки Золотой Ночи-Волчьей Пасти.

Матюрена удивило название передовой, куда их привезли, — «Дорога Дам», красивое имя, звучавшее как приглашение на воскресную прогулку. Ему представлялся Утренний Подлесок, где они с Ортанс так часто любились, где запах их тел смешивался с пряным, сладковатым духом прелой листвы и влажного мха. Он нарисовал дорогу в ложбине, которая вела к пригорку, усеянному цветами; женщины с летящими по ветру волосами срывали их, собирая в огненные букеты. В конце дороги стояла огромная зрелая роза, неподвластная ураганному огню и смерти, что царили вокруг.

«Дорога Дам» — тернистый путь к смерти, которую презрела и отринула красота еще более мятежная и страстная, нежели красота плотской розы.

Однако в поезде, увозившем их на передовую, все приятные образы и мечты скоро забылись, настолько потрясла их безжалостная реальность войны. Земля непрестанно казала им свои жуткие раны, и чем более разоренным и обезображенным был пейзаж, тем больше чудилось в нем щемяще-человеческого, словно в истерзанной, обгоревшей людской плоти.

И впрямь, земля и плоть смешивались здесь в единую субстанцию — грязь. Линию фронта они увидели еще издали. Мутно-серое небо то и дело вспыхивало у горизонта, как будто кто-то поджигал, один за другим, гигантские факелы. Эту разверстую пылающую границу между небом и землей обозначали еще и неумолчный грохот канонады, завывание летящих мин и треск пулеметов. Желторотые новобранцы, едва обученные военному ремеслу, тотчас были брошены в бой. Их сотнями загоняли в грязные траншеи, где упорно падавший снег тут же растекался зловонной жижей.

Но не один только снег падал в этом месте, здесь падало и многое другое — снаряды, мины, иногда даже аэропланы, люди — каждую минуту, увесистые комья земли, деревянная щепа, камни и обрывки колючей проволоки. Обезумевшим солдатам чудилось, что им на головы вот-вот свалятся осколки неба, облаков, солнца, луны или звезд, — этот участок фронта как будто обладал особой силой притяжения. Настоящий магнит, ей-богу! Именно здесь, на дне окопа, при вспышках разрывов, братья и отпраздновали свое двадцатилетие.

На передовой Матюрен и Огюстен стали держаться вместе еще теснее обычного, всегда сражаясь плечом к плечу и больше всего на свете страшась потерять друг друга. Окружающие не замедлили осыпать насмешками эту неразлучную парочку, дразня их Сиамскими близнецами. Но не было в мире силы, способной их разъединить. Даже любовь, которая вела братьев по разным дорогам, к совершенно разным женщинам, не смогла порвать эту нерушимую связь. Напротив — при полной несхожести их возлюбленных она стала еще крепче и глубже. И умереть поодиночке было совершенно немыслимо, тем более сейчас, в двадцать лет; они хорошо понимали, что оставшемуся в живых придется весь свой век нести на себе этот страшный крест — потерю другого.

Болезненно-слитный союз братьев не мешал им, однако, дружить с товарищами. Семеро парней вскоре образовали вместе с ними тесный приятельский кружок. Это были Роже Болье и Пьер Фуше, оба парижане и новобранцы, Фредерик Адриан, бежавший от немцев из Эльзаса в самый день объявления войны и уже прошедший через ад Вердена, Дьедонне Шапитель, крестьянин, как и близнецы, только

151

родом из Морвана, Франсуа Уссе, художник-пейзажист, чьи прозрачные глаза даже на дне траншеи отражали жемчужное мерцание нормандских небес, Мишель Дюшен из Орлеана и Анж Луджиери, донельзя растерянный оттого, что впервые в жизни покинул свой родной остров — Корсику. Дружбу мальчиков крепко спаяло сознание опасности и близости смерти; несколько дней, проведенных в этих крысиных ходах, полных грязи и крови, без воды, пищи и сна, при ежеминутном страхе гибели, соединили их куда надежнее и глубже, чем долгие годы мирной жизни. Она была скроена наспех, эта фронтовая дружба, но росла и крепла в смрадных окопах, словно комнатное растеньице, что упрямо тянется к свету, выбрасывая листок за листком, распускаясь все новыми и новыми цветами.

Теперь Огюстен часто грезил о тех краях, где родились его товарищи; каждый из них рассказывал братьям о своей родине, и новые услышанные названия открывали перед юношей сказочные горизонты, свои впечатления он записывал в дневник. Сена, Луара, Рейн несли к морю свои величественные воды, рассекаемые мостами, островками и деревьями; проходя через города, они похищали у них отражения каменных ангелов и женских ножек. Холмы Морвана и бескрайние пляжи Нормандии говорили ему о вечном круговороте ветра и волн; Корсика вздымала меж морем и небом свои выжженные солнцем охряно-розовые утесы. Все эти имена, пейзажи и краски, доселе ему неведомые, он узнавал из ностальгических рассказов новых друзей, и теперь братья, пришедшие оборонять свой скромный клочок земли, защищали и те провинции, где родились их юные соратники. Огюстен иногда мечтал о том, как после войны перед ними распахнется весь мир, и они с братом своими глазами увидят эти далекие края — совсем как двое мальчиков из книги Брюно; их путешествиями по Франции и приключениями он буквально зачитывался в детстве.

Но рассказам и легендам, планам и желаниям быстро пришел конец: каждый из их друзей по окопам здесь же и завершил свою историю. Первым открыл счет Пьер Фуше. Приметив в мутно-молочном тумане, уже много дней как окутавшем передовую, цепочку залегших стрелков, он решил спрыгнуть в ближайшую траншею, но угодил в колючую проволоку, натянутую у края рва, и шквал пулеметного огня тут же покарал его за неловкость, изрешетив насквозь, с головы до пят. И прикончили его вовсе не эти солдаты — они все давно уже были мертвы, потому-то и лежали так смирно, носом в землю. Если бы не густой туман, он бы разглядел на мертвецах французские мундиры. Огонь велся над их спинами.

Франсуа Уссе расставался с жизнью постепенно, частями. Тяжелое ранение перешло в гангрену; ему ампутировали ступню, затем голень, затем всю ногу до бедра. Дальше резать было уже нечего. Тогда гангрена преспокойно перекинулась на туловище, и он попросту сгнил еще до того, как испустил последний вздох.

Однажды, когда Матюрен, Огюстен и Дьедонне Шапитель плечом к плечу стояли в траншее, пытаясь отразить атаку германских пехотинцев, оглушительный треск вражеских пулеметов вдруг сменился пугающим безмолвием. «Ну и тихо же! — шепнул Матюрен. — Прямо как перед началом света!» — «Перед началом или перед концом?» — спросил Дьедонне, высунувшись из траншеи и оглядывая развороченное поле с чадящими воронками. Нет, это не было ни тем, ни другим, просто коротенькая пауза, чтобы перезарядить оружие и прицелиться. Дьедонне еще не успел договорить, как пронзительный свист пуль оборвал его вопрос. И вновь воцарилась мертвая тишина, словно подчеркнувшая данный врагом ответ. «Ну, видал? — бросил Матюрен, обращаясь к Дьедонне, — какой уж тут конец!» Но Дьедонне смолчал и только уронил на плечо Огюстена свою каску. Каску, до краев наполненную мягкой серовато-белой парной массой, которая шлепнулась Огюстену на руки. Дьедонне, с аккуратно срезанным, зияющим черепом, по-прежнему пристально смотрел вдаль.

С этого дня в записях Огюстена фигурируют лишь грязь и кровь, голод и холод, жажда и крысы. «...Три дня мы просидели в воронке от снаряда, а поверху непрерывно строчил пулемет. Под конец мы пили грязную воду из лужи и даже лизали промерзшую одежду.

Мороз стоит жуткий, наши шинели трещат от льда. Тут у нас есть и чернокожие солдаты. Им достается еще хуже нашего, если такое возможно. Они часто простужаются и кашляют, кашляют без остановки, а еще они плачут. Если бы люди в тылу знали, как мы здесь страдаем, в какой ад мы угодили, они наверняка заболели бы сами и плакали над нами всю свою оставшуюся жизнь. Бланш предвидела этот кошмар, она все поняла еще до того, как началась война. Поэтому-то она и умерла. Слишком она была добрая, слишком чувствительная и хрупкая, вот ее и убила печаль. Это ведь и вправду невыносимо страшно. Несколько дней назад один из негров сошел с ума. Пятерых его товарищей разорвал снаряд, и ошметки их тел попадали ему прямо на голову. Тогда он уселся среди них и начал петь. Петь так, как поют они у себя на родине. Потом он разделся. Отшвырнул ружье, каску, сорвал с себя шинель и прочее. И совершенно голый стал танцевать среди изувеченных останков.

Я думаю, боши по ту сторону удивились не меньше нашего. Долго длился этот танец. Шел снег. Некоторые из ребят плакали, глядя на негра. И не важно, что мы не понимали, о чем он там поет, все равно, это было прекрасно. Мне хотелось заорать во все горло и пуститься в пляс вместе с ним, но меня как будто парализовало. И его тело — длинное, черное, стройное — тоже было прекрасно. Прекрасно до ужаса. Матюрен — тот сказал: «Сейчас, наверное, земля перестанет вертеться». Но нет, земля не остановилась, зато нашелся мерзавец, который выстрелил и прикончил нашего негра, голого безоружного человека. Даже и не знаю, с какой стороны стреляли, с нашей или с другой. Я заплакал. А Матюрен — тот решил идти за мертвецом, чтобы упокоить и схоронить его по-людски. Мы с Болье едва удержали его, не то и он остался бы там же. Да, Бланш правильно поступила, что умерла; как только увидела все это, так тут же и умерла. Ее-то, по крайней мере, проводили в землю достойным образом, и спит она теперь в тишине, под цветами. А здесь человеческие останки втаптывают в грязь, а потом их сжирают крысы».

Однако Бланш не помогло и то, что она обрела приют на кладбище, ибо даже там война грубо нарушила покой усопших. Разгул завоевателей уже не знал предела — куда бы они ни ворвались, они беспардонно грабили свои жертвы, отбирая все, вплоть до дверных ручек и оконных задвижек, тюфяков и простынь, даже собачьей и кошачьей шерсти. А потом, обобрав догола живых, победители вспомнили о мертвых и принялись за них, обшаривая кладбища, взламывая склепы, жадно хватая все хоть сколько-нибудь ценное. Так случилось и на кладбище Монлеруа, где алчные оккупанты вскрыли и обыскали могилы Валькуров и Давраншей. Папаше «Слава-императору» пришлось еще раз сложить оружие перед неприятелем: у него отобрали ржавую допотопную винтовку и сорвали пуговицы с мундира. Отец-Тамбур лишился бронзового креста, лежавшего у него на груди, а колокольня Святого Петра рассталась со своим древним надтреснутым колоколом. Только на куклу Марго, тайком сунутую ею в гроб Бланш, никто не польстился. Да и что тут возьмешь — кучка истлевших лохмотьев.

Огюстен продолжал вести свой дневник от случая к случаю, по обстоятельствам. Он даже не очень-то и понимал, зачем и для кого это делает. Сначала он писал для близких — для семьи, для Жюльетты, — пытаясь сохранить духовную связь с ними, остаться прежде всего даже здесь, на фронте, сыном, братом, женихом, живым человеком под защитой и покровительством любви. Но жизнь уходила, как морской отлив, надежда слабела, а сердце загоралось гневом и яростью. Он писал уже не для родных, ни для кого и ни для чего — он писал *против*. Против страха, против ненависти, безумия и смерти.

Анж Луджиери погиб из-за солнечного лучика. Зима была такой долгой, такой невыносимо суровой, что едва лишь весна робко дала о себе знать, как Анж не утерпел и высунул наружу, за бруствер из мешков с песком, свою восхищенную полудетскую мордашку. «Эй, ребята, а в воздухе-то весной пахнет!» — воскликнул он, задрав голову к поголубевшему небу. Но граната оказалась проворнее солнечного луча, она тут же снесла голову рядовому Луджиери, превратив его улыбку в кровавое месиво.

Однако весну это происшествие ничуть не смутило, она упрямо расцвечивала изуродованную землю жемчужными маргаритками, голубыми барвинками, золотистым крессоном, буквицами и фиалками, и их благоухание витало в воздухе, смешиваясь со зловонием пороха и мертвечины. Вдобавок запели, словно желая подчеркнуть это смехотворное благолепие, невидимые птицы. Они вернулись с юга на родину, презрев людскую войну, которая разорила и их гнезда, и теперь сквозь треск пулеметов то и дело прорывался легкий щебет малиновки или пронзительный посвист дрозда. Но были и другие существа, куда более многочисленные и видимые глазу, которые тоже резвились на поле битвы. Эти мигрировали не со сменой времен года, а с приходом или окончанием войны. Крысы... они набрасываясь даже на раненых, не дожидаясь их смерти, иногда нагло взбираясь прямо на носилки.

«На самом деле, крысы — это мы, — писал Огюстен. — Мы живем совсем, как они, днем и ночью ползая в грязи и отбросах, по трупам. Да, мы превратились в крыс, с той лишь разницей, что у нас пустое брюхо, тогда как у этих тварей оно волочится по земле от сытости. А потом еще паразиты — они кишат всюду, даже у нас в котелках». Казалось, они кишели и в воображении солдат, которые развлекались тем, что ловили вшей и клопов, нарекали их германскими именами — Гинденбург, Фалькенхайн, Берлин, Мюнхен, Гамбург — и, торжественно представив к железному кресту, поджаривали на костре. Впрочем, немцы, по ту сторону фронта, делали то же самое.

Зима еще несколько раз попыталась отвоевать позиции, но лето наконец взяло верх над холодами. А война все шла и шла.

«Все кругом дрожит. Земля корчится, словно зверь, сотрясаемый рвотой. Я даже не помню, какой сегодня день, который час. Черный удушливый дым сплошь заволок передовую. Небо цвета сажи напоминает гигантский очаг, не чищенный веками. Солнца не видно, хотя стоит палящая жара. Нам приказывают стрелять. Мы стреляем. Один Бог знает, куда и в кого. Не видно ни зги, дым выедает глаза. Стреляем, зажмурившись; веки щиплет от копоти и мусора. Иногда я думаю: «Надо же, я ведь мертв, а все-таки стреляю. И буду стрелять вот так целую вечность. Стрелять, стрелять, не останавливаясь и не уповая на Страшный суд, который прекратит этот кошмар. Вокруг меня смерть, я стою рядом со смертью, и я стреляю». Вот так я думаю. Но нет же — дым расходится, пальба затихла. Всему, оказывается, приходит конец. Протерев глаза, я открыл их и увидел, что Адриан рухнул наземь около меня. Сперва я решил, что он поскользнулся и валяет дурака, не желая вставать. Но, нагнувшись и глянув в его запрокинутое лицо, я все понял. Ему снесло нос и раздробило челюсти. Он лишился уха и глаза. Несмотря на это, я его узнал. Оставшийся глаз блестел голубизной, как цветок цикория. Вот и еще одного товарища мы потеряли. Когда настанет мой черед, я даже не смогу описать, как это случилось. Впрочем, что тут описывать, — здесь все гибнут одинаково.

Пускай уж другие выдумывают, что хотят, про Матюрена или меня, когда нам придет конец. Теперь вы все знаете, люди. Но знать — еще не значит испытать. А потом, может быть, этот дневник никогда и не дойдет до вас».

Однако следующая очередь была не за ним и не за Матюреном. Случай выбрал Мишеля Дюшена и Пьера Болье.

Дозорные успели поднять тревогу, и солдаты спешно натянули противогазы, но Болье чуть замешкался, и приступ кашля так жестоко сотряс его, что он не смог наверстать опоздание. Скорчившись, он упал на колени, лицом в грязь, и его кашель перешел в хрип. Еще с минуту он судорожно дергался, раздирая на груди одежду и вращая обезумевшими глазами; изо рта у него шла розовая пена, ее пузырьки с легким треском лопались вокруг губ. Товарищи, бессильные помочь, окружили Болье, с ужасом и состраданием глядя на эту агонию, но умирающий видел вместо их лиц только страшные резиновые маски, в которых все они были одинаково неразличимы. Ну, а Дюшен погиб мгновенно, от прямого попадания снаряда; взрыв не оставил от него ни ногтя, ни волоска.

В дневнике нет записи об этих двух смертях — Огюстен устал описывать одно и то же — гибель друзей. Слова давно утратили окраску и смысл, перестали быть свидетелями бойни. Он решил даже уничтожить тетрадь, но Матюрен отнял ее у брата и спрятал в своей сумке. Поскольку сам он не умел ни писать, ни читать, почерк Огюстена, все эти ряды строк, испещрявших целые страницы, казались ему чем-то волшебно непостижимым. Иногда он открывал тетрадь и бережно водил пальцем по буквам, касаясь слов, которые упорно не давались ему. Он думал об Ортанс, надеясь, что и она когда-нибудь дотронется до этих загадочных письмен, повествующих о том, как они разлучились и как рисковали навсегда лишиться друг друга.

Желание обладать Ортанс мучило его куда сильнее, чем страх смерти.

Наконец братья получили долгожданный отпуск. Путь домой им был заказан, и потому они отправились вместе с одним из своих товарищей в его деревню, расположенную у самой границы оккупированной зоны, недалеко от Черноземья, на берегу Мезы.

Увидев родную реку, Матюрен придумал отправить по воде дневник, последние страницы которого заполнил своими рисунками. Он обернул тетрадь вощеной бумагой, уложил в жестяную коробку и, прикрепив к ней поплавки, доверил течению. Может быть, там, где Меза пересекает долину Черноземья, кто-нибудь догадается выловить и доставить коробку их родным — может быть! Но в это жалкое, смехотворное «может быть» Матюрен вкладывал куда больше веры и надежды, чем в любого Бога.

И вот им пришлось вернуться в свои фронтовые норы, пропахшие трупами, чье гниение усугубляла сумасшедшая жара. Иногда к вечеру над окопами проносились грозы, смешивая громовой треск и ослепительные молнии с нескончаемым уханьем и вспышками взрывов. Дожди, обрушиваясь на траншеи, превращали их в сплошную топь. Небосвод содрогался от двойного гнета войны и грозы; он походил на брюхо какого-то чудовищного дракона, пышущего отравленным огнем. Огюстену чудилось, будто эта смертоносная липкая шкура и есть оболочка Господа Бога.

И, однако, на сей раз этот безумный Бог сжалился над ними, и Жюльетте пришлось благодарить его за оказанную милость. Братья так и не поняли, каким образом удалось их возлюбленным переслать письмо, которое было вручено им в самый разгар боя. Жестяную коробку, пущенную по Мезе, нашли в прибрежной осоке, возле Черноземья, и передали Золотой Ночи-Волчьей Пасти.

Жюльетта писала им от имени отца, сестер и своего собственного. Но и ей при этом не хватало имен и слов, ибо, читая незавершенный рассказ Огюстена, она ясно ощутила, как проклятие Вдовьего дома вновь подняло голову, угрожая на сей раз не только ее личной судьбе, но и участи всех женщин на свете. И в ее голосе звучали вселенские ужас и боль, которые она, бессильная побороть их в одиночку, вверяла в руки Господа. «Ибо только в пробитых гвоздями руках Божьих, — писала она, — любое зло и страдание улягутся, исчезнут в Его ранах. Я плакала дни и ночи, перечитывая твой рассказ. А потом слезы мои высохли. Мне вдруг стало ясно, что несчастье наше слишком огромно, слишком тяжко для нас, и нести его самим значит впасть в грех гордыни. Тогда я пошла в церковь, встала на колени перед деревянным распятием в алтаре и бросила к ногам Иисуса мой страх, мое отчаяние, все, что меня мучило. И вдруг я почувствовала, как то зло, которое обрушилось на нас, отлетело от меня, скрылось в разверстой ране на Его боку, достигло Его сердца и сгорело там. Теперь мне больше не страшно. Ты будешь спасен, я знаю, я уверена в этом, и я жду твоего возвращения». Но для Огюстена ее слова не имели смысла, он давно утратил веру и мысленно осуждал Жюльетту за то, что она попалась на удочку религии. Теперь он был солидарен со своим отцом в его мятежном отрицании Бога.

Что же до Ортанс, та не плакала и не молилась. Ей хотелось кричать. Кричать громче солдат, идущих в атаку и гибнущих под пулями. Кричать громче самой войны. Да, она была именно тем, нарисованным рукою Матюрена садом, большим диким садом, звенящим птичьими голосами и стрекотом кузнечиков, полным разомлевших от жары, цветущих кустов, сырых тенистых уголков и кротовых норок. Но сад славен не только красками, он еще и благоухает. И нет запаха сильнее, проникновеннее и слаще, чем аромат роз. Ортанс сделала для Матюрена самый вдохновенный, самый выразительный из своих рисунков — пестрое, яркоцветное тело со множеством рук и ног, торчащих во все стороны, как раздерганные спицы колеса, а в центре — зрелая, распустившаяся роза.

Перед тем, как сунуть сложенный рисунок в конверт, она всю ночь хранила его между ног, прижав к лону.

Светало. Трое солдат пробирались по разгромленному перелеску, сквозь путаницу сваленных деревьев и рваных проволочных заграждений, блестящих от росы, как колючий кустарник, в предутреннем розовом мареве. Длинные, нежно-белые перья облаков колыхались у восточной границы небосвода. С первой переливчатой трелью взмыл из кустов жаворонок. Этот стремительный птичий порх словно дал сигнал другим взлетам, только с противоположной стороны, с запада. Сперва там что-то глухо заворчало, потом гул перешел в злобный вой, а тот — в пронзительный свист. Трое солдат подняли головы, удивленно глядя на стремительную стаю необыкновенных птиц с блестящими багровыми клювами. «Ложись! Мины!» — крикнул один из парней, бросаясь в ближайшую промоину. Внезапно птицы хищно спикировали прямо на них. Раздался громовой взрыв, разметавший людей в разные стороны — одного прибил к земле, другого взметнул высоко в розовеющее небо, как будто человек решил последовать радостному призыву жаворонка и тоже встретить новый день в полете.

Обратно, на траву, упал град земли и камней, осколки ружья и рука. Одна-единственная рука, на которой еще сохранился манжет гимнастерки и солдатская бляха на шнурке. Рука плюхнулась прямо перед тем, кто лежал в воронке. Ему даже не нужно было смотреть на выгравированное имя и на прядь черных волос, обвитую вокруг шнурка. Он и так узнал руку своего брата и вмиг позабыл, как зовут его самого и кто же из них двоих так непонятно, так нелепо остался жить в одиночестве. Подобрав руку, идеально схожую с его собственной, он долго, остолбенело разглядывал ее, потом сунул за пазуху. Новый взрыв опять швырнул его наземь, в канаву, где было полно воды. Близилась осень, вода и грязь уже остыли, но не от холода у него вдруг застучали зубы; он всем телом дрожал от нежности, от безумной острой нежности, опустошившей его сердце и память.

Она, эта нежность, туманила ему глаза непроливающимися слезами и побуждала без конца улыбаться странной улыбкой, такою же застывшей, как слезы, кроткой до идиотизма. Так он и сидел на корточках в воде, клацая зубами и улыбаясь в пустоту, не обращая никакого внимания на все, что творится вокруг. Его товарищ, первым спрыгнувший в промоину, так и остался лежать в ней — осколок мины пробил ему висок. Он, вероятно, просидел бы в канаве до самого конца войны или, по крайней мере, до следующего прямого попадания снаряда, если бы на третий день его не нашли и силой не увели с этого места. Поскольку он безостановочно дрожал, стучал зубами и явно лишился рассудка, его отправили в тыл. Ноги, обмороженные в ледяной воде и грязи, распухли так, что на нем едва не лопнули ботинки; пришлось уложить его в лазарет. Рука, которую он все это время упорно хранил под шинелью, странным образом мумифицировалась — кожа стала белой и холодной, как полированный мрамор — или как ожерелье их отца. В ямке ладони застыло красноватое пятнышко, отдаленно похожее на розу.

Той ночью, когда один из близнецов встретил смерть, Золотая Ночь-Волчья Пасть внезапно проснулся от острой боли, пронзившей его левый глаз. Он ощутил под веком сперва как бы ожог, а потом резкий холод. Но только спустя несколько дней Марго заметила исчезновение одного из семнадцати золотых пятнышек в глазу отца.

Ортанс же не проснулась — напротив, ее объял такой глубокий сон, полный кровавых и огненных видений, что утром она встала с ломотой во всем теле, как будто ее избили ночью. Ее тело и впрямь выдавало следы этого ночного побоища: оно целиком, от шеи до пят, покрылось бесчисленными красноватыми синячками, как будто его сплошь растатуировал какой-нибудь любитель роз. Жюльетта в эту ночь не испытала ничего необычного, но поутру, отворив ставни, на мгновение увидела вместо солнца огромный, медово-белый конский череп, вертикально поднимавшийся в небо.

С этого дня все, даже Матильда с Марго и старый Жан-Франсуа-Железный Штырь, почувствовали, что стряслась беда, — вероятно, один из братьев убит. Но никто не осмелился высказать свои мысли, из страха разгневать судьбу. И вновь потянулось неистовое ожидание, заставлявшее их метаться от надежды к отчаянию, от отчаяния к надежде. Так, молчаливо терзаясь, они прожили еще целый год, не получая никаких вестей.

5

Он появился зимним днем, таким морозным и ясным, что все окрестности были видны до самого горизонта, до самой последней черточки; казалось, с Верхней Фермы легко можно обозреть всю землю.

Он пришел по «школьной» тропе, чья заледенелая почва далеко и звонко разносила звук его шагов. Золотая Ночь-Волчья Пасть рубил дрова на дворе; внезапно его остановил мерный приближавшийся шум чьей-то поступи. Кто же это рискнул идти на ферму в такую стужу? К Виктору-Фландрену редко захаживали гости. Уединенность его обиталища давно уподобилась одиночеству отцовской баржи. Он вновь принялся за дрова, и вскоре удары его топора зазвучали в такт шагам путника, поднимавшегося на холм. Однако человек шел так медленно и тяжело, что его все еще не было видно.

Послышался шум со стороны хлева; низкое протяжное мычание сопровождалось глухими ударами, словно быки били рогами в стенку кормушки. Виктор-Фландрен воткнул топор в колоду и вышел со двора. У поворота он заметил силуэт высокого сгорбленного мужчины, опиравшегося на палку. Он никогда еще не видел такого рослого человека в их краях. И, однако, ему смутно померещилось что-то знакомое в этой фигуре. Внимание Виктора-Фландрена сразу привлекли ноги идущего, его огромные ступни — не в сапогах, не в сабо, а в окровавленных тряпках, обмотанных веревками и ремешками, что придавало походке великана развалистую неуклюжесть медведя, шагающего на задних лапах. Лицо его скрывала клочковатая, посеребренная инеем борода. На плече болтался вещмешок.

Виктор-Фландрен стоял и ждал. Незнакомец был уже в нескольких метрах от него; он поднял голову и застыл на месте. Мужчины посмотрели друг на друга. Их взгляды были суровы и пристальны, как у чужих, свыкшихся с одиночеством, людей, которые встретились впервые, но, в то же время, они светились пронзительной горечью близких, знающих один другого до самых сокровенных глубин души. Глаза незнакомца лихорадочно блестели; Виктор-Фландрен уловил в них страх загнанного животного и, вместе с тем, пугающую покорность, какая туманит расширенные, остановившиеся глаза быков под ударами грозы. И еще он заметил, что у этого человека разные зрачки: правый был узок и черен, левый же являл собой большое золотистое пятно, словно однажды ночью расширился и заблестел так сильно, что больше не смог приноровиться к дневному свету.

Виктор-Фландрен, поглощенный этой странностью, даже не обратил внимания на то, что человек вдруг затрясся и застучал зубами. «Это ты?.. — неуверенно вымолвил он нако-

168

нец и глухо добавил: — мой сын?..» Но какой из сыновей? Этого он сказать не мог. Стоявший перед ним по-прежнему сверлил его взглядом, одновременно и остро-внимательным и невидящим, и клацал зубами, оскаленными в бессмысленной, блажной улыбке.

Золотая Ночь-Волчья Пасть подошел и несмело протянул к нему руку. «Мой сын...» — повторил он, точно в бреду, коснувшись дрожащей ледяной щеки этого сына, которого не мог даже назвать по имени. Внезапно тот с яростным изумлением вскинул голову. «Не *твой* сын! — крикнул он, — *твои* сыновья!» Виктор-Фландрен обхватил и крепко сжал в ладонях лицо своего сына. Он хотел знать, он хотел понять. Но этот двоякий, полудневной-полуночной, полуживой-полумертвый, взгляд лишил его дара речи.

Их лица почти соприкасались. Снег под ногами, отражавший небесное сияние, блестел и слепил глаза; ветер бодро гнал куда-то стадо кудрявых облачков, их тени скользили по белым искрящимся полям и пересекали вдали, у горизонта, почти недвижную, стылую Мезу. Но Виктор-Фландрен не видел ничего, кроме лица, которое сжимал в ладонях, лица, заслонившего все вокруг и еще более опустошенного, чем скудный зимний пейзаж. В этих глазах тоже скользили тени. В левом золотом расширенном зрачке мелькнуло темное пятнышко, и Виктор-Фландрен едва сдержал крик. Перед ним было зеркало, только отражавшее образы не снаружи, а изнутри, из самой глубины души. Они, эти образы, вырывались из темницы обезумевшей памяти и, как вспугнутые птицы, метались в поднебесье взгляда. Там было множество лиц; Виктор-Фландрен разглядел среди них лица своих сыновей и других, незнакомых юношей, все искаженные страхом. Едва возникнув, они тотчас исчезали в пламени взрыва, потом являлись опять. Он заметил даже собственное отражение, впервые за двадцать с лишним лет. И вдруг сквозь все эти лица проглянуло еще одно, то, что он считал прочно забытым. Это был лик его отца Теодора-Фостена, с разрубленным саблей ртом, оскаленным в приступе злобного смеха. Безумный, горький, душераздирающий смех... он не хотел, не в силах был вновь услышать его и, резко разжав руки, почти оттолкнув голову сына, собрался повернуться и бежать. Но не успел — внезапная слабость подкосила его, и он камнем рухнул к ногам сына. Ему хотелось крикнуть: «Нет!» и отогнать от себя этот образ, все эти образы, навсегда позабыть сумасшедшее отцовское лицо, но он только и мог, что твердить умоляющим шепотом: «Прости меня... прости меня... прости!..» — сам не понимая, от кого и за что ждет прощения.

«Ну вот, теперь рассказывай! — скомандовала Матильда, когда все уселись в кухне за столом. — Ты который из двоих?» — «Не знаю и знать не хочу», — ответил ей брат; он был твердо уверен, что, назвавшись, отделит живого от мертвого и тем самым оборвет существование обоих. Выжить он мог только ценою этого внутреннего двойства. «А как же мы будем тебя звать?» — настаивала Матильда. Брат безразлично пожал плечами, ему было все равно. «Но другой, — несмело спросила Марго, —другой... он и вправду умер?» Вопрос этот, ожидаемый всеми с тайным страхом, замкнул рты всем присутствующим. «Вот он», — ответил наконец брат, вынимая из мешка длинную жестяную коробку и ставя ее перед собой. Все молча глядели на этот странный предмет. «Кукла, кукла! — в ужасе подумала вдруг Марго. — Мой брат тоже превратился в куклу!» — «Бедный малыш!» — прошамкал совсем одряхлевший Жан-Франсуа-Железный Штырь, притулившийся на другом конце стола; никто его не услышал. Только одна из младших, Виолетта-Онорина, которую он держал на коленях, удивленно глянула на него. Ее сестра, Роза-Элоиза, дремала рядом с ними, на скамье.

Брат открыл коробку, извлек оттуда продолговатый сверток в холстине и, развернув, выложил на середину стола диковинную вещь, а за нею две солдатские бляхи на шнурках, с фамилией Пеньель. «Это чего?» — спросила внезапно проснувшаяся Роза-Элоиза. Никто не ответил; все, как зачарованные, смотрели на окаменевшую руку. И именно в этот миг впервые случилось то, что впоследствии так часто повторялось в жизни Виолетты-Онорины: лиловое пятно на ее левом виске налилось кровью и на щеку стекла тоненькая красная струйка. Девочка потерла

171

висок и спокойно сказала: «Ой, кровь!» Однако ни боли, ни страха она не испытывала. Уже сейчас она смутно догадывалась, что эта кровь — не ее. А в тот день один лишь Жан-Франсуа-Железный Штырь заметил эту странность. Он поднял малышку на руки и вышел из кухни.

Выживший брат был не единственным, кто хотел скрыть имя мертвого. Его упорство нашло поддержку у Ортанс и Жюльетты. Обе они пришли к нему, но ни та, ни другая не узнали человека, которого так неистово любили и ждали. Вернувшийся был ненормально высок, худ и сгорблен; густая борода и распухшие бесформенные ноги делали его и вовсе чужим. Но это не имело никакого значения; каждая из девушек признала и объявила его своим. И он не возражал; он ответил равной дозой любви на любовь каждой из них. Одна звала его Матюреном, другая Огюстеном. И только своим возлюбленным он позволял называть себя по имени, ибо только в их устах имя обретало реальность и плоть, нерасторжимую с его собственным телом, позволяя забыть острую боль утраты.

В объятиях Жюльетты он вновь был Огюстеном и вкушал покой и отдохновение. Прильнув к телу Ортанс, он звался Матюреном и с яростным воплем наслаждения тонул в ослепительной бездне страсти. Но всем другим запрещалось называть его одним из этих имен, и, в конце концов, он получил прозвище — Два-Брата.

Он начал работать в полях Черноземья, но угрюмо избегал людей и даже поселился не в доме, а в нежилой пристройке. Иногда на склоне дня Виктор-Фландрен заходил к нему, и они подолгу молча сидели за столом перед тем, как заговорить. Да и то беседа начиналась с разных пустяков, как будто оба страшились невзначай произнести некое роковое слово, что сделало бы невозможным дальнейшее общение. Они разговаривали о погоде, об урожае, о домашней скотине. Коробка с рукой погибшего и обе солдатские бляхи лежали на полке в изголовье скамьи, служившей постелью. Два-Брата отказался предать земле то последнее, что осталось от умершего, — рука будет схоронена только тогда, когда смерть заберет вторую половину их общего естества, которая пока живет в нем, спасшемся.

Две младшие сестренки тоже иногда наведывались к пристройке и тихонько играли у двери. Два-Брата очень любил их — они напоминали ему кроткую Бланш, чью могилу в Монлеруа он навещал каждую неделю. Особенно трогала его одна из девочек; когда она поднимала на него светлые, почти прозрачные глазки, страдание внезапно оставляло его, и он на мгновение чувствовал себя примиренным и с самим собою и с другим, жившим внутри него. Взгляд Виолетты-Онорины лучился бесконечной нежностью, он был легок, точно дуновение, способное унести любую тяжесть, развеять любую боль, оставив взамен лишь недоуменную, а иногда и сладкую печаль.

«Эта девочка — ангел, она не от мира сего», — твердил старый Жан-Франсуа, питавший к Виолетте-Онорине безграничную любовь.

6

Меленький моросящий дождик серой дымкой окутал поля. Ортанс вышла с непокрытой головой, накинув только шаль на плечи, и решительной походкой зашагала по дороге, ведущей к Вдовьему дому; ее губы кривила странная, упрямая усмешка. Войдя во двор, она заметила, как во всех окнах колыхнулись занавески и в нее вперились боязливые взгляды пяти вдов. «Шести вдов!» — неизменно поправляла Ортанс, упорно причислявшая Жюльетту к другим обитательницам дома.

Она впервые переступила порог этого дома с тех пор, как вернувшийся Два-Брата сделал Жюльетту ее соперницей. Постучавшись, она услышала гулкое эхо, словно била в пустую железную бочку; от этого звука ей стало не по себе и захотелось уйти. Но дверь открылась, на пороге стояла Жюльетта, растрепанная, с синими тенями под глазами. С минуту женщины молча разглядывали друг дружку. «Входи», — предложила наконец Жюльетта. «Нет, — резко ответила Ортанс. — Я только пришла сказать, что...» — но она не решилась закончить фразу. Другая ждала, опустив голову. Она поняла. «Он уже шевелится, — запинаясь, вымолвила Ортанс, — сегодня шевельнулся у меня в животе. Теперь я уверена. Вот... я хотела, чтобы ты знала. Это ребенок

174

Матюрена. Матюрена и мой». Жюльетта вскинула голову. «Ох!» — еле слышно выдохнула она, привалившись к косяку. И добавила, так тихо, что Ортанс едва расслышала: «Я тоже... тоже жду ребенка. От Огюстена». Ортанс грубо схватила ее за плечо, но тут же оттолкнула. «Врешь! — завопила она. — Этого не может быть. Огюстен мертв. Мертв, ясно тебе? Он умер, как умирают все мужчины, которые женятся на женщинах из вашего проклятого дома! А вернулся Матюрен, и я ношу ребенка от Матюрена!» Но Жюльетта тихонько покачала головой. «Ошибаешься, — сказала она. — Они оба наполовину умерли там, и ты это прекрасно знаешь. И вернулись они тоже оба, но наполовину. И хочешь-не хочешь, нам придется делиться». — «Никогда!» — отрезала Ортанс и, отвернувшись, побежала прочь под мелким моросящим дождем.

Услышав эту двойную новость, Два-Брата почувствовал себя одновременно и угнетенным, и счастливым; в нем непрерывно боролись жизнь и смерть, и если первая пробуждала силу и надежду, то вторая вгрызалась в сердце, причиняя невыносимую боль.

Золотая Ночь-Волчья Пасть принял обеих молодых женщин у себя на ферме. Сначала пришла Жюльетта: она больше не хотела жить во Вдовьем доме, где ее мучили неясные страхи. Она боялась, что ребенок, едва родившись, упадет и убьется. Марго приютила ее у себя в комнате, а Матильда перебралась к двум младшим сестренкам, которых и без того старательно опекала. Ортанс не замедлила последовать примеру соперницы и тоже явилась на ферму. Ей устроили постель в уголке кухни, откуда она нередко пробиралась по ночам в сарайчик, где спал Два-Брата.

Чем дальше шло время, тем сильнее Жюльетта мучилась бессмысленным желанием есть насекомых. Она непрестанно ловила сверчков и кузнечиков, похищала у пауков залетевших в их сети мух и жадно поглощала их. Что же до Ортанс, то ее терзал голод по земле и кореньям, и она все дни напролет бегала по полям и лесам, набивая рот комьями влажной земли из-под деревьев и с пашни.

Этой же весной состоялась помолвка Марго с Гийомом Дельво. Он лишь недавно приехал из города и поселился в Монлеруа, где стал работать школьным учителем.

Дети не любили его и тотчас прозвали Дубиной за то, что он никогда не расставался с длинной тростью, которой со свистом размахивал в воздухе, прохаживаясь между партами. Ну, а взрослые обитатели Монлеруа и Черноземья невзлюбили учителя за странные манеры и высокомерный вид. Он ни с кем не дружил и нигде не бывал, даже в церкви и в кафе. Поэтому люди решили, что он колдун, а некоторые обвешивали своих детишек амулетами, дабы уберечь их от его дурного глаза.

Марго познакомилась с учителем, провожая в школу младших сестренок. Ей и в голову не пришло запастись против него амулетом, и она оказалась совершенно беззащитной перед чарами этого городского красавца. Он же, казалось, вовсе не замечал девушку и не удостаивал ее ни единым словом. Но вот однажды он остановил ее во дворе школы и сказал: «Мадемуазель Пеньель, я хотел бы с вами поговорить. Приходите сегодня вечером, после уроков. Я буду ждать вас в классе». Поскольку остолбеневшая от удивления Марго не отвечала, он спросил: «Так вы придете?» Она только молча кивнула и ушла, ни о чем не спросив. Она не вернулась домой, а просто зашагала по дороге, сама не зная куда, ничего не видя перед собой, ничего не соображая. Одно только запечатлелось в ее гудящей голове — назначенный час, — и ровно к этому часу она, как перевернутые песочные часы, повернулась и пошла обратно. Когда она отворила школьную калитку, песок уже ссыпался, школа опустела, и миг свидания настал.

Она вошла в темный класс и никого не увидела. На большой черной доске, по-прежнему висевшей между картой Франции и картой полушарий с розовыми пятнами, чьи границы история выправила на свой вкус, красовался ее портрет, нарисованный мелом. Голова с закрытыми глазами была изображена в три четверти. Марго глядела на свое подобие, и ей чудилось, будто сон портрета вкрадчиво завладевает ею. Присев на край учительской кафедры, сложив руки на коленях и слегка покачиваясь, она тихонько запела, стараясь перебороть подступавшую дремоту. Ей привиделось детство, урок географии и она сама, смирно сидящая за партой рядом с Матильдой; она слушает учителя, который описывает по этим самым картам все чудеса трех Франций — метрополии, африканской колонии и аннамитской. Но сегодня главным чудом стала четвертая Франция — Франция Гийома и Марго.

Вот в этот-то миг он и вышел из темного угла класса и приблизился к ней.

Взойдя на кафедру, он направился к доске, как бы не замечая Марго. Та перестала петь, но не двинулась с места. «Лицо, изображенное в три четверти, смущает, — произнес он, глядя на портрет. — Никогда не знаешь, повернется ли оно в профиль, чтобы не видеть тебя, или в фас, чтобы встретиться с тобой глазами. Как вы полагаете?» — «Но на этом портрете глаза закрыты, — возразила Марго. — Он может вертеть головой, как угодно, все равно ничего не увидит». — «А что он увидит, если я открою ему глаза?» — спросил Гийом, берясь за щетку. «Он увидит вас», — ответила Марго. «Ну, а что он дальше сделает, повернется ли в профиль или в фас?» — настаивал учитель, перерисовывая глаза. «Я думаю, в фас», — сказала Марго. «Но в таком случае, мне придется все стереть и начать заново. Вы будете позировать для меня?» На этот раз Марго промолчала. Встав, она подошла к учителю, взяла у него из рук щетку и принялась медленно стирать с доски. Когда от портрета на черной поверхности остались лишь бледные разводы, она повернулась лицом к Гийому и отдала ему щетку. «Ну вот, — сказала она, выпрямившись и глядя на него, — теперь можете начинать. Я буду стоять смирно». Гийом схватил ее за волосы, чуть откинул ей голову назад и легонько провел щеткой по лицу и шее, покрывая их мелом.

Марго закрыла глаза и позволила ему делать все, что он хочет. Не стала она противиться и тогда, когда он начал медленно расстегивать на ней кофточку. Разомкнув наконец веки, она увидела, что классная комната погружена в кромешную темноту и все предметы обратились в смутные тени. Марго стояла на возвышении совершенно обнаженная и с головы до ног покрытая белым меловым порошком. «Теперь, когда я нарядил вас в самое красивое платье, какое может быть у невесты, мне нужно надеть вам кольцо!», — объявил Гийом своим назидательным учительским тоном. Взяв Марго за руку, он подвел девушку к своему столу и окунул ее левый указательный палец в чернильницу. «Но ведь кольцо надевают не на этот палец», — заметила Марго. «Я знаю, но этим пальцем указывают на то, что хотят получить. Следовательно, это палец желания. Единственный, который имеет значение», — объяснил Гийом. Тогда Марго подняла пальчик, с которого капали фиолетовые чернила, и коснулась им его губ. Он, в свою очередь, опустил палец в чернильницу и, как кистью, обвел им кончики ее грудей, мочки ушей, веки, а потом выкрасил в фиолетовый цвет светлое руно ее лона.

———

Когда Марго вернулась на Верхнюю Ферму, уже занимался день. Первой, кого она увидела, была Матильда, уснувшая сидя на ступенях крыльца.

Марго сняла туфли и бесшумно приблизилась к спящей сестре. В бледном свете зари лицо Матильды больше, чем когда-либо, походило на ее собственное: усталость и сон стерли с него жесткое выражение, которое с годами заострило черты ее сестры. Марго почудилось, будто она видит портрет, нарисованный Гийомом на доске, однако, теперь этому образу предстояло открыть глаза и увидеть ее самое, с ее безумным, грешным проступком. Она собралась было позвать Матильду, но вместо имени сестры с ее губ невольно слетело: «Марго! Марго! Что ты тут делаешь?»

Матильда вздрогнула и резко поднялась на ноги. Она испуганно глядела на сестру, не в силах вымолвить ни слова, закусив губы, чтобы не вскрикнуть или не заплакать. Марго, все еще измазанная мелом и чернилами, стояла перед ней с пустым, отсутствующим взглядом. Наконец Матильда овладела собой; крепко взяв сестру за руку, она ввела ее в дом со словами: «Идем, тебе нужно вымыться и спать». И еще раз глухо повторила: «Вымыться и спать».

Матильда ни о чем не спросила Марго, но назавтра решительно объявила ей: «Сегодня я сама отведу в школу Розу и Виолетту. А ты останешься на ферме и приготовишь обед». Марго смолчала и подчинилась.

Матильда вошла в класс вместе с детьми и уселась на заднюю парту. Там она и провела все утро, не шевелясь и не спуская глаз с учителя. Тот не обратился к ней, не задал ни единого вопроса, хотя никак не мог понять, кто эта женщина с лицом Марго, но с совершенно чужим выражением и взглядом. Как только раздался звонок и школьники выбежали во двор поиграть, Матильда встала, подошла к Гийому и пристально взглянула на него. С минуту они молчали, потом он сказал: «Я вас не узнаю. Сегодня вы совсем другая». — «Я не Марго, — сухо ответила она. — Я Матильда, ее сестра». Гийом недоверчиво ухмыльнулся, потом оглядел ее с головы до ног, играя своей тросточкой. «Ну и семейка! — иронически воскликнул он. — Вы что же, все там рождаетесь парами, на первый-второй рассчитайсь?.. Вам бы еще научиться ходить гусиным шагом — и на парад!» Он хихикнул, но Матильда не дала ему продолжить. Резким движением она вырвала у него из рук тросточку и одним взмахом сломала ее о край стола. «Мне не нравится ваш смех и ваши манеры, — сказала она, швыряя обломки Гийому под ноги. — Мы прекрасно умеем ходить, притом с высоко поднятой головой. И вам придется научиться так же высоко держать голову, если вы собираетесь идти к моему отцу просить руки Марго. Но перед этим потренируйтесь хорошенько, не то при вашем малом росточке у вас поясницу заломит, когда будете стоять перед папашей Пеньелем!» И, не дав ему времени ответить, Матильда повернулась и вышла из школы.

Через несколько дней Гийом Дельво пришел со своим предложением к Золотой Ночи-Волчьей Пасти. Поясницу у него не схватило, однако настроение было премерзкое. Он не мог забыть унижения, которому подвергла его Матильда, и сам хорошенько не знал, просит ли он руки Марго из любви к ней или из желания насолить ее высокомерной сестрице.

А Марго — та не испытывала никаких колебаний. Она любила Гийома до безумия, слепо и самозабвенно. С того дня, как он выбелил мелом ее тело, оно стало ослепительно чистой страницей, раскрытой в нетерпеливом ожидании того, кто напишет на ней новую, никем еще не читанную историю ее жизни в вихре праздничного блаженного безумства. Свадьбу назначили на первое число нового года, в день рождения Марго.

7

Они шагали гуськом по дороге, взбегавшей на холм, к Верхней Ферме. Хлеба поднялись так высоко, что пять вдов, семенивших между двумя стенами пшеницы, казались пятью черными колосками, которые ветер вырвал из земли и погнал прочь. Они молча пересекли двор и, старательно вытерев ноги у порога, вошли в кухню. По всему дому разносились крики и стоны двух молодых женщин — наступило время родов. Вдовы поднялись в комнату, где лежала Жюльетта. Ортанс рожала рядом, ее поместили в спальне Виктора-Фландрена.

«Убирайтесь отсюда!» — прохрипела Жюльетта, увидев вокруг себя черные силуэты. Но силы изменили ей, боль была слишком жестокой, и она поневоле вверила себя заботам женщин, которыми руководила старшая — бабушка.

Прошло какое-то время, и вдруг обе роженицы в один голос испустили пронзительный вопль, который перешел в низкий стон у Ортанс и в высокий, жалобный, у Жюльетты. Затем этот двойной крик стих, оставив после себя лишь одно эхо — плач новорожденного, раздавшийся в комнате Ортанс. У постели Жюльетты зазвучал не плач — только шорох крыльев да слабое стрекотание, напоминавшее шум ветра или моря. Ее разверстое чрево тысячами извергало крошечных светло-зеленых мерцающих насекомых. Оказавшись на воле, они тучей вылетели в окно и набросились на спелые колосья, от которых в один миг оставили голые сухие стебли.

А Ортанс дала жизнь мальчику, красивому, крепкому, бодрому младенцу. Вот только спинка у него выгибалась странным горбом. Его нарекли Бенуа-Кентеном.

Когда вдовы спустились в деревню по дороге, мимо разоренных полей, их было уже шестеро. Жюльетту они взяли с собой. Едва освободившись от своего никчемного бремени, она села, потом соскочила с кровати и бросилась к окну. Она увидела, как туча прожорливых насекомых сгубила урожай. Она увидела солнце в зените, висевшее над землей раскаленным добела шаром. Она пристально глядела на этот шар, пока он совсем не ослепил ее, и все вещи, все формы растаяли в его яростном пламени, точно в яме с негашеной известью. И тогда, не стирая слез, жгущих ей глаза, Жюльетта повернулась к женщинам, которые все еще держали в руках ненужные пеленки, таз и кувшин с водой. «Бросьте это! — приказала она. — Пора уходить». Женщины молча сложили белье, застлали неиспачканную постель, прибрали в комнате. «Я иду с вами», — объявила Жюльетта. И добавила: «Мне холодно». Женщины укутали ее в свои черные шали, но она по-прежнему зябко дрожала. И прошло это только тогда, когда ей принесли новорожденного, чтобы она дала ему грудь.

Ибо Ортанс не могла кормить своего ребенка — вместо молока ее соски источали жидкую грязь. Зато молоко было у Жюльетты, и она вскормила Бенуа-Кентена. Вот и пришлось Ортанс покинуть Верхнюю Ферму и переселиться во Вдовий дом, чтобы не разлучаться с сыном. Она согласилась жить там до тех пор, пока ребенка не отлучат от груди. И все это время Два-Брата, окончив работать, ежедневно спускался в деревню, к Вдовьему дому. Он молча ужинал в компании семи женщин, сидя между Жюльеттой и Ортанс, потом шел к сыну и сам убаюкивал его. А затем возвращался на Верхнюю Ферму, куда Ортанс иногда приходила к нему среди ночи.

У Бенуа-Кентена было золотое пятнышко в левом глазу и горб на спине.

Марго сама сшила себе свадебное платье. Поехав в город, она накупила тканей, бисера и тесьмы, но показала свои приобретения одной Матильде, которая помогала ей с шитьем. И она действительно потрудилась на славу: платье выглядело не столько шедевром портновского мастерства, сколько чудесным произведением искусства. Работа над ним длилась многие месяцы. Марго украшала не материю, она украшала свою страстную любовь, свое тело, горящее безумным, нестерпимым ожиданием. Ее свадебный наряд являл собою настоящую симфонию белизны, отблесков и отражений. Собственно, это нельзя было даже назвать платьем — скорее, буйной фантасмагорией юбок. Их насчитывалось тринадцать, причем совершенно разных по длине и фасону. Самая длинная была сделана из блестящего атласа, обшитого затейливой шелковой тесьмой, поверх нее надевались другие — из льна, бархата, муара, перкаля, шерсти, — и каждую она украсила гипюром, десятками бантиков, розеток и рюшей. Талию стягивал широкий пояс из тафты с инициалами «М» и «Г». Буквы, собранные из белого бисера, были сплетены в изящную арабеску. Затем она изготовила атласный корсет, кружевную блузку со стоячим воротничком и манжетами, которые застегивались перламутровыми пуговками в виде миниатюрных букетов, и бархатный казакин с оторочкой из перьев и тюлевых розанов. Потом она скроила трехметровую батистовую фату и искусно расшила ее сотнями звездочек, цветов и птиц. И, наконец, она купила белый мех, из которого сделала муфту, широкую головную повязку, державшую фату, и опушку для ботинок. Наряд этот обошелся так дорого, что съел, еще до свадьбы, все приданое невесты, однако Золотая Ночь-Волчья Пасть подумал: радость, так же, как и красота, столь редкие и краткие гостьи в этом мире, что надобно суметь их восславить, пускай хоть на один день; потому-то любовные безумства его дочери и заслуживают таких расходов.

Свадьбу назначили на первое число нового года. И когда Марго вышла во двор фермы, в сиянии своих двадцати лет и фантастического наряда, села рядом с отцом в тележку, запряженную парой быков с белыми лентами на рогах, и поехала по деревне, блиставшей чистым снегом, всем действительно показалось, будто красота и радость снизошли в этот мир, чтобы почтить его наконец своим присутствием.

Марго держала в руках большой букет омелы и, войдя в ограду церкви Монлеруа, положила одну веточку на могилу матери и другую на могилу Бланш. Она никогда не забывала этих двух женщин, ставших куклами, — первую, твердую, как деревянная куколка, запеленутую в странные цветные тряпки, и вторую, вдребезги разбитую, точно куколка из стекла. И теперь она звала их принять участие в ее свадьбе, в ее счастье, в ее волшебном преображении. Ибо она и сама была пока еще куклой — куклой из мела, затянутой в красивые ткани, украшенной тесьмою и мехом, но вскоре, сейчас, она перед лицом Господа и вечности обретет плоть, которая вспыхнет жарким пламенем в наготе и безумствах любви

Церковь Святого Петра раскачала свой новый колокол и завела на всю округу веселый перезвон, пока семейство Пеньелей собиралось на паперти. Марго, держа под руку отца, с лучезарной улыбкой глядела на площадь, где должен был появиться Гийом. Зато окружающие не отрывали глаз от невесты, настолько необычно, волшебно хороша была она в эту минуту. Вскоре площадь заполнилась народом; все обитатели Монлеруа, Черноземья и окрестных селений сошлись полюбоваться дочерью Золотой Ночи-Волчьей Пасти, и все восхищались невиданной, дивной белизной ее наряда. Марго носила белое с такой ликующей радостью, что любая другая белизна, яркого ли солнца или чистого снега, меркла перед сиянием ее фаты и юбок. Она величаво стояла в распахнутых дверях церкви, похожая на Снежную королеву из детской сказки. И Золотая Ночь-Волчья Пасть, крестьянин-король, крепко держал ее руку, упиваясь красотой своей дочери и гордясь ею перед людьми земли.

Но время шло, а Гийом все не появлялся. Марго начала слегка постукивать каблучками, стараясь согреть зазябшие ноги. Вскоре этот легкий перестук по обледенелому камню паперти раскатился громовым эхо, заглушившим и восторженные крики толпы и праздничный колокольный звон. Все смолкли, испуганно глядя на тоненькие белые ботиночки, отбивающие ритм громче сотен барабанов. Где бы ни находился Гийом в этот миг, он должен был услышать их призыв и ответить на него.

И он ответил. Какой-то мальчишка растолкал локтями плотную толпу и, совсем запыхавшись, взбежал на паперть. Он протянул невесте записку и тотчас исчез. Марго развернула листок. Гийом написал всего три короткие строчки; почерк его был, как всегда, необыкновенно изящен и четок — настоящий шедевр каллиграфии. Она прочла: «Марго, не ждите меня. Я не приду. Мы больше никогда не увидимся. Забудьте обо мне. Гийом».

Дубина сдержал свое слово: никто его больше не видел, и неизвестно, что с ним сталось.

Марго медленно сложила записку, сунула ее за пояс и, запрокинув голову, начала смеяться. Прелестным, переливчатым смехом, легким, как звон хрустальных колокольчиков. Потом она вырвала руку из ладони отца и принялась кружиться, покачиваясь и притоптывая каблучками. Ее фата взмыла вверх и поплыла вокруг нее; юбки распахнулись, как цветочные венчики. Подняв руки, Марго кружилась на паперти все быстрее и быстрее, и так, белым волчком, ворвалась в церковь, взбаламутив чинный полумрак вихрем своих юбок. Ее смех и дробный перестук каблучков диковинными отзвуками летали под сводами нефа. И вдруг она увидела за колоннами исповедальню со старой, изъеденной сыростью лиловой портьерой. Не переставая кружиться. Марго сорвала ее и набросила себе на плечи. Еще несколько мгновений она металась по церкви, опрокидывая скамьи и стулья, и вдруг с пронзительным криком рухнула наземь, точно марионетка с оборванными нитями.

«Марго! Марго! Что с тобой?» — воскликнула Матильда, которую ужас приковал к ступеням. Она изо всех сил стиснула ручонки Розы-Элоизы и Виолетты-Онорины; девочки с разинутыми ртами глядели на пышную груду белых юбок, недвижно застывшую в глубине церкви.

Виктор-Фландрен вошел в церковь, приблизился к Марго и поднял ее. Безжизненное тело дочери оказалось таким неожиданно легким, что он едва не потерял равновесие, вставая на ноги. Шатаясь, он донес это лишенное тяжести тело до алтаря и положил на ступени. Потом швырнул на пол вазы, канделябры и прочую церковную утварь, сорвал со стены золоченое распятие и одним взмахом разбил его о дарохранительницу, вскричав: «Подлый бог! Значит, тебе нравится смотреть, как твои дети гибнут или сходят с ума?! Ну так гляди, гляди хорошенько на эту, на мою дочь, на мое любимое дитя! Когда ты всех нас сживешь со свету и земля опустеет, тебе уже не на кого будет любоваться!»

Толпа зевак с приглушенным ропотом сгрудилась у самой паперти, стараясь заглянуть в церковь, но ни один человек не посмел ступить за порог, где по-прежнему стояла окаменевшая Матильда с двумя младшими сестрами.

Второй раз Виолетта-Онорина ощутила, как кровь прилила к ее левому виску, и медленно побежала по щеке. На этот раз она ничего не сказала. Теперь она уже твердо знала, что это не ее кровь, что эта струйка вытекла из другого тела, из раненого сердца Марго. И снова один лишь Жан-Франсуа-Железный Штырь почувствовал острую жалость, таившуюся в растерянном, испуганном взгляде Виолетты-Онорины. Подойдя, он робко тронул девочку за плечо. Ему хотелось заговорить с нею, но он не находил нужных слов и только бормотал невнятные утешения, сжимая ее плечо все сильнее и сильнее, так что под конец налег на него всей своей тяжестью. Он не отрывал глаз от детского профиля, словно околдованный видом красной струйки, сочившейся из пятна на виске. Старику чудилось, будто он вдруг стал совсем маленьким, еще меньше самой Виолетты-Онорины, и его тоже с головой захлестывает эта волна любви и безграничного сострадания к чужой боли.

Но вот толпа забурлила, задвигалась, и Жана-Франсуа оттеснили от девочки. Виктор-Фландрен вышел из церкви с дочерью на руках, и люди поспешно расступились перед ним. Потом толпа сомкнулась у него за спиной, как черная вода, шепча слово, которое отныне стало неотделимо от Марго. «Про́клятая... про́клятая невеста!..» — бормотали все, провожая глазами Золотую Ночь-Волчью Пасть, уносившего свою большую сломанную куклу в белых лоскутьях, завернутую в старую лиловую портьеру исповедальни.

Ночь четвертая
НОЧЬ КРОВИ

Бог создал мир и все вещи в мире, но Он ничего не назвал по имени. Он деликатно смолчал, предоставив своему Творению расцветать в чистом, обнаженном сиянии простого присутствия. А потом Он вверил это великое множество безымянных вещей человеку, на его полное усмотрение, и тот, едва очнувшись от своего глиняного сна, принялся называть все, что его окружало. И каждое из выдуманных им слов придавало вещи новый облик, новое значение; имена оттеняли вещи, служили им как бы глиняной матрицей, где задолго до того уже запечатлелась игра сходств и смутных различий.

И потому нет в мире таких слов, которые не таили бы в себе множества отсветов и отзвуков других слов, не вздрагивали бы при их зовущем эхо. Так, имя розы раскрывается и закрывается, потом теряет лепестки, как и сама роза. Иногда какой-нибудь отдельный лепесток вбирает в себя все лучи небесные и тем возносит красоту целого цветка на вершину совершенства. А иногда бывает, что одна-единственная буква, по-хозяйски водворившись в слове, выворачивает весь его смысл наизнанку.

Когда имя «rose» сгорает от чрезмерного желания и начинает обрастать плотью, оно распускается столь пышно, что обращается в «éros». Но тотчас же уступает натиску других вокабул и мгновенно съеживается, заостряется, чтобы обернуться глаголом «oser».[1]

Эрос. Дерзнуть быть розой, дерзнуть сорвать розу.

Но и глагол, в свой черед, пускается в странствие, в головокружительное вращение. Когда имя розы, обернувшись глаголом, начинает кружиться, попадает в неостановимый вихрь вращения, оно сгибается в кольцо. И тогда имя розы обдирает кожу о собственные шипы и начинает кровоточить. Иногда кровь розы окрашивается цветом дня и блестит, как серебристая слюна смеха. А бывает, кровь розы напитывается ночною тьмой и, вместе с нею, горькими, черными соками ночи.

Дерзнуть. Рана розы. Жестокая роза, жестоко пораненная роза. Роза-кровь, кроваво-красная, ослепительно красная кровь, что, едва исторгнувшись из раны, темнеет, чернеет, как ночь.

В Черноземье имена вещей, животных и цветов, а также имена людей беспрестанно менялись, блуждая в загадочном лабиринте отзвуков и ассонансов.

---

[1] Французские слова «rose» (роза), «éros» (эрос) и «oser» (дерзнуть) состоят из одних и тех же букв.

Ассонансов, иногда столь неожиданных, а то и неуместных, что они разбивались на диссонансы.

Роза-кровь, роза-ночь. Ночь-кровь и огонь-ветер-кровь.
Роза — риза — рок.

1

Марго не суждено было перешагнуть через миг своего пробуждения; она так и осталась на пороге того сияющего утра, которое с улыбкой восславило ее двадцать лет и предстоящую свадьбу. Она открыла глаза — медленно, очень медленно, потом села на кровати — еще медленнее. И тело ее и голос крайне осторожно решались на жесты и слова, да и то по частям, по капельке, словно в замедленной съемке на пределе недвижности и немоты, где время уснуло навеки. Только благодаря этому глубокому сну времени ей удалось продержаться еще тринадцать лет, которые она прожила на свете и которые слились для нее в один-единственный, неповторимый день свадьбы.

Марго навсегда сохранила свой двадцатилетний возраст, свой восторженный взгляд того январского утра и свой наряд невесты. Она беспрестанно ждала отправления в церковь и священной минуты бракосочетания. Она произносила лишь те слова, что говорила в то утро, и повторяла каждый жест, каждый шаг, что сделала тогда.

Но с приближением вечера она впадала в непонятную растерянность, и на какой-то миг ее тело и голос, вырвавшись из привычного оцепенения, начинали жить в ускоренном ритме. «Ну, где же они?» — спрашивала она. «Кто «они»?» — удивилась Матильда в первый раз. «Гийом и Марго, кто же еще! — ответила тогда сестра. — Они теперь, наверное, далеко. Уехали на поезде, но никому не сказали, куда». И добавила: «Правильно сделали. Свадебное путешествие нужно держать в тайне. Иначе...» — «Иначе что?» — спросила Матильда. Однако Марго ни разу не ответила определенно, только бормотала: «Иначе... иначе... Ну, не знаю... Любовь — это тайна, вот и все. И не надо задавать слишком много вопросов...» С этими словами она отворачивалась и погружалась в мечты о нескончаемом свадебном путешествии Гийома и Марго.

Ну, а Матильда ни о чем не мечтала и вовсе не считала любовь тайной. Напротив, в ее глазах любовь была прямой противоположностью тайны; она была предательством, она была обманом, самым гнусным из всех, что изобрели люди. И она решила вырвать из сердца все, даже самые нежные ростки любви и раз навсегда убить любовные желания своего тела. В ночь после несбывшейся свадьбы Марго ее разбудила резкая боль в животе и пояснице. Эта боль была ей знакома, она настигала ее каждый месяц вот уже много лет подряд, но на сей раз показалась нестерпимо острой. Внезапно эта менструальная кровь внушила Матильде ужас; она почувствовала себя оскверненной физически и униженной в своем человеческом достоинстве. Эту дурную кровь следовало остановить сейчас же и навеки, втоптать в землю ее нечистый пурпур, ее мерзостный жар — символы похоти. И тогда она поднялась, босиком, в одной рубашке выбежала из дома и начала кататься по снегу до тех пор, пока холод не пробрал ее до мозга костей. Она свирепо терла кусками смерзшегося снега груди, живот, затылок и поясницу. Почувствовав наконец, что вся кровь в ее теле отлила куда-то в самую глубину и застыла там, она схватила заостренный камень и полоснула себя между ног. Из раны не вытекло ни капли крови. С той поры месячные ее прекратились навсегда, и тело до самой смерти осталось скованным тем самым холодом, что изгнал все женское из ее чрева.

А времена года по-прежнему сменяли друг друга, невзирая на вечный холод, охвативший Матильду, невзирая на застывший взгляд Марго. Они проходили своей вечной чередой, и не было им дела до желаний, ран и причуд людских. Виктор-Фландрен следовал этим твердым курсом, что прокладывало время на земле, и спокойно приноравливался к его ритму. Он ни с кем не говорил о безумии Марго, но часто думал, что, встреться ему тот, кто превратил ее в неизлечимую Проклятую Невесту, он, не колеблясь, снес бы ему башку с плеч, как поступил некогда с конем Эско. И прибил бы ее, эту башку, к воротам своей фермы, на страх людям без сердца и чести, а главное, как вызов безжалостному, подлому Богу.

По воскресеньям, когда все жители Черноземья отправлялись в церковь, он шел в лес. Он давно уже научился стрелять левой рукой, притом чрезвычайно метко, без промаха сбивая дичь первым же выстрелом. Он умел и выслеживать свою добычу лучше любой собаки, и выждать самый удобный момент, когда зверь или птица никак не могли избежать его пули. Именно эта идеальная точность жеста и взгляда, слившихся в конечном мгновенном нажатии курка, и подогревала его любовь к охоте. Ему нравилось слушать глухой треск выстрела и его дробное эхо, отраженное деревьями; нравился короткий глухой толчок отдачи приклада, нравился запах пороха и кровавый проблеск огня, выплюнутого стволом.

Но больше всего он любил наблюдать за резким падением убитого зверя. Любая живность была хороша для него — утки и прочая птица, белки, зайцы и барсуки, лисы, олени и косули. Одним выстрелом прервать бег зверя или полет птицы, сбить и уложить их к своим ногам — вот что опьяняло его. Но главной, любимейшей добычей были для него кабаны. Волков он больше никогда не встречал, да ему и в голову не пришло бы стрелять в них, настолько укрепилась в нем с годами вера в Оборотня — именно вера, а не боязнь. Он не испытывал никакого страха перед Зверем, ставшим для него проводником в лесу, проводником на земле, по пути к дневному свету и любви. И разве не может случиться, что тот же Оборотень когда-нибудь поведет его в другие заповедные дали, к другим, пока незнакомым телам?!

Он не боялся и кабанов, однако эти звери, с их мощными торсами, жесткой черной щетиной и грозно торчащими клыками на заостренном рыле словно бросали ему вызов, дразня своей свирепостью. Он всегда целил им в лоб и сваливал первым же выстрелом, когда они бросались на него. Он любил этих чудовищ за их бесстрашие и упорство. Получив пулю, кабан как-то удивленно содрогался, неуверенно сворачивал с пути и шумно рушился наземь, боком к смерти, глядевшей из ружейного ствола. Золотая Ночь-Волчья Пасть чувствовал, как отдается в самой сокровенной глубине его собственного тела этот глухой удар падения зверя, внезапно выброшенного из жизни. В этот миг он испытывал прилив такого сумасшедшего счастья, что едва сдерживал крик. Это счастье, яростное, темное, горькое, бешеной волной захлестывало его душу, измученную смертями и мятежным презрением. Оно было тяжелым и вязким, как жирная земля, взрытая кабанами в поисках кореньев, земля, в которой столько близких ему людей давно уже сгнили, превратившись в жидкий прах под ногами. Именно весь этот прах, растворенный в земле, и смутным гнетом лежавший у него на сердце, он и заклинал, убивая кабанов. Впрочем, он не трогал ни маток, ни поросят; он стрелял только во взрослых самцов, чьи могучие тулова с щетинистыми загривками казались ему изваяниями из глины, черной крови и остолбеневшего ветра.

Однажды он набрел на кабанью лежку у болота, где ютилось целое семейство зверей. Тотчас же вперед вышел гигантский кабан — больше метра в холке, массивный, как утес. Он и в самом деле напоминал гранитную скалу и, увидев охотника, ринулся на него со слепой неумолимостью валуна, сброшенного с крутого склона. Его горячее дыхание уже почти коснулось рук Золотой Ночи-Волчьей Пасти, когда тот выстрелил. Пораженный пулей меж глаз, кабан пронзительно хрюкнул, высоко подпрыгнул и грузно завалился на бок. Золотая Ночь-Волчья Пасть подошел к убитому зверю, присел рядом и, подняв его тяжелую, еще теплую голову, остро пахнувшую выпотом, прильнул губами к ране. Он пил брызжущую кровь — не для того, чтобы вобрать в себя, вместе с нею, силу побежденного животного, но так, как глотают собственные слезы, собственный страх и гнев. Он пил ее, стараясь забыть самого себя, свои потери и свое одиночество, забыть все, вплоть до забвения своих забвений. Пил до тех пор, пока не ощутил во рту тот страшный сладковатый вкус, какой принимает плоть умерших в земле. И встал на ноги, опьяненный тем, что познал наконец этот вкус.

Золотая Ночь-Волчья Пасть так никогда и не выяснил, кто была женщина, встреченная им на опушке Леса Ветреных Любовей. Впрочем, и взгляд его, упавший на эту женщину, был таким же удивленно-уклончивым, как взгляд зверя, завидевшего человека. Но этот внезапный неясный образ так сильно поразил его, что он не смог отвернуться и уйти. Очень уж резко бросилось ему в глаза большое темноцветное пятно, двигавшееся на зеленом фоне листвы. Нагнувшись, женщина собирала в корзину не то грибы, не то травы. Услышав его шаги, она медленно распрямилась, подперев одной рукой поясницу, а другой вытирая вспотевший лоб. Вероятно, она сразу приметила что-то странное в этом лице с окровавленным ртом, со звериным — и грозным и боязливым — взглядом, потому что рука ее сползла со лба и заслонила готовый крикнуть рот, из которого, однако, не вылетело ни звука. Другая рука также переместилась — со спины к низу живота — и там застыла, напоминая большую пряжку. Он молча, спокойно шел прямо на женщину, а та пятилась от него мелкими неуверенными шажками. Долго длилось это преследование — ни тот, ни другая не ускоряли шаг, так что расстояние между ними ничуть не сокращалось. Но вдруг женщина запнулась о толстый корень и рухнула на спину, не успев даже смягчить падение руками.

Золотая Ночь-Волчья Пасть сам оторвал эти руки от лица и живота. И он же задрал на ней юбку и развел колени. Оторопев от страха и неожиданности, женщина не смогла оказать сопротивление в завязавшейся короткой борьбе. Он грубо прижал свою жертву к земле и овладел ею с такой безжалостной силой, как будто хотел проникнуть в нее весь, целиком, и либо раствориться в ее чреве, либо разорвать на части. Ему чудилось, что он пронзил женщину до самой глубины ее естества, до мозга костей, до последней жилочки, до сердца, пройдя даже сквозь землю под их слившимися телами. И он испытал такое жгучее наслаждение, какого никогда не знал доселе. Оно, это наслаждение, настолько изнурило его, что он погрузился в глубокое забытье, вместе с распростертой под ним женщиной. И неудивительно: их тела спаялись так неистово, так нерасторжимо, что и ощущения должны были стать общими. Однако, когда Золотая Ночь-Волчья Пасть проснулся, уже в темноте, он увидел, что лежит один, ничком на мокрой земле, и решил, что все это померещилось ему во сне, вот только он никак не мог ясно вспомнить этот сон. Наконец он встал, пошатываясь и все еще не стряхнув с себя сонную одурь, что уложила его, бесчувственного, несколько часов назад, животом на сырую, переплетенную корнями глину, оставившую вязкий, сладковатый, как у крови, привкус у него во рту.

2

Ортанс так никогда и не вернулась на Верхнюю Ферму и уж, тем более, не задержалась во Вдовьем доме. В один прекрасный день она просто ушла неведомо куда, ни с кем не попрощавшись и даже не забрав горячо любимого сына, которого бросила на груди Жюльетты.

Но грудь Жюльетты в конце концов иссякла. Бенуа-Кентену было почти два года, когда он решил отвернуться от ее сосцов. И как раз в это время пропала Ортанс. Никто не узнал, куда она уехала и что с нею сталось. Люди говорили, будто встречали ее в соседних городах, всякий раз называя другой, словно она сделалась настоящей побродяжкой. Рассказывали даже, что несколько месяцев спустя после ее исчезновения ее видели беременной. Но судя по этим сплетням, Ортанс носила такой огромный живот и взгляд ее источал такую скорбную, душераздирающую синеву, что верить подобным россказням не было никакой возможности. Со временем все разговоры о ней и вовсе заглохли.

Что же касается Жюльетты, то она, дождавшись отлучения ребенка от груди, утратила разум и волю к жизни и впала в полнейшую прострацию. Она отвернулась от Бенуа-Кентена с тем же безразличием, с каким он отверг ее грудь. Вскоре она совсем слегла и отныне проводила бесконечную череду пустых дней у себя в постели. Тогда пять вдов, посовещавшись, решили отвезти ребенка на Верхнюю Ферму: они чувствовали, что не должны более держать мальчика в доме, который неизбежно навлекал несчастье на всякого жившего тут мужчину. Кроме того, они не любили этого маленького горбуна, и не без причины, — ведь он даже не был им родным по крови. Он родился незаконным образом от безумицы, что бродила по лесам и полям, несчетно оскорбляла их, а теперь, вдобавок, сбежала Бог (или

Черт) знает куда. И кто отец ребенка, точно неизвестно. А потом, втайне женщины опасались, что в горбе этого приемыша скрывается какая-нибудь дьявольская уловка: а вдруг проклятие, поражавшее доселе мужчин их дома, перекинется на них самих! Да вот взять хоть Жюльетту — с чего бы это ей вдруг слечь и погрузиться в вечную меланхолию?! Словом, они закутали малыша в теплую шаль и снесли к Пеньелям. Так Бенуа-Кентен, согретый любовью сразу двух матерей, внезапно остался вовсе без матери. Но ферма Пеньелей была достаточно велика, и Роза-Элоиза с Виолеттой-Онориной радостно приняли мальчика. Матильде даже не пришлось заботиться о нем — Два-Брата взял сына к себе и сам опекал его. Появление малыша принесло ему новые силы и радости; он стал понемногу оттаивать и возвращаться к нормальной жизни.

Ребенка очень угнетала бесформенная спина, и он часто донимал отца расспросами, почему у него сзади горб и за что другие мальчишки дразнят его. Два-Брата сажал мальчика к себе на колени, ласково укачивал, гладил по голове, и тот на время забывал все свои горести. А потом отец рассказывал такие чудесные сказки, что временами Бенуа-Кентен начинал почти любить свое уродство: Два-Брата уверял, что в его горбе заключена великая волшебная тайна, — в нем спит другой маленький мальчик, его младший братик, наделенный невиданной красотой и разными талантами; если Бенуа-Кентен научится любить своего братца и терпеливо носить его на себе всю жизнь, тот будет заботиться о нем и защитит от всяких бед. В глубине души Два-Брата даже радовался тому, что его сын калека; этого, думал он, хотя бы не пошлют на новую войну. Маленькие горбуны не созданы для мундиров и славы; их удел — грезы, память и милосердие.

А вскоре у Бенуа-Кентена появились и другие братья. Когда их обнаружили, им было всего несколько дней от роду. Однажды ночью кто-то неизвестный оставил их у ворот Верхней Фермы. Первым увидал поутру детей Жан-Франсуа-Железный Штырь. Это была тройня, и близнецы так же походили друг на друга, как и различались. По сложению и чертам лица они являли собою три точных слепка с одной формы, но цвет лица, волос и глаз у каждого был свой: первый отличался смуглой кожей, черными, как смоль, волосами и прозрачно-лазурными глазами, второй, бледнокожий и белокурый, смотрел блестяще-черными глазами. Что же до третьего, этот был попросту альбиносом.

Дети ни на кого не походили своей ослепительной красотой, почти божественной по завершенности и почти звериной по жизненной силе. Однако их кровную связь с хозяином дома обличал несомненный признак — золотое пятнышко в левом глазу. Этого уже хватало — если не для объяснения, то для установления родства. Матильда, узнав новость от Жана-Франсуа, тотчас объявила ее отцу. Она без стука ворвалась в его комнату и, подбоченясь, вскричала: «А ну, вставайте! Идите-ка, полюбуйтесь, кем вы опять нас осчастливи-ли! На сей раз их уже трое! Вы слышите — трое! Трое несчастных ублюдков, неизвестно откуда! Но уж этих-то я растить не стану, так и знайте! Пускай хоть сдохнут там, под забором! Да они и сдохнут, потому что их шлюха-мать бросила детей да ушла, а кормилиц у нас не водится!»

Сперва Виктор-Фландрен ровно ничего не уразумел из криков и угроз дочери, однако, спустившись в кухню и взглянув на тройню, внезапно припомнил сон, завладевший им в Лесу Ветреных Любовей чуть ли не год назад. Он так и не смог ясно представить себе женщину, которую изнасиловал тогда на опушке; она была и осталась в его памяти просто темноцветным пятном, расплывчатым, как сновидение. Но возможно ли, чтобы от снов рождались дети?!

«Это еще что за ангелов черт принес?» — воскликнул Виктор-Фландрен, потрясенно созерцая свое новое удивительное потомство, сияющее неземной красотой. Потом, придя в себя, объявил: «Ну, ладно, теперь, значит, у нас еще трое Пеньелей. Откуда бы они ни взялись, они уже здесь. И, выживут они или умрут, им все равно нужны имена».

И трое детей получили имена — Микаэль, Габриэль и Рафаэль, и все они выжили. Их вскормили коровьим молоком, которое они усваивали прекраснейшим образом. Впрочем, они пили без разбора и любое другое — козье, свиное, овечье, — высасывая его из маток самостоятельно, как только начали ползать. Эта неразборчивость внушала Матильде еще большее отвращение к троим «ублюдкам». Правда, близнецы никогда не навязывали своего общества другим детям Пеньеля, вполне довольствуясь самими собой; они даже изобрели особый язык, непонятный окружающим. Однако и в этом, крепко спаянном клане особая дружба связывала белокурого Микаэля и черноволосого Габриэля. Они не разлучались ни на миг и даже ночью спали обнявшись. А Рафаэль, мальчик-альбинос, играл один и говорил сам с собой таким ясным, певучим голосом, что ему и не требовался собеседник. Не было у него и тени — его тело просвечивало насквозь и просто не отбрасывало ее. И все трое прекрасно понимали язык животных, чью компанию предпочитали любой другой, и куда лучше ладили с ними, нежели с людьми. Иногда Рафаэль, подсев к братьям и тихонько раскачиваясь, начинал петь. Его чуть слышный голосок отличался такими удивительными, манящими интонациями и переливами, что Габриэль и Микаэль, вскочив на ноги, пускались танцевать. Бывало, это пение с танцем длилось так долго, что в конце концов все трое впадали в глубокий транс.

Золотая Ночь-Волчья Пасть питал к трем своим сыновьям от неизвестной матери сложную любовь, в которой соединялись восхищение, сомнение и робость. Ему чудилось, будто они явились на свет не от плоти его, но из какого-то темного закоулка сердца, одного из тех дальних тайников, куда нет доступа разуму, бессильному навести порядок в хаосе безумных желаний и назойливых призраков, там обитающих. Или, быть может, они родились из сна, тяжелого сна с привкусом крови и глины?

Золотая Ночь-Волчья Пасть скорее считал своим сыном внука Бенуа-Кентена, нежели эту троицу; ведь тот и впрямь был плодом любви и скорби, плотью от плоти Пеньелей и Черноземья, частицей их истории. И потом, Бенуа-Кентен всегда улыбался так нежно, так печально, словно просил прощения за свою горбатую спину, за несхожесть с другими людьми, и эта улыбка трогала все сердца. Те же трое были порождением не любви, но грубого вожделения, слепого и столь жгучего, что при одном лишь воспоминании у Виктора-Фландрена колотилось сердце, а из горла рвался крик.

Однако кто-то должен был заниматься всеми этими детьми — Матильда, единственная женщина на Верхней Ферме, способная работать, совершенно ими не интересовалась. Все ее заботы и внимание доставались одной Марго. Каждое утро она приходила будить сестру, чтобы нарядить ее к «свадьбе» — помочь надеть все тринадцать юбок, уложить косы, зашнуровать ботинки. А Марго всякий раз поднимала на нее свой сияющий взгляд того первоянварского дня 1920 года, улыбаясь, как счастливое дитя. И вот начинался долгий, бесконечно растянутый день Проклятой Невесты, где каждое, очень медленное движение изображало спешку перед отъездом в церковь, который старательно, незаметно отодвигался и отодвигался. Матильда никогда не сердилась, не пыталась пресечь эту вечную, безнадежную игру — ведь только ею и жила ее горячо любимая Марго. Но и она каждый день вновь обретала свою гордость января 1920 года — уязвленную гордость и сердечную боль при виде сестры, ближе которой у нее никого не было, брошенной, растоптанной и теперь все равно что мертвой.

Как можно было вознести ее, вторую половинку Матильды, на самую вершину красоты и радости и тут же безжалостно сбросить оттуда, ввергнуть в безумие, отшвырнуть, точно ненужную тряпку в крапиву! И Матильда каждое утро просыпалась с неутоленной ненавистью и жаждой мести. Когда она глядела на троицу «ублюдков», которых ее отец прижил неизвестно от кого, ей чудился в них тот же злой дух, готовый предать и смертельно ранить, что жил и в Дубине, и она перенесла на них всю свою бессильную злобу.

Итак, Виктор-Фландрен решился нанять служанку, которая присматривала бы за детьми и помогала в работе на ферме. Но ни в Черноземье, ни в Монлеруа, ни даже в окрестных деревнях он не смог найти девушку, которая согласилась бы прислуживать на Верхней Ферме. Золотая Ночь-Волчья Пасть и его орава двойных и тройных близнецов с желтыми зрачками больше, чем когда-либо, вызывали недоверие и страх. Люди даже решили, что и Дубина поступил правильно, сбежав от невесты и от всех этих проклятых волков Пеньелей.

Виктору-Фландрену и раньше доводилось слышать о замке Кармен, расположенном в дальнем конце их округи. Рассказывали, что в этом замке живет целая колония незаконнорожденных девочек и девушек, которых воспитывают и обучают до тех пор, пока они не смогут работать на местных фабриках, фермах или в лавках.

Это благотворительное заведение было учреждено около двадцати лет назад старым маркизом Арчибальдом Мервейе дю Кармен и называлось «Юные сестры Блаженной Адольфины», ибо создали его по желанию младшей дочери маркиза, Адольфины, умершей в возрасте пятнадцати лет.

За несколько месяцев до смерти юной Адольфины в Кармене случился пожар, уничтоживший целое крыло замка. Огонь вспыхнул во время бала, устроенного в честь Амели, старшей дочери маркиза; в тот день отмечали ее восемнадцатилетие. Празднество уже заканчивалось, когда Амели, вальсируя с кавалером, опрокинула канделябр, и буйное пламя мгновенно охватило платье девушки. Кавалер едва успел отскочить от этого живого факела, зато мать Амели, маркиза Аделаида, бросилась спасать дочь. И Амели кончила прерванный танец в объятиях матери, чье платье тоже загорелось; обе женщины завершили бал поистине ослепительным вальсом, объятые языками пламени.

Огонь в один миг разлетелся по всему залу, пожирая мебель, скатерти и шторы, выгоняя гостей в окна под оглушительный звон бьющихся стекол.

Адольфины на балу не было; она лежала у себя в постели, застигнутая очередным приступом болезни, которая впоследствии и свела ее в могилу. Когда окно спальни налилось багровым светом, дрожащей от лихорадки девочке почудилось, будто ночь заразилась ее недугом и тоже начала харкать кровью. Но Арчибальд Мервейе дю Кармен увидел все. Увидел, как его жена и дочь корчились и исчезали в гудящем пламени, видел, как разлетаются вдребезги стекла и рушится крыша, видел, как люди с воплями бегут через иллюминированный парк, видел, как мечутся в стойлах лошади, с испуганным ржанием молотя воздух копытами, словно пытаясь заклясть и остановить надвигавшуюся стену огня. Некоторые из них даже поломали ноги, их пришлось потом пристрелить. Затем он увидел, как пламя опало и улеглось, оставив после себя огромное пепелище с рдеющими углями. Он увидел разоренный пожаром замок и обугленные тела жены и старшей дочери — на их черных шеях и в ушах ярко блестели уцелевшие бриллианты.

И тогда он увидел, как земля разверзлась у него под ногами, унося в адскую бездну все его счастье, любовь и веру. Но Адольфина твердо решила изгнать гнев и ярость из сердца отца и взяла с него обещание восстановить погубленное крыло замка, чтобы устроить там приют для местных девочек — сирот или подкидышей; таким образом, сказала она ему, он найдет себе больше дочерей, чем потерял. И еще она попросила схоронить ее в часовне этого приюта, желая и после смерти навечно остаться среди своих названых младших сестер.

3

Арчибальд Мервейе дю Кармен свято сдержал обещание, данное дочери; однако он исполнил желание покойной весьма своеобразно.

Адольфина намечала в тетради главные принципы своего проекта, назначенного как для помощи обездоленным детям, так и для спасения души отца, истерзанной горем и возмущением против Бога. Но ей не удалось завершить этот труд милосердия, ибо под конец рука ее то и дело бессильно падала на открытую страницу, испещренную неразборчивыми каракулями, сырую от брызгов крови и от слез. Однажды она гневно швырнула тетрадь на пол с криком: «Я не хочу умирать! Не хочу... не хочу!..» Но, увы, очень скоро девушка уже не смогла бороться с роковым недугом, впала в агонию и умерла, так и не закончив свой проект.

Эти слова, в ужасе выкрикнутые Адольфиной, были последними, что услышал от нее отец; в его ушах все еще звучал этот хриплый вопль, когда он прочитывал оборванные записи дочери. В основном они состояли из отдельных, разрозненных фраз и слов: «...часовня Скорбящей Богоматери... все маленькие девочки будут состоять под покровительством Святой Девы Марии... дортуар Амели... пускай святые дни станут для них праздниками... зал Аделаиды... я навсегда пребуду среди них, в часовне... так все станут друг другу утешителями...» Но, главное, маркиз увидел в этой тетради следы крови и слез; именно этими пятнами-завещаниями он и руководствовался, исполняя волю своей дочери— последней и единственной.

Он и в самом деле восстановил и даже расширил сгоревшее крыло замка и захоронил сердце Адольфины в часовне Скорбящей Богоматери. Только он приказал разместить эту часовню в подземелье, у дальнего конца здания. Она была сплошь облицована черным мрамором и освещалась только свечами. В центре возвышался алтарь, а на нем изумительной работы ковчег, где и находилось сердце усопшей. В часовню спускались по бесконечно длинной винтовой лестнице, начинавшейся в небольшой зале с таким низким потолком, что, проходя через нее, нужно было склониться в три погибели. Здесь стояли саркофаги с останками маркизы и ее дочери Амели, а также огромная стеклянная рака, где покоилось набальзамированное тело Адольфины.

Мрачное вдохновение маркиза наложило свой отпечаток буквально на каждую пядь замка. Все до одной стены, что в дортуарах, что в столовой, были выкрашены в темно-серый цвет; воспитанницы спали только на железных кроватях и носили только черные платья. Вместо туалетных комнат он приказал установить в центре каждой спальни ряд деревянных лотков, напоминающих поилки для скота, куда наливали для умывания только ледяную воду. Требования дисциплины и тишины соблюдались куда строже, чем в монастырях.

Когда этот грандиозный памятник усопшим был наконец воздвигнут, маркиз объявил всему департаменту об открытии богоугодного заведения «Юные сестры Блаженной Адольфины», и вскоре ему начали приводить девочек, родившихся от не совсем законной любви и никому, вследствие этого, не нужных. У таких детей не было буквально ничего, даже свидетельства о рождении. Тогда маркиз установил систему присвоения имен этим брошенным на его попечение, обездоленным существам. Он решил давать их в алфавитном порядке, каждый год с очередной буквы. Поскольку буквой «А» начинались все имена в его собственной семье, он открыл список серией «Б». За этим первым именем должно было идти название христианского праздника, совпавшего с появлением ребенка в приюте, и, наконец, оно увенчивалось именем Девы Марии, под чьим святым покровительством и состояло сборище бедных сироток. Потом к тройному имени добавляли общую для всех, весьма оригинальную «фамилию» — Сент-Круа (Святой Крест). Эти ничтожные отбросы общества — жалкие плоды преступной любви — возбуждали одну только ненависть в разбитом сердце маркиза, и он, в оскорбленной своей гордыне, изощрялся, как мог, стараясь превратить их никчемную, незаконную жизнь в чистенький, благопристойный ад, пропитанный черным духом святости.

Виктор-Фландрен был принят самим маркизом, который оказал ему честь, проведя по своему саду, оранжереям, просторному вольеру с совами-сипухами и конюшням, иными словами, продемонстрировав то, чем он больше всего гордился, — столетние деревья, подавлявшие своими темно-синими или красноватыми тенями жалкие серые тени карликов-людишек; экзотические цветы с мясистыми, приторно пахнущими лепестками, свисавшими, как длинные языки; сипух с их светлым оперением и мрачным уханьем; а главное, лошадей. Этим созданиям была дарована привилегия называться с той же буквы, какою начиналось имя их хозяина. Маркиз по очереди представил их своему гостю; здесь были Акростих, Атлас, Апостол, Араб и Абсент; изящные, породистые животные буквально очаровали Виктора-Фландрена. Его поразила их утонченность — доселе ему приходилось видеть лишь неуклюжих коняг-тяжеловозов да быков, таскавших плуг.

Но зато Арчибальд Мервейе дю Кармен никогда не допускал посетителей в свое богоугодное заведение, содержавшееся еще строже, чем женский монастырь. Их вводили в соседнюю с приютом залу и там представляли девушек Святого Креста, достигших взрослого возраста.

Это было красивое просторное помещение с высоким потолком, белеными известью стенами и большим, выходившим на запад, окном-витражом, сквозь которое солнце посылало внутрь яркие красно-розовые блики.

Маркиз усадил Золотую Ночь-Волчью Пасть рядом с собой, на скамью с массивной резной спинкой. На столе перед ним лежала стопка толстых тетрадей, все разного цвета и каждая с черной буквой на корешке. Маркиз медленно провел пальцем по стопке и, остановившись почти в самом низу, вытащил три тетради — светло-зеленую, оранжевую и коричневую, соответственно с буквами «Д», «Е» и «Ж». «Сейчас посмотрим, — сказал он, надевая старомодное пенсне, какими пользовались еще в прошлом веке. — Этим девушкам от четырнадцати до шестнадцати лет. Я вам их представлю, и вы, несомненно, подберете себе служанку из их числа». Но Виктор-Фландрен остановил маркиза: ему нужна более взрослая девушка, способная, прежде всего, опекать детей. «Гм... таких, к сожалению, немного, — произнес тот. — Они почти все уже пристроены». Он вытянул из стопки еще одну тетрадь, на сей раз красную, с буквой «Э» на корешке. «Да... в году «Э» осталось еще пять воспитанниц, — сказал он, просмотрев записи. — Им всем по восемнадцати лет. Старше уже нет, всех разобрали. Я прикажу позвать этих пятерых». Затем он добавил, нервно теребя свое пенсне: «Но, поверьте мне, вы напрасно не берете тех, что помоложе. Эти задержались здесь потому лишь, что никто не захотел их взять. Настоящие отбросы, никчемные создания. Впрочем, сами увидите. В конце концов, выбор за вами, и вы всегда сможете передумать».

Воспитательница с видом дуэньи командовала парадом «отбросов». Маркиз, уткнувшись в красную тетрадь, выкликал имена, и каждая девушка, выступив на три шага вперед, делала неуклюжий реверанс. «Эмильена-Праздник Иисуса и Марии!» — на это имя отозвалась низенькая белобрысая толстушка, сплошь покрытая коростой экземы. «Эрнестина-Пятидесятница-Мария!» — девица так страшно косила, что на нее неприятно было смотреть. «Эдвига-Благовещенье-Мария!» — эта рыжая рахитичная девица сильно хромала. «Эльминта-Преображение Господне-Мария!» — в реверансе присела девушка, полностью лишенная волос, ресниц и бровей. «Эжени-Моление Святой Богородице-Мария!» — эта залилась громким идиотским смехом, подчеркнувшим бессмысленное выражение ее лица.

Маркиз повернулся к Виктору-Фландрену и спросил: «Вы все еще желаете нанять одну из этих девиц? Я ведь вас предупреждал — это настоящие отбросы». Золотая Ночь-Волчья Пасть ответил не сразу; он еще с минуту разглядывал пятерых воспитанниц и наконец решился. «Вот эту», — сказал он, указав на девушку с безволосой головой; ее причудливое имя он, конечно, не запомнил. Маркиз, явно пораженный этим выбором, слегка вздрогнул и как-то странно замигал, но Виктор-Фландрен не обратил внимания на реакцию хозяина. Выбор был сделан, и теперь он спешил покинуть эту обитель, с ее гнетущей, удушливой атмосферой.

За все время обратной дороги Виктор-Фландрен и девушка не обменялись ни единым словом, ни даже взглядом или улыбкой. Впрочем, надо сказать, взгляд Эльминты-Преображение Господне-Марии был сурово и пристально устремлен куда-то вдаль, а отсутствие бровей и ресниц еще сильнее подчеркивало его неподвижность. Она держала на коленях большой узел из серой холстины. Виктор-Фландрен взглянул на ее руки — они не походили на руки батрачки. Необычайно длинные и тонкие, с прозрачной кожей, под которой ясно виднелись сосуды и сухожилия, с нервными пальцами, чуть утолщенными в суставах, они оканчивались красивыми розовыми ногтями, блестящими, как надкрылья жука. Золотая Ночь-Волчья Пасть продолжал искоса разглядывать девушку. Он никак не мог решить, хороша она или уродлива, с этой своей безволосой головой, слишком гладкой кожей и голыми веками. В конце концов, он счел ее попросту странной, вот только голубая жилка, бившаяся у нее на виске, показалась ему привлекательной. Даже у младенцев ему не доводилось видеть таких нежно-голубых жилок. И за эту черточку она вдруг приглянулась ему, а так как он не мог вспомнить ее имя, то дал ей прозвище — Голубая Кровь.

Ну, а Матильда, разумеется, ни секунды не колебалась по поводу внешности служанки, привезенной отцом; она сочла ее уродиной и безжалостно обозвала Лысухой, как будто бедняжке мало было всех ее дурацких имен.

Рафаэль, Габриэль и Микаэль в то время были еще слишком малы, чтобы дивиться необычному облику новой няньки. Но и когда они подросли, то удостоили ее тем же безразличием, с каким относились ко всем остальным, ни больше, ни меньше. Сама Эльминта-Преображение Господне-Мария никак не интересовалась мнением и чувствами окружающих; она каждый день исполняла свою работу прилежно и бесстрастно. Это бесстрастие было главной чертой ее характера. Она никогда не сердилась, не возражала, не выходила из себя, равно как никогда не выказывала скуки, усталости, радости или печали. Каким бы именем ее ни окликали — Святой Крест, Голубая Кровь, Лысуха, Угорь или Рыба, — она спокойно отвечала: «Вот я», тем же невозмутимым тоном, каким реагировала на грубые прозвища, изобретаемые ее воспитательницами и товарками по несчастью в замке Кармен. Окрестные жители величали ее без церемоний — шлюхиным отродьем. Но она и к этому относилась со свойственной ей сдержанностью, устремляя на каждого, кто к ней обращался, свой холодный, отрешенный взгляд, который отсутствие ресниц уподобляло взгляду статуи.

Девушка проявляла эту ровную, нерушимую покорность тем легче, что в глубине души никак не участвовала в окружающей жизни.

Она не жила в этом мире, ибо в возрасте пятнадцати лет навсегда покинула его. Это бегство произошло после того, как ей привиделся сон — сон, который пришел к ней среди ночи и состоял из одной лишь картины — солнечного затмения.

Она увидела, как черный диск скользит на перехват светила, надвигается, закрывает его, оставив под конец одну лишь пылающую корону. И тогда вдруг поднялось пение. Волшебная, нездешняя песнь зазвучала в ней. Все ее тело преобразилось в огромное пустое пространство, в идеально гулкое эхо, и та фантастическая песнь, воздымаясь от пальцев ног к голове, пронизала ее до мозга костей. Чем выше, тем больше голосов смешивалось в чудном, торжественном, несмолкаемом хоре. Первыми внизу, у щиколоток, зазвучали ясные, сильные женские голоса, потом, у колен, их сменили бархатные мужские басы. Достигнув живота, песнь зазвенела перекличкой колоколов, из которой вдруг вырвался одинокий женский голос, низкий и хриповатый, словно подточенный ржавчиной. Затем снова вступил мощный хор, унеся в своих волнах колокольный напев, но миг спустя, прихлынув к сердцу, затих и он, оставив после себя голос мужчины.

Голос этот был легок и слаб; его плаксивые интонации напоминали причитания нищих или слабоумных. А песнь поднималась все выше; вот она уже затопила ее горло, хлынула в голову и долгим бешеным водоворотом бурлила там, пока не улеглась, точно свора дрожащих псов, под сомкнутыми веками и во рту. Но те, разрозненные голоса опять зазвучали в каждом уголке ее тела; их отзвуки метались и скрещивались, переходя то в крик, то в мертвую тишину. Голос нищего, кроткий и печальный, под сводом стоп; женский голос цвета ржавчины, в сгибе локтей; прозрачные детские голоски в ямках ладоней, а потом в затылке и на лбу; и еще какой-то странный, ни мужской, ни женский, усредненный голос, сладко вибрирующий в тайниках ее чрева...

Утром, когда она проснулась, внешний мир отхлынул далеко, невозвратимо далеко от ее тела, мыслей и сердца. А постель оказалась сплошь усыпанной волосами с головы и лона, как будто природа, едва сформировав это девичье тело, тут же подвергла его линьке. Вместе с волосами она утратила и память обо всем на свете. До этого сна никогда и ничего не было. Она встала с постели, стряхнув с себя прошлое, оторвавшись от своей истории.

Она ждала повторения сна, но он не пришел ни следующей ночью, ни другими. Он привиделся ей только спустя неделю и с того времени повторялся каждую пятницу. Она никому не поверила тайну этого волшебного сновидения, и ни одна живая душа не догадывалась о том, что она стала инструментом дивного, величественного гимна.

Был день стирки. Эльминта-Преображение Господне-Мария полоскала белье в большом дымящемся корыте возле хлева, в уголке двора. Золотая Ночь-Волчья Пасть собирался в поле; проходя мимо девушки, он остановился, привлеченный ее гибкими движениями, в которых чудилось что-то змеиное, — вероятно, из-за ее длинных узких рук. Внезапно она выхватила из корыта и отбросила к стене хлева узелочек с синькой, которой освежала белизну простынь, и этот жест тоже напомнил ему мгновенный выпад змеиного тела. На стене расплылся ярко-голубой шлепок, и это лазурное пятно вдруг ослепило Виктора-Фландрена. Шагнув к служанке, он встал прямо перед ней, по другую сторону корыта.

«Голубая Кровь!» — позвал он. Девушка разогнулась, вынула из корыта красные распаренные руки и отерла рукавом взмокший лоб. «Да?» — откликнулась она. Золотая Ночь-Волчья Пасть старался поймать ее взгляд, но густой пар, валивший из корыта, полностью скрывал ее лицо. «Голубая Кровь, — повторил он. — Хочешь выйти за меня?» Девушка подняла мокрые руки к вискам, слегка откинула назад голову, потом вновь занялась стиркой. Голубая жилка на ее виске поблескивала таинственно и маняще. «Как хотите», — ответила она, продолжая тереть белье. «Ну, а ты сама, — настаивал Виктор-Фландрен, — ты-то хочешь?» — «Не знаю», — просто сказала она, не отрываясь от работы. И повторила, отрешенно и бесстрастно, глядя в пустоту: «Не знаю я... не знаю».

Золотая Ночь-Волчья Пасть и не подумал углубляться в чувства служанки. Голубая звезда на стене так потрясла его воображение, что он вмиг решил жениться на девушке — и женился. «Берегитесь! — предупредила его Матильда, которую новый брак отца уязвил до глубины души. — Эта, с ее лягушачьей мордой, народит вам головастиков!»

Но Виктор-Фландрен открыл тайну Эльминты-Преображение Господне-Марии. Он услышал песнь, словно прилив поднимавшуюся в теле его жены; увидел, как таинственные голоса заставляют вздыматься ее груди и волнами пробегают по животу, по рукам и ногам; как колышется, подобно морской водоросли, голубая жилка на виске; как расширяются и чернеют, будто пара затмений, её зрачки. Он ощутил гладкую, непривычно голую кожу, которая скользила, почти струилась у него под пальцами. Он погрузился в темные бездны ее чрева и уст и дал себя увлечь бурному потоку волшебного гимна. И гимн этот также пронизал все его существо, населив тело своими фантастическими отголосками, заполнив вены кровью, бурлящей, как раскаленная лава. И когда он изнемогал в урагане наслаждения, опаляющего чресла, выгибающего судорогой спину, изо рта его исторгался хриплый победный вопль.

Голубая Кровь любила слушать этот вопль; она любила его даже больше, чем волшебную песнь собственного тела; он отдавался в ней громовым эхо, от него вся плоть ее неистово содрогалась, подобно вспугнутым совам в вольере замка Кармен. В такие мгновения внешний мир нежданно расцветал оазисами посреди той пустыни, куда она скрылась от него, и вновь к ней возвращалась память о прежней жизни. Она научилась любить Золотую Ночь-Волчью Пасть, она даже привязалась к ферме и к некоторым из ее обитателей. Но самую большую нежность пробуждал в ней Бенуа-Кентен. Лишь ему одному поверила она тайну своей песни, а мальчик, в свой черед, рассказал ей о таинственном младшем братике, заключенном в его горбу. «Вот увидишь, — говорила она ему, — наступит день, когда твой маленький братец тоже начнет петь. И ты станешь самым счастливым мальчиком на свете! Люди сойдутся отовсюду, чтобы послушать твою песню, и будут плакать, слушая ее, такую чудесную, такую сладкую, и все пожалеют, что у них нет такого горба, как у тебя».

«Лягушачьи» предостережения Матильды не оправдались. Эльминта-Преображение Господне-Мария родила отнюдь не головастиков, а двоих сыновей, отличавшихся лишь той особенностью, которую все дети Пеньеля наследовали от отца. И жизнь на Верхней Ферме начала понемногу входить в прежнюю, довоенную колею. Земля медленно, но верно оправлялась от истощения и ран, нанесенных оккупацией, множились стада, созревала пшеница, поднимались из руин дома, и Золотая Ночь-Волчья Пасть даже возобновил сеансы волшебного фонаря на чердаке.

Одна лишь Проклятая Невеста по-прежнему жила вне времени и ежедневно влачила за собою через всю округу свое безумие и свои юбки, чтобы взглянуть на пятичасовой поезд, несущийся сквозь поля к тому волшебному городу, где ее ожидала свадебная ночь. Время проходило для нее только с изношенными юбками: каждый год одна из них распадалась на грязные лоскутья.

К тому времени, как младшие Пеньели, Тадэ и Батист, подросли и начали ходить в школу Монлеруа, Виолетта-Онорина решила, что уже настал срок откликнуться на призыв, властно звучавший в ее душе с самого детства. Ни гнев отца, ни слезы Жана-Франсуа-Железного Штыря не отвратили ее от намерения уйти туда, где, она твердо знала, ее ждали. И в семнадцать лет она отправилась в Кармель, вместе с сестрой, которая предпочла монастырское заточение разлуке с нею. «Ты была моей маленькой королевой, моим счастьем, — со слезами причитал Жан-Франсуа, — что ж мне теперь без тебя делать? Кто меня пожалеет, кто утешит?» Виолетта-Онорина подарила старику пару прирученных ею горлиц, и он соорудил для них огромную клетку, занявшую чуть ли не половину его сарайчика.

Эльминта-Преображение Господне-Мария проснулась нынче утром в сильном смятении. Картина солнечного затмения, каждую пятницу открывавшего ее великий сон, странным образом исказилась. Черный диск вдруг покатился вниз, освободив светило, но не солнце показалось из-за него, а черно-лиловая роза, и торжественную песнь разбил пронзительный вой рогов и труб.

Этот неожиданный образ внушил ей страстную любовь к розам, и она принялась увлеченно выращивать эти цветы. Отгородив себе деревянным палисадом клочок земли за амбарами, она многие месяцы обрабатывала его, засеивая всеми, какие смогла раздобыть, сортами роз. В первое же цветение участок затопило целое море цветов; здесь были и ползучие розы, и розовые кусты с огромными цветками, и карликовые розы, и розы-великанши на высоченных стеблях. Потом она занялась прививками и скрещиванием видов, стараясь усовершенствовать форму, размеры и цвет бутонов и цветков. Самой красивой среди всех оказалась плакучая роза, выведенная путем прививки ползучей розы с гибкими стеблями к стволу куста шиповника. Однако ее заботила не столько форма, сколько цвет, вот почему оттенки всех ее роз сводились к одному-единственному — лиловато-черному, — хотя до идеала было еще далеко. Только в ее сновидении роза отличалась именно таким цветом.

Иногда в этот уголок сада наведывалась Проклятая Невеста. Присев на корточки, она бережно разглаживала остатки истлевших белых юбок и окидывала своим навечно застывшим первоянварским взглядом 1920 года темное благоуханное великолепие цветов. «Ты мне подаришь розы на мою свадьбу?» —

всякий раз просила она Эльминту-Преображение Господне-Марию, которая вместо ответа вручала ей целую охапку роз. И Марго принималась разбирать букет, порой отрывая и кладя в рот несколько лепестков, которые потом долго жевала с мечтательным видом.

Все дети высыпали из дома, заслышав тарахтение мотора и протяжный гудок. Они увидели черный автомобиль, который на большой скорости поднимался к ферме, и оторвались от ворот лишь тогда, когда он, вздымая тучи пыли, въехал во двор. Габриэль и Микаэль подбежали к нему, зачарованные видом этого огромного приземистого чудища в черной лакированной броне, дышащего бензиновой вонью, и долго оглаживали бока машины, не обращая ни малейшего внимания на человека, который из нее вышел. Прибывший бросил на кишевшую вокруг детвору тусклый холодный взгляд. На нем был светлый костюм, соломенное канотье и бледно-серые замшевые перчатки, которые он нервно дергал, пытаясь стащить с рук. «Это здесь ферма Виктора-Фландрена Пеньеля?» — спросил он наконец, не обращаясь ни к кому в отдельности. «Да, здесь, вот он я», — ответил сам Виктор-Фландрен, выходя навстречу гостю. «Рад снова увидеть вас, — сказал тот, протягивая ему руку. — Я проезжал мимо и решил по пути завернуть к вам».

Эльминта-Преображение Господне-Мария, работавшая в своем садике за амбарами, мгновенно узнала этот голос и одним рывком вскочила на ноги среди розовых кустов, которые подстригала в эту минуту. Она поднялась так резко, что разодрала шипами запястье. Ей был знаком не только этот голос, она вспомнила даже слова — некоторые из слов. «Рад тебя видеть, — сказал он тогда, подходя к ней. — Ты не хочешь прогуляться?» И, не дожидаясь ответа, тихонько увлек ее за собой к вольеру с сипухами. Обогнув клетки, он усадил девушку на траву и объявил, гладя ей волосы: «Если ты будешь умницей, послушной девочкой, я покажу тебе ее комнату. Тебе ведь хочется увидеть комнату Адольфины?» Но она не в силах была ответить, выдавить из себя хоть один звук, с ужасом чувствуя, как пальцы мужчины погружаются в ее волосы, заползают в вырез платья и щекочут грудь. «Знаешь, — глухо произнес он, — а ты похожа на нее... У нее были такие же волосы, густые, темные и волнистые, с рыжеватым отливом, совсем, как у тебя... да-да, ты похожа на нее, я это давно заметил...» Сипухи за ее спиной испускали свои гортанные пронзительные крики.

И вдруг он бросился на нее, навалился всем телом, подмял под себя, жадно шаря под юбкой. Но все ее существо вмиг замкнулось, напрягшееся тело застыло, как камень, и он не смог ни раскрыть ей губы, ни проникнуть в нее. «Шлюха! Ты подлая маленькая шлюха!» — выкрикнул он прямо ей в лицо и, одним рывком поставив на ноги, стал бешено хлестать по лицу, пока не свалил обратно в траву. А совы с мрачным уханьем метались по вольеру, испуганно хлопая белыми крыльями. «Проклятая девка! — закричал он опять. — Ты на нее похожа, но ты — не она. Ты — не она, а мне не даешься! Ты — не она, но похожа на нее и мучаешь меня из-за такого пустяка. Мерзкая шлюха, ведьма!» Его нависшее над нею лицо стало белее совиного оперения, а безумные, полные слез глаза желтели ярче птичьих. Сон, привидевшийся ей следующей ночью, отнял у нее память обо всем, что было в прошлом, и с тех пор она устремляла на маркиза тот же пустой, безразличный взгляд, что и на всех остальных.

И вот теперь эта плотина забытья вдруг обрушилась, выпустив наружу воспоминания, давно, казалось бы, похороненные прошедшими годами, и она вновь почувствовала себя оскверненной — теперь уже в своей любви к мужу, к детям, даже к розам.

«Ну, что ваша служанка... как, бишь, ее зовут? — спрашивал тем временем Арчибальд Мервейе дю Кармен. — Вы ею довольны? Она ни разу не дала нам знать о себе». Золотая Ночь-Волчья Пасть коротко ответил: «Ее зовут мадам Пеньель, я женился на ней и очень счастлив». Маркиз удивленно вздрогнул. «Вот как? В самом деле? — прошептал он, искоса глядя на Виктора-Фландрена. — Вы и впрямь странный человек, господин Пеньель. О вас ходят всякие разговоры в округе — теперь я вынужден им верить. Жениться на такой девушке... на девушке, которая... которая...» Он никак не мог подобрать слова, чтобы закончить фразу, и внезапно, без всякого перехода, объявил сухим тоном, похожим на приказ: «Я хотел бы ее видеть. Вашу жену». Однако Эльминта-Преображение Господне-Мария была уже далеко от фермы, опрометью сбежав «школьной» тропой с холма в поле, она укрылась там, на пашне, в самой глубокой борозде.

Автомобиль давно уже покинул ферму, когда она решилась наконец вернуться домой. Золотая Ночь-Волчья Пасть ни единым словом не намекнул на визит маркиза. Нужно сказать, что прощальное пожатие руки гостя оставило у него чувство глубокой неловкости, почти отвращения, которое он даже не мог себе объяснить. Он не поинтересовался у Голубой Крови причиной ее панического бегства в поля и как будто не заметил тоненькую алую царапину на ее запястье. Он почти не разговаривал с каждой из своих жен, и все его браки зиждились на этом упорном молчании. Голубая Кровь была еще менее любопытной, чем ее предшественницы, никогда не задавала вопросов и не говорила о себе. Казалось, она и душой и телом создана из молчания, и даже ее гладкая блестящая кожа придавала любому ее жесту струистую грацию рыбки, скользящей в немых водных глубинах. Именно такую молчаливость он больше всего и любил в каждой из своих жен.

Но если погружаешься в молчание слишком надолго, его можно легко разорвать криком. Именно это и случилось с Эльминтой-Преображение Господне-Марией. В следующую пятницу ее сон нарушился еще раз: затмение разбилось на куски, открыв не розу, но лицо Адольфины, мумифицированной в своем стеклянном гробу. Она улыбалась страшной, мучительной улыбкой, потом захохотала, содрогаясь всем телом и ломая руки. Этот хохот заглушил даже всегдашний торжественный гимн. Сквозь его раскаты прорывались одни только резкие взвизги рогов и труб. А тело Эльминты перестало быть храмом дивных песнопений; сейчас в нем хаотически метались нестройные, фальшивые звуки. И когда она проснулась, вся в испарине, то ощутила жестокую ломоту, скрутившую ей тело. Третья метаморфоза постигла ее: все мускулы напряглись туго, как тетива лука, и память вернулась к ней, память обо всем, что произошло в ее жизни. Она с поразительной ясностью увидела каждый свой прожитый день, с самого момента рождения. Она увидела даже лицо своей матери, той матери, что бросила ее, едва произведя на свет. Она до мельчайших подробностей увидела залы, коридоры, лестницы, часовню и парк замка Кармен. И все эти пространства гулко и причудливо звучали в ней самой; ее кости уподобились множеству пустых коридоров с бесчисленными дверями, которые оглушительно хлопали, едва не срываясь с петель. По ним проходило стадо ее сестер по несчастью, одетых в черные, серые или коричневые платья. Она увидела также своих сыновей — Батиста и Тадэ — и маленького Бенуа-Кентена, — так ясно, как никогда доселе. Ее взгляд пронизал их до самой глубины, до мозга костей, и безграничная жалость к детям перевернула ей сердце. Она вновь увидела Золотую Ночь-Волчью Пасть — с самого первого мига их встречи — и его лицо, изнуренное ночью любви. Перед ее внутренним взором прошли все до одной розы, которые она вырастила в своем саду, и жалкий первоянварский взгляд Проклятой Невесты, блуждавший между кустами подобно хмельной пчеле. Все эти образы с беспощадной четкостью запечатлелись в ней, пронзив тело насквозь, точно острыми стрелами. Ее память обратилась в лучника, до предела натянувшего тетиву мускулов, которые один за другим рвались от напряжения. В конце концов все ее тело мучительно изогнулось, приняв форму лука, и он, этот лук, в последний раз послал отравленную стрелу ее сна; торжественная песнь пронзила ее, собрав на лету все голоса в один мучительно острый вопль, который ударился в черный диск затмения. Раздался громовой звон двух разбившихся светил, и этот взрыв породил черно-лиловую розу, которая распустилась из сияющего желтого сердца. Ее челюсти сомкнулись с такой силой, что зубы, откусив язык, раздробились друг о друга. Но этот последний удар достиг своей цели: он попал прямо в сердце, и оно не выдержало и разорвалось, как все другие мышцы ее тела.

Не один раз пришлось погружать Эльминту-Преображение Господне-Марию в горячую воду, чтобы распрямить выгнутое дугой тело. Золотая Ночь-Волчья Пасть наотрез отказался разбивать ей кости, как некогда сделал это с папашей Валькуром и Мелани. Итак, кладбище Монлеруа приняло в землю третью супругу Пеньеля, размякшую и вялую, словно тряпичная кукла. Что же до розовых кустов, то они не пережили свою хозяйку. Золотая Ночь-Волчья Пасть скосил их под корень, а последние августовские грозы довершили разорение садика.

Рафаэль, Габриэль и Микаэль, которых решительно ничего не трогало, с полнейшим безразличием отнеслись к смерти женщины, что столько лет растила их. Они просто еще больше отдалились от других братьев, направив стопы по путям, пролегающим в стороне от любви. Любви они, и в самом деле, знать не знали; в ней им были ведомы лишь самые окольные, самые глухие дороги, где не оставалось места ни нежности, ни терпению. Такие дороги шли к исполнению желаний напролом, по краю пропасти, на пределе нетерпения и безумия, и они вступали на них, не колеблясь ни минуты. И дороги эти, словно волшебные тропинки, вьющиеся по сказочному лесу, принимали их и только их, тут же наглухо закрываясь для всех прочих.

Трое близнецов, особенно Габриэль и Микаэль, чувствовали, как неведомый огонь сжигает их тела и кружит голову; покой они обретали только за пределами мучительной страсти, успокаивая ее танцем, борьбою, бегом или лесной охотой.

Ну, а Батист и Тадэ были еще слишком малы, чтобы измерить всю тяжесть потери матери; они просто смутно тосковали, не очень-то и понимая причину своей грусти.

Таким образом, Бенуа-Кентен оказался в полном одиночестве лицом к лицу с печальной тайной смерти и до поры, до времени схоронил в странном, горбатом сундучке своей памяти все без разбора воспоминания об Эльминте-Преображение Господне-Марии. Позже именно он открыл Батисту и Тадэ путь возвращения к их матери — путь чистого сна и беспорочных грез, который разворачивал перед ними наподобие свитка легкого, шелестящего шелка, пропитанного слабым ароматом роз.

И он же стал заботиться о Жане-Франсуа-Железном Штыре, которого старость неумолимо заключала в клетку дома, как и дорогих его сердцу горлиц. Старик уже не покидал свой сарайчик, у него хватало сил только добраться до порога, чтобы подышать свежим воздухом. Он любил сидеть на стуле перед растворенной дверью, глядя на небо, вдыхая вечерние запахи, вслушиваясь в голоса засыпающей земли. Бенуа-Кентен частенько заглядывал к нему, чтобы поболтать. В такие вечера старик и мальчик играли в воспоминания, и память одного смешивалась с памятью другого, словно быстрое течение реки, что разбивает дремотное болото, взбаламучивая придонную тину.

5

А Золотая Ночь-Волчья Пасть вновь изведал муку одиночества. Ему пришлось нанять молодого батрака для полевых работ — теперь, когда старость приковала к дому Жана-Франсуа, а

Голубая Кровь умерла, он и Два-Брата не справлялись с хозяйством.

Он смотрел, как растут все его дети, лишенные матерей, — растут рядом и, вместе с тем, так далеко от него. Одиночество, ходившее за ним по пятам, все более глубокое и горькое, упорно отгораживало его от окружающего мира.

Он больше не ходил на охоту, не зажигал волшебный фонарь. Он пахал землю, обихаживал скот, собирал урожаи и всякую ночь погружался в глубокий сон, без видений и воспоминаний. Иногда приходило письмо из Кармеля, от дочерей, и Два-Брата читал его вслух всей семье, но ему были чужды слова, родившиеся в полумраке и тиши монастыря. Да и кем приходились ему теперь эти две монашки, отринувшие все на свете — семью, землю, молодость, плотские радости и даже собственные имена?!

Где она — его дочь Виолетта-Онорина, ставшая сестрой Виолеттой Плащаницей Господней, и его дочь Роза-Элоиза, ставшая сестрой Розой Святого Петра? Его дочери... ныне две чужачки с неприкосновенными телами, с невидимыми лицами; две затворницы, покинувшие мир ради бессмысленной любви к Тому, кто даже не существовал — не должен был существовать.

А старшие его дочери — впрямь ли они были его родной кровью? Одну из них безумие отвратило от всего на свете, кроме потерянного возлюбленного, вторая питала к нему яростную ненависть, которую он никак не мог объяснить. А что осталось от его старших сыновей, если не считать вот этого несчастного безумца, не то полчеловека, не то целых два? А та троица бродячих дикарей со звериным взглядом, не вылезавших из леса, — кто они ему? Оставались Тадэ, Батист да внук Бенуа-Кентен, к которому он относился с особой, нежной любовью. Ибо этот ребенок, которого судьба наделила при рождении столь ужасным физическим недостатком, обладал зато несравненным даром пробуждать к себе любовь своей бесконечной кротостью, добрым сердцем и тонким умом. Этот мальчик всегда утешал отца в его тяжком, скорбном одиночестве; он как будто стремился взвалить на свою бесформенную спину все беды и боли человеческие, лишь бы избавить от них окружающих. Иногда Виктору-Фландрену приходила в голову печальная и, вместе с тем, сладкая мысль: а что если именно в горбу его внука скрывается благодатная улыбка Виталии?!

Первой подняла тревогу Матильда. Уже стемнело, а Марго все еще не вернулась, хотя к этому часу обычно уже бывала дома. Она ужасно боялась сумерек, что застилали ее январский взгляд и пробуждали сомнение в душе: вдруг Гийом не дождался и уехал на поезде один, без нее!.. Подобрав ветхие юбки, она спешила на ферму, ища утешения от страхов подле Матильды, которая всегда умела ее успокоить. От юбок, впрочем, оставалась теперь лишь одна, самая длинная, из узорчатого атласа с шелковыми розетками, да и та уже превратилась в грязный, изодранный лоскут. И по-прежнему плечи Марго прикрывала древняя лиловая портьера.

Начались поиски. Вся семья Пеньелей и несколько человек из соседних деревень, с фонарями, факелами и собаками, стали прочесывать местность, крича: «Марго!» или «Невеста!»

Золотая Ночь-Волчья Пасть направился к Лесу Мертвого Эха. Он долго блуждал в чаще, не разбирая дороги, разыскивая дочь, вслушиваясь в малейший подозрительный шорох, но все приглушенные звуки обличали только присутствие лесного зверья и ничего более. Его призывы оставались без ответа, а имя Марго, которое он выкрикивал через каждые три шага, тотчас замирало в густой тишине непроходимых зарослей. Наконец он присел передохнуть на выступ скалы у края какой-то лужайки; он забрел так далеко, что даже не знал, где находится. В небе, у горизонта, забрезжил слабый свет. Виктор-Фландрен устало ссутулился, долгие часы ходьбы и поисков вконец измотали его. Он прикрыл было глаза, но тут же ощутил острую боль в левом зрачке: сперва его словно обожгло раскаленной иглой, а потом пронзило резким холодом.

Золотая Ночь-Волчья Пасть вздрогнул и широко раскрыл глаза. Эта боль... она была хорошо знакома ему, знакома до слез. По другую сторону лужайки, в сером предрассветном мареве, перед ним вдруг проплыли два неясных огонька. Слабые, мягкие огоньки, похожие на январский взгляд Марго, который невидяще скользил по людям и предметам со дня ее свадьбы. Он попытался встать, выкрикнуть имя Марго, подойти ближе к этим блуждающим пятнышкам света, но силы изменили ему; он только и смог что заплакать, и плакал, плакал до изнеможения, сам не зная почему.

Он задремал с открытыми глазами — или, быть может, это Марго грезила сквозь отца?..

И вот ему снится широкая, просторная, как комната, кровать с балдахином и занавесями из лилового бархата. Она плывет по реке, тихонько покачиваясь на волнах. Река эта называется Меза. Но вскоре ее воды разливаются по берегам и, затопив их, чернеют от грязи. На кровати, чьи занавеси вздымаются, как паруса, сидит по-турецки женщина в белой юбке; она старательно расчесывает волосы. Ее гребень с тонкими серебристыми зубьями сделан из рыбьего хребта. Из волос выскакивают, одна за другой, крошечные медово-белые рыбешки; судорожно извиваясь, они падают в воду и уплывают по течению.

Вдруг вся растительность на берегах бесследно исчезает. Теперь река несется между высокими каменистыми насыпями, с щетинистой колючей проволокой наверху. За проволокой смутно маячат людские силуэты, а чуть дальше, в глубине, крыши деревянных бараков с длинными печными трубами, из которых непрерывно валит густой черный дым. Силуэты движутся странными изломанными движениями, дергаясь и клонясь во все стороны, как будто танцуют или заклинают о чем-то небеса.

Женщина уже не причесывается, да у нее больше и не осталось волос на голове. Теперь она стоит на коленях у края постели и размашисто полощет свои косы в воде, словно белье роженицы. Кровь, стекающая с волос, окрашивает воду в багровый цвет.

Но, кроме нее, есть и другие прачки, стоящие бок о бок, на коленях, в маленьких деревянных кабинках, вдоль по берегу. Окунув белье в воду, они энергично трут его, бьют валиками, полощут, отжимают, вытаскивают и вновь замачивают в реке. Но только стирают они не ткани и не волосы, а кожу — большие лоскуты человеческой кожи.

Теперь кровать угодила в топкое болото, полное пепла. Балдахин как-то нелепо накренился и обвис. Женщина исчезла, прачки тоже. По пепельной трясине прохаживается цыган с длинным кнутом, водя за собою белого медведя на задних лапах, в шапочке, то круглой, то квадратной.

А теперь медведь сидит посреди кровати, и шапочка забавно съехала ему на один глаз. Мотая головой, он играет на маленьком аккордеоне.

Цыган, почему-то нелепо обряженный в свадебное платье Марго, притворяется, будто шагает вперед, хотя и стоит на месте. «Стекла! Кому стекла?» — выкрикивает он лениво. На стеклах в ящике, у него за спиной, выцарапаны рисунки — женские портреты. Золотая Ночь-Волчья Пасть узнает этих женщин —

вот Мелани, вот Бланш, а это Голубая Кровь и Марго. «Стекла! Кому стекла?..»

Какая-то женщина бежит мимо, за нею спешат четверо малышей. Все они раздеты; дети подняли руки вверх, женщина прикрывает обнаженную грудь.

«Пепел! Кому пепел?..» Но теперь это кричит уже не цыган, а медведь, вернее, человек с медвежьей головой, в маленькой полосатой скуфейке. У него глаза испуганного ребенка.

А вот и опять показались прачки. Они идут гуськом по берегу реки, и каждая держит у бедра узел с бельем. «Розы! Розы! Кому розы?» — тихо и напевно, как заклинание, повторяют они. В их длинной череде Золотая Ночь-Волчья Пасть смутно примечает Ортанс. «Розы! Розы! Кому розы!..» Жалобные голоса прачек напоминают шелест ленивого ветерка майских сумерек.

С неба бесшумным дождем сыплется пепел — нежный, пушистый светло-серый прах.

Кровать с балдахином, река с берегами, прачки и цыган с медведем — все исчезло. Осталась только кукла со стеклянными глазами, сидящая на очень высоком табурете. На нее нацелены яркие прожекторы, их ослепительные лучи непрестанно сходятся, расходятся и скрещиваются вновь. «Кровь! Кровь! Кому кровь?» — пронзительно кричит кукла. «Кому кровь? Кому пепел с кровью? Кому пепел?..»

Внезапно Золотая Ночь-Волчья Пасть проснулся. Все это время он грезил с открытыми глазами. Заря уже разрумянила небо. Он встал и двинулся в обратный путь.

Пока он был в лесу, Никез, новый батрак, в сопровождении Бенуа-Кентена обшаривал Утренний Подлесок, а Два-Брата искал в Лесу Ветреных Любовей, но все трое вернулись ни с чем. Матильда же побежала к холму, откуда ее сестра всегда наблюдала за пятичасовым поездом, несущимся через равнину к ее извечной брачной ночи. Но Марго на холме не оказалось, ее не было нигде.

До самой зари бродила Матильда по холму. И только на обратном пути нашла сестру. Должно быть, Марго поскользнулась и, упав в овражек, разбила голову о камень. Она лежала на спине в промоине, среди чуткой утренней тишины, едва нарушаемой лишь робким поквакиванием лягушек. Одна из них, блестящая и совсем крошечная, резво прыгала по плечу Марго.

Матильда долго стояла в оцепенении, склонившись над промоиной и вперив невидящий взгляд в застывшее тело сестры и резвую зеленую лягушку. Паровозный свисток внезапно вывел ее из столбняка. Разогнувшись, она возопила: «Матильда! Матильда!» — крича собственное имя вместо имени сестры. В этот миг она была не в силах оторвать себя, которая обратилась теперь в ничто, от той, что была ей дороже собственной жизни. «Матильда! Матильда!» — звала она сквозь безмолвие этой смерти, что так странно настигла ее, поразив через ее второе тело — тело сестры. Она звала себя во весь голос, надеясь пробудиться от страшного сна, вырваться из этой жуткой тиши, вернуться к жизни... нет, вернуть к жизни их обеих. Но вмешался другой голос, чужой, заглушивший ее призыв. «Матильда, Матильда...» — шептал он в пустоте ее сердца, звуча так безнадежно холодно, так скорбно, что она содрогнулась от ужаса, а волосы ее вмиг побелели, как будто у нее разом отняли молодость.

И тогда, впервые в жизни, Матильда разрыдалась. Но из глаз ее полились не прозрачные, а кровавые слезы — это тело извергло наконец всю ту запретную, отринутую женскую кровь, что целых тринадцать лет душила ее сердце и плоть.

Через несколько месяцев после гибели Марго Золотая Ночь-Волчья Пасть решил совершить путешествие. Черноземье, где он упорно расширял свои владения, вдруг показалось ему слишком тесным. Очень уж много смертей омрачало эту землю, которую он пытался приручить на протяжении почти сорока лет. И он сел в поезд — в тот самый, на который так безнадежно опоздала Марго. Оставив ферму под присмотром сына, Матильды и Никеза, он уехал, взяв с собою Бенуа-Кентена. Они отправились в Париж. И там, в этом огромном городе, вмиг затерялись среди толпы и каменных домов, словно на праздничной ярмарке. Жили они в маленькой гостиничке близ набережной Цветов.

Бенуа-Кентен полюбил город — здесь никто не обращал внимания на его горб, все торопливо проходили мимо. Особенно восхитили его парижские женщины. Ему нравилась их живая грациозная походка, удивительные наряды, высокие каблучки, манера не говорить, а щебетать с чуточку высокомерным видом. А как хороша была Сена! — она так отличалась от рек, к которым он привык у себя дома. Те медленно несли свои воды под низко нависшими облаками, среди безмолвной меланхолии необъятных равнин; эта же текла резво и весело, журчала, как речь здешних женщин, и вся искрилась огнями города. Ее можно было то и дело переходить по мостам. Бенуа-Кентен тут же выучил все их имена, от Шарантона до Исси-ле-Мулино, вместе с названиями набережных.

Город не переставал поражать мальчика; он казался ему гигантским волшебным фонарем с неистощимым множеством образов, только образы эти имели объем и вес, они двигались, пахли и шумели. Здесь он открывал для себя воочию, вживе, все то, что лишь мельком, неясно угадывалось на экране во время сеансов дома, на чердаке. Дед водил его повсюду — на вокзалы с их гулкими широченными перронами, куда непрерывно прибывали в белом паровозном дыму поезда со всех концов Европы; на рынки и бойни; на кладбища, где могил было больше, чем народу в их округе; в зоопарк, на велодром, на стадионы и катки, в музеи, даже на лекции по медицине и торговле недвижимостью. Несколько раз они посетили ипподром. Золотая Ночь любовался великолепными лошадьми, еще более изящными, чем те, которых он видел когда-то в замке маркиза дю Кармен. А Бенуа-Кентен тем временем восхищенно взирал на женщин в ярких шляпках, в сверкающих драгоценностях. Как грациозно они вскидывали головки и привставали, когда лошади проносились мимо! В этот миг они и сами походили на диковинные существа, в которых было что-то и от насекомых, и от экзотических птиц, и от кошек, и от грифонов. Он был влюблен в них, во всех, и они заполоняли его ночные грезы вместе с мостами, рекою, улицами и набережными.

Но больше всего мальчику полюбились парки и сады, с их фонтанами, статуями в окружении болтливых воробьев, просторными водоемами, детворой, пускавшей по воде пестрые деревянные кораблики, и длинными тенистыми каштановыми аллеями, где гравий так восхитительно поскрипывал под дамскими каблучками.

Сколько же всего можно было увидеть, услышать, попробовать и потрогать в этих садах! Мальчику никогда не надоедало бродить там, особенно, среди зеленых киосков с остроконечными крышами, где рвались к небу гроздья разноцветных воздушных шариков, где продавались вертушки, скакалки, серсо, ведерки с совками, волчки и воланы. В других узенькие прилавки пестрели еще более восхитительными на вид банками с карамелью, ячменным сахаром, лакричными тянучками, бело-розовыми анисовыми шариками, кокосовым печеньем и жестяными коробками леденцов. А кроме этого, были еще торговцы каштанами, вафлями, пряниками и пирожками; они расхаживали среди кукольных театриков, качелей и каруселей, наперебой расхваливая свой товар охрипшими голосами, которые смешивались с криками зазывал, приглашавших покататься на тележках, запряженных козами, осликами или пони.

Бенуа-Кентен не осмеливался подходить близко к карусели; он чувствовал себя слишком взрослым для такой забавы и, кроме того, боялся насмешек над своим горбом. Поэтому он скромно сидел на стуле в тени дерева и любовался со стороны маленькими всадниками на пестрых сказочных зверях; кого тут только не было — золоченые, коричневые и черные кони — лихо гарцующие, с гордо выгнутыми шеями; серые и белые слоны, оранжевые львы и верблюды, пятнистые жирафы и толстые ярко-розовые свинки. Большой красный помпон болтался на кончике длинного шеста, который хозяйка этого деревянного зверинца держала над головами ребятишек, и те с радостным визгом привставали на стременах, пытаясь ухватить его на всем ходу.

Однажды, сидя возле такой карусели в парке Монсури, Бенуа-Кентен заметил маленькую девочку на белом слоне. Ей было лет пять; пышные белокурые кудряшки венчал большой бант из голубой тафты, под цвет бумазейного платьица в бело-голубую клетку. Худенькое, очень бледное личико с крошечным ртом и слишком большими темными глазами было на удивление серьезно. Она чопорно и прямо сидела в седле, крепко сжимая поводья. Хозяйка манежа, видимо, тоже приметила эту необычную живую куклу, потому что при каждом удобном случае подносила к ней поближе красный помпон, чтобы та могла схватить его. Но девочка глядела прямо перед собой и, казалось, даже не замечала эту легкую добычу, которую другие ребятишки жадно оспаривали друг у друга. При остановках она не покидала своего слона, а просто, сунув руку в кармашек, полный билетиков, протягивала очередной из них хозяйке. На пятый раз та наконец не вытерпела и спросила: «Послушай, малышка, ты разве не хочешь пересесть, покататься на льве или на лошадке?» Но девчушка только крепче стиснула коленками слоновьи бока. «Нет, — ответила она, — не хочу. Мне нравится эта слонишка». Женщина рассмеялась и пошла дальше собирать билеты, приговаривая нараспев: «Слонишка, слонишка, вперед, моя малышка!»

Бенуа-Кентен заметил, что временами девочка отпускает поводья, чтобы ласково погладить слона по голове; ему даже показалось, будто она что-то шепчет ему. Он не спускал с нее глаз, восхищенно следя за каждым жестом, изучая каждую черту; он буквально влюбился в эту девчушку. Ему страстно хотелось подойти к ней, тихонько спросить, как ее зовут, взять на руки, приподнять и покружить. Она, верно, такая легонькая, легче пушинки! В конце концов, он проникся мечтой этой малышки — чтобы слон вдруг ожил, спустился с карусели и зашагал, важно помахивая хоботом, по аллеям парка. А он, Бенуа-Кентен, вел бы его под уздцы, молча сопровождая их обоих. И так они бы пересекли весь город, и пошли бы вдоль Сены все дальше и дальше, до самого моря. Но он не осмеливался встать и подойти к девочке, боясь испугать ее своим горбом. Он грустно думал: ну почему она не выбрала вон того большого рыжего верблюда, крутившегося, на пару с толстым зеленоглазым кроликом, позади слона?! Такой выбор подарил бы ему хоть слабую, пусть и смехотворную, уверенность в себе. И он стал разглядывать толпу женщин вокруг карусели, пытаясь определить, которая из них приходится ей матерью. Но не нашел ни одной, похожей на нее.

Внезапно к нему подошла старуха, один вид которой заставил его вздрогнуть. У нее было страшное, все изрытое морщинами лицо; некогда пестрая косынка на голове до того выцвела, что превратилась в грязно-серый лоскут. Запустив руку в отвисший карман, она громко бренчала мелочью, собранной за пользование стульями. Старуха протянула руку и к Бенуа-Кентену, требуя уплаты. Эта заскорузлая ладонь вселила в него страх, как будто старуха показала ему линии его собственной руки в каком-то кривом, ведьмовском зеркале. Он так напугался, что закрыл глаза, с ужасом ожидая затрещины или чего-то в этом роде, такой угрожающей показалась ему эта темная клешня. Старуха с недовольным ворчанием вновь загремела монетами. Бенуа-Кентен торопливо вынул мелочь, лишь бы скорее отделаться от старой колдуньи. Когда он опять обернулся к карусели, девочки там уже не было. На слоне восседала другая, с длинными косами. Бенуа-Кентен задохнулся от гнева и обиды. Вскочив, он бросился разыскивать в толпе голубой бант. Наконец он увидел свою избранницу — она уходила поперечной аллеей, держась за руку женщины в довольно длинном зеленом платье. Женщина несла под мышкой большую папку для рисунков. Бенуа-Кентен нагнал их и заговорил с ходу, не подумав ни извиниться, ни поздороваться. «Мадам, — воскликнул он, задыхаясь от бега, — ваша дочка!..» И умолк, не зная, как продолжить. «Что вы хотите?! — удивленно спросила женщина. Это была жгучая брюнетка с мальчишеской стрижкой и огромными, слишком большими для ее лица, темными глазами. Она говорила с сильным иностранным акцентом, и это усугубило смущение Бенуа-Кентена. «Я... я... ее имя, — пролепетал он наконец. — Я хотел узнать, как ее зовут».

Он стоял перед матерью и дочерью, понурив голову, донельзя пристыженный своей глупой отвагой и таким неуместным сейчас горбом. «А зачем вам ее имя? — чуть улыбнувшись, с интересом спросила женщина. «Потому что она такая красивая...» — прошептал Бенуа-Кентен, еще более сгорбленный, чем когда-либо, и готовый вот-вот расплакаться. «Liebchen,[1] — сказала женщина, наклоняясь к дочери, — ну-ка скажи молодому человеку, как тебя зовут!» Малышка разглядывала Бенуа-Кентена с той же недетской серьезностью, с какой несколько минут назад смотрела

---

[1] Дорогая (нем.).

на своего слона. «Меня зовут Альма», — наконец ответила она. «Альма? — удивленно воскликнул Бенуа-Кентен, — как мост?» Женщина со смехом подхватила: «Вот именно, как мост. А меня зовут Рут. Теперь ваша очередь, представьтесь, пожалуйста!» — «Я... я не знаю...» — еле выдавил совсем растерявшийся мальчик. Ему очень хотелось удрать, но он словно прирос к месту и стоял, уронив руки, не в силах даже вспомнить собственное имя.

«Его зовут Бенуа-Кентен. Бенуа-Кентен Пеньель, — раздался спокойный голос Золотой Ночи-Волчьей Пасти. Он подошел к ним, оставив группу игроков в шары, расположившуюся неподалеку. Присутствие деда внезапно исцелило Бенуа-Кентена от робости и стыда, и он повернулся к девчушке с сияющей улыбкой. Ведь теперь у него тоже было имя и даже фамилия. Но девочка так и не улыбнулась в ответ. Она молча смотрела на Бенуа-Кентена своими темно-голубыми глазами, такими огромными по сравнению с крошечным ротиком. Однако эта серьезность уже не могла погасить торжествующую улыбку Бенуа-Кентена. Он чувствовал себя счастливым, таким счастливым, что даже не обратил внимания на разговор, завязавшийся между Золотой Ночью-Волчьей Пастью и женщиной по имени Рут.

6

Увидев отца и Бенуа-Кентена, вернувшихся в сопровождении женщины и маленькой девочки с глазами в пол-лица, Матильда решительно встала на пороге, подбоченясь и преграждая путь в дом. Дождавшись, когда они подойдут ближе, она вскричала: «Ну-ну, отец, я гляжу, вы приехали из Парижа с багажом! И что ж вы собираетесь делать с этими двумя?» Золотая Ночь-Волчья Пасть не ответил, он взошел на крыльцо, тогда как трое остальных замерли, не осмеливаясь идти дальше, и, только поравнявшись с Матильдой, сказал: «Иди-ка приготовь нам поесть. Дорога была долгая, и мы устали». Потом обернулся и добавил: «Знакомься, — это Рут и ее дочка Альма. Теперь они будут жить с нами, здесь, на Верхней Ферме». Матильда как-то странно дернулась всем телом, откинув голову, словно получила невидимую пощечину или, вернее, резко уклонилась от нее.

«Ах, вот оно что! — едко воскликнула она. — Ничего себе, подарочек! Ну так вот, мне они не по вкусу, и я не желаю их здесь видеть. Да и потом, еще ни одна ваша супруга не прижилась в этом доме, всех их вынесли отсюда ногами вперед! Разве не так, отец?» И, взглянув на женщину в упор, добавила: «Мой папаша, небось, не сообщил вам, что он приносит несчастье своим женам. Он только и умеет, что делать им детей, причем по двое разом! Потом приходит смерть, и он выносит их за порог, точно узел с грязным бельем, а его детишки пополняют стадо здешних сирот. У моего отца, можно сказать, настоящее призвание быть вдовцом! Так что очень вам советую поскорее сматывать удочки, если не хотите в скором времени составить компанию остальным покойным мадам Пеньель. Послушайте меня, садитесь на обратный поезд и — скатертью дорожка!»

Золотая Ночь-Волчья Пасть стоял рядом с дочерью, сжав кулаки, но не отвечая ни слова. Зато ответила Рут. «Ваш отец все мне рассказал, — промолвила она спокойно. — Я ничего не боюсь, и я твердо решила жить здесь, с ним». Но тут Матильда, пораженная ее акцентом, яростно завопила, глядя на отца: «Да она вдобавок еще иностранка! Этого только нам не хватало! И не просто иностранка, а немка! Значит, теперь вы подбираете себе жен среди врагов? Браво, браво!» — «Матильда! — строго оборвал ее Золотая Ночь-Волчья Пасть голосом, дрожащим от гнева. — Я тебе приказываю замолчать! Я пока еще твой отец!» Тут вступил в дискуссию и Бенуа-Кентен. «Во-первых, они не немки! Рут — австриячка, — разъяснил он, как будто этот нюанс мог смягчить Матильду. — И потом, если они тебе не нравятся, тем хуже для тебя. Вот и все!» — «Ладно, пускай остаются! Пускай ваши иностранки остаются!» — отрезала Матильда и тут же мстительно добавила: « Пускай остаются — до тех пор, пока не воспоследует смерть!» С этими словами она круто повернулась и вошла в дом. От резкого движения ее подол хлопнул, точно деревянный.

———

Услышав этот сухой хлопок платья Матильды, Альма, которая слушала этот разговор с обычным для нее серьезным видом, вздрогнула и робко захныкала. «Mayn Libenke, — сказала Рут, подхватив дочь на руки, — vos vet der sof zayn?»[1] Малышка не ответила, она лишь указала пальчиком на дверь, за которой скрылась эта страшная женщина с еще молодым лицом и совсем седыми волосами, злым голосом и деревянным платьем. Бенуа-Кентен подошел к Рут и взял девочку за руку. «Не бойся, — сказал он. — Посмотри вокруг: вся эта земля, с полями, лесами и реками, теперь твоя. И ты можешь бегать и играть здесь, сколько захочешь. А я всегда буду рядом с тобой и заступлюсь, если понадобится. А еще я сделаю для тебя красивого деревянного слона, такого же, как на карусели. Хочешь слона?» Альма слабо улыбнулась и кивнула. Золотая Ночь сошел с крыльца и, обняв Рут за плечи, ввел в свой дом.

Переступив порог, Золотая Ночь-Волчья Пасть с облегчением погрузился в прохладный полумрак и уютное домашнее спокойствие, о котором давно успел позабыть, уже не надеясь обрести вновь. Он сжал Рут в объятиях и поцеловал. Ему все еще не верилось, что перед ним новая любовь, новое счастье. Он даже не понимал, как это случилось, — так мгновенно и просто поверили они друг в друга. В тот день они долго ходили по аллеям

---

[1] Что с тобой, моя дорогая? (идиш).

парка Монсури, и им было так хорошо, что беседа кончилась лишь поздно вечером, после того, как они, вместе с детьми, поужинали на террасе кафе в районе Отей. А потом, не в силах расстаться, они уложили детей спать, и снова встретились, и стали бродить под руку, как двое старых друзей, по пустынным улицам, разговаривая обо всем и ни о чем. Виктор-Фландрен, всегда молчаливый с прежними женами, неожиданно для себя рассказал незнакомке всю свою жизнь. В ее странном акценте звучало нечто, облегчавшее признания, позволявшее говорить все абсолютно откровенно, без утайки. Иногда, отвечая ему, она не могла подыскать нужное слово; они на минуту останавливались, чтобы вместе найти его, и каждое из этих слов принимало для него новое, радостное звучание, когда его удавалось извлечь из путаницы слогов.

В конце концов, слова эти обрели в ее устах сладость поцелуя, и, когда наступил рассвет, он даже сам удивился неистово запылавшему в нем любовному влечению. Не раздумывая, он повернулся к ней, обхватил ее голову и поцеловал в губы. И все слова мгновенно приняли тепло ее кожи и зеленый цвет ее платья.

Это зеленое платье... оно все еще слепило ему глаза и обжигало пальцы; он сорвал его с Рут, не дожидаясь, пока она закроет дверь комнаты, куда они вошли вдвоем. Но этот сумасшедший, нетерпеливый рывок, в один миг обнаживший тело Рут, обнажил и его самого — до глубины души, до мозга костей. Впервые любовь стала для него мукой — слишком многое, начиная с возраста, разделяло его и эту молодую женщину, и он безумно боялся, что, едва найдя, потеряет ее. Этот испуг охватил его утром, по пробуждении, когда Рут еще спала, уткнувшись лицом в его плечо. Он тихонько запустил руку в ее всклокоченные волосы и ощутил кончиками пальцев жар ее сна — жар ее молодости. Он увидел зеленое платье, брошенное на пол, среди комнаты, и страх взял его: вдруг оно сейчас взовьется и вылетит в растворенное окно или упорхнет в каминную трубу, унося в карманах любовь, чтобы разбросать ее на корм утренним пташкам. И он торопливо встал с постели, чтобы подобрать платье и запереть окно. «Dortn, dortn, di Nacht... shtil un sheyn... dortn, dortn...»[1].

Золотая Ночь-Волчья Пасть обернулся. Рут все еще спала и говорила во сне. Комкая в руках ее платье, он подошел к постели и сел на краешек. «Dortn, — повторила Рут, — der Vint blozt... in Blut... in Blut un Nacht...»[2]. Ее лицо вдруг исказилось страданием, и она, заметавшись, воскликнула: «Nein! Nein... nein!..» Тут она проснулась и рывком села на постели, изумленно и испуганно глядя на Виктора-Фландрена. Он обнял ее и стал нежно укачивать, ласково приговаривая: «Ничего, ничего, это просто страшный сон. Страшный сон, и ничего больше. Посмотри в окно, — какая хорошая погода,

---

[1] Там, там, ночь... спокойная и прекрасная... там, там... (идиш).

[2] Там... ветер дует... в крови... ночь в крови... (идиш).

какой замечательный день!» — «Да, да...» — прошептала она охрипшим голосом, идущим откуда-то издалека, из темных глубин сна и страха. Наконец она пришла в себя и засмеялась, увидев на коленях Виктора-Фландрена свое скомканное платье. «Что ты с ним сделал? Теперь это не платье, а жеваная тряпка!» Он растерянно пробормотал: «Твое платье? Ах, да, вот оно, возьми. Мне тоже привиделся дурной сон... Но сейчас все в порядке. Мы оба проснулись».

И начался новый день. Прекрасный день, живой и светлый. Солнце развешивало на фасадах домов бледно-желтые знамена света, трепещущие, как водяные блики. Они снова повели детей в парк, а потом на террасу кафе. Золотая Ночь-Волчья Пасть ясно помнил каждое мгновение этого дня: официанта с подносом, на котором позвякивали стаканы; маленький мраморный столик, куда тот поставил голубой стеклянный сифон с зельтерской водой и другие напитки; пеструю жестяную коробочку, где Рут держала свои сигареты; звонкий смех Альмы, игравшей с Бенуа-Кентеном. И еще торговку овощами, с ее перегруженной тележкой, велосипедистов, шнырявших у самого края тротуара, продавцов газет и воздушных шариков, что подходили к их столу. А потом внезапный «грибной» дождик, даже не застивший солнца, и рыжего пса, которому они дали кусочек сахара.

«А где именно находится твоя деревня?» — внезапно спросила Рут вне всякой связи с предыдущим разговором. «Далеко, очень далеко отсюда. Можно сказать, на краю света. На севере, вернее, на северо-западе, у самой границы. Там течет река Меза. Есть леса, много лесов — раньше там бродили волки. Ну, и война, конечно... она всегда проходит через нас». — «А там красиво?» — «Не знаю. Это моя родина. То есть... ну, в общем, она стала мне родиной». Больше он ничего не добавил, потому что ему ужасно хотелось позвать ее к себе, туда, но он побоялся. Ему было стыдно приглашать ее в свою убогую глушь с почернелыми домами, на ферму, открытую всем ветрам, омраченную столькими несчастьями и кишевшую одичалыми детьми, — разве это место для такой женщины как Рут?! «Ну а мне можно поехать туда, в твои леса?» — спросила она так естественно, так спокойно, словно готова была тотчас отправиться в путь.

Он провел Рут в ее комнату. «Знаешь, — сказала она, войдя, — а ваши края очень красивы». — «Да ведь ты еще ничего не видела!» — со смехом воскликнул он. «Все равно, мне здесь очень нравится. И дом, и эта комната. А потом, для меня твой край — это ты сам».

Давно уже Рут искала этот край — место, где можно отдохнуть душой, захлопнув наконец толстую и слишком шумную книгу дней, всех тех бесчисленных дней, в течение которых ей приходилось бедствовать и скрываться. И пусть край этот настолько тесен, что сводится к одному человеку, — главное, чтобы в нем нашлось местечко для нее. Надежный, спокойный приют, вдали от всего света. Где ее ждут любовь и нежность. Она давно уже поняла, как ненадежны большие страны, с их пресловутой мощью и славой, которые могут в единый миг сжаться подобно шагреневой коже. Она родилась в самом сердце одной из таких империй, выросла среди ее роскоши и чудес, уже поблекших и тронутых упадком, а покинула, в конце концов, жалкий клочок побежденной земли. Все началось с одного убийства, с пролитой крови одного человека. Но в тот же день империя содрогнулась, как огромный дряхлый зверь, пораженный в самое сердце, и случилось это в городке под названием Сараево. И в тот же самый день что-то словно нарушилось и в ее собственном теле, как будто в животе открылась рана, точившая кровь. Вот так оно и случилось: в Сараево пролилась кровь — и империя вступила в войну, из ее тела пролилось немного крови — и она вступила в ряды женщин. Этот обагренный двойной кровью день глубоко запечатлелся в ее сердце мрачным воспоминанием, в котором испуг и боль смешались с изумлением перед жестокостью бытия: конец славы и мирной жизни, конец беззаботного детства. Империя стала военной, ее тело — женским. И, чем больше она становилась женщиной, тем больше мужчин погибало вокруг. Из ее троих мобилизованных братьев уцелел только один, да и то частично, оставив на войне обе ноги и почти весь рассудок. И тогда ее тело женщины, не приемлющей все эти разрушения и смерти, обратилось в тело воительницы.

Ибо ее вдруг начали осаждать фантастические видения в грубых, кричащих тонах, и сотни призраков вселились в нее, властно предъявляя права на существование. Тогда, не в силах противиться их призывам, она вооружилась карандашом и кистями, красками и штихелями и принялась воплощать на холсте и бумаге, в глине, дереве и камне эти мучительные образы, надеясь отогнать их от себя... Однако призраки не успокоились — они требовали выразить их силу еще откровеннее, показать ее как есть, без прикрас. Она обнажила их тела, изломала позы, открыла в немом крике рты, разодрала веки. Она намеренно жестоко искажала эти лица страдальческими гримасами боли, в полной мере говорившими и об ее жалости к ним и о снедавшем их безумии.

Вот тогда-то отец и восстал против нее и всех этих полчищ искореженных тел и лиц. Он объявил дочь преступницей, ибо она осмелилась нарушить Закон, возбранявший изображать человеческие лица, да еще, вдобавок, безжалостно уродовала эти и без того богохульные изображения. Воспоминание об этой сцене оставило у Рут сложное, даже противоречивое чувство. Отец внезапно, без стука, вошел в ее комнату, и его массивная сутулая фигура полностью затмила свет, когда он встал спиной к окну. Отчитывая ее, он непрерывно теребил бороду, еще более темную, чем его сюртук, и его глухой голос звучал одновременно и угрожающе и жалобно. Влажные глаза блестели гневом и скорбью. Он то стучал кулаком по столу, опрокидывая плошки с кистями и красками, то бил себя в грудь, словно хотел опрокинуть и собственное сердце, и этот звук, приглушенный черной одеждой и иссиня-черной бородой, надрывал ей душу. Никогда еще отцовская борода не казалась Рут такой длинной и густой — точь-в-точь свисающие женские волосы.

И вдруг сквозь лицо ее отца проступило другое — опрокинутое лицо женщины: на месте глаз — два рта, на месте рта — два глаза, сверкавшие яростными слезами. Женщину словно подвесили вниз головой, с которой на грудь ее отца падали растрепанные волосы. У кого же это он отрезал голову, похитил косы? Ну, конечно, у ее матери... да, то были волосы ее матери с остриженной головой, в супружеском парике. Значит, теперь он хочет лишить волос и ее тоже, отнять у нее жизненную силу, украсть образы, взбудоражившие ее душу, превратив в жалкое бессловесное существо под опекой старших! Но это было невозможно, ибо она подчинялась кому-то более могущественному, чем ее отец, чем даже она сама; ею управляла властная сила воображения, населенного безжалостно яркими человеческими образами. Эта сила раз и навсегда завладела ею, единственной и последней дочерью Йозефа Айхенвальда, благочестивого торговца перчатками, шляпами и муфтами любых фасонов, и взяла под свое вдохновенное покровительство толпы осаждавших ее призраков, мужчин и женщин с искаженными лицами, в позах мучеников.

Тем же вечером она широкими мазками набросала портрет своего отца. Она изобразила его с мертвенно бледным лицом и проваленными глазами, с изрытой морщинами кожей, подобной растрескавшейся глине или ржавому металлу. Потом она коротко, почти до корней, обрезала себе волосы на затылке и швырнула их на еще непросохший холст поперек лица, словно нанесла ему удар хлыстом. А затем она бежала из дома, оставив вместо себя поруганный образ отца с этой живой памяткой о потерянной дочери. И с тех пор непрерывно скиталась, переезжая из города в город, живя случайными заработками и воздухом времени.

Она исколесила всю Европу, побывала в Берлине, Цюрихе, Москве, Риме, Праге, Лондоне и Вильно. И бежала она вовсе не от отца, да он, впрочем, и не разыскивал ее. Найдя оскорбительный портрет в пустой комнате дочери, он в один миг вычеркнул ее из своей жизни: разорвал на себе одежды, посыпал голову пеплом, разулся и, согнувшись в три погибели, сел на низкую скамеечку, время от времени вставая с нее лишь затем, чтобы прочитать kaddish — поминальную молитву, как и после гибели двух своих сыновей.

Она бежала от портрета своего отца, от этого ужасающего двойного портрета, в котором жестокая непримиримость сочеталась с болью и состраданием.

И не только от одного этого портрета бежала она, но от образа всей своей семьи, всего своего народа и, наконец, от себя прежней.

Она больше не хотела видеть это обобщенное лицо, в котором проглядывали и мужские и женские лица ее племени, лица живых и мертвых, неизменно воздетые к небу, жестокому и голому, как камень, или смиренно склоненные долу, к суровой и неприветливой земле. Фанатичные лица людей, от века обреченных на борьбу за существование, страх и муки, но не уступающих злой судьбе.

Она познала одиночество коротких дружб и непрочных любовей без будущего, отягощенных лишь вчерашним днем с его смутными тенями и неясными голосами. Она штопала белье, мыла полы и посуду, служила чтицей у старух, давала уроки детям, позировала художникам и скульпторам; иногда ей удавалось продать где-нибудь на террасе кафе несколько собственных рисунков и картин. А потом родилась Альма — такая крошечная и тихая, что рядом с ней легко переносилось отсутствие мужчины, ее отца. И это дитя, плод короткой связи, перевернуло всю ее жизнь.

Перевернуло внешне как будто незаметно, но окончательно и бесповоротно. Рут быстро избавлялась от строптивости, от любви к перемене мест, от жесткости и страхов; полчища неприкаянных призраков, столько лет осаждавших ее глаза и сердце, наконец оставили ее в покое. Лишь время от времени какой-нибудь из них мелькал запоздалой тенью, отзвуком страшных воплей, смущавших ее былые сны.

Вот уже три года она жила в Париже, берясь за любую работу, позволявшую им кое-как существовать, и продолжая рисовать в свободное время. Теперь она пришла к утонченной манере и нежным, почти прозрачным краскам. С портретами было покончено; она делала одни только эскизы деревьев, аллей, статуй, крыш на фоне бледного небосвода, легкие, всегда чуточку незавершенные. Но вот в ее жизни появился Виктор-Фландрен, он открыл ей объятия, точно волшебная страна, радушно принимающая беженцев. Честная, безобманная страна, Он был старше ее почти на тридцать лет, однако сердце его сохранило ту странную, нетронутую наивную молодость, которую сама она давным-давно утратила. И она полюбила его именно за эту простую, надежную силу. Да, здесь, рядом с ним, она обретет покой для себя и счастливую жизнь для дочери, что бы там ни говорила суровая седоволосая женщина, встретившая их угрозами на пороге этого дома. Ибо ее вера в Виктора-Фландрена была безгранична.

Потому-то она и улыбалась теперь, облокотясь на подоконник своей комнаты и глядя, как Виктор-Фландрен вносит чемоданы. Кончилось время скитаний и горестного одиночества. «Да, — повторила она, глядя в окно на поля и леса, простиравшиеся до самого горизонта, — мне нравится твой край. Здесь так спокойно!»

7

И Рут в самом деле узнала покой, которого жаждала столько лет. Она так прочно утвердилась в своей любви, на земле Виктора-

261

Фландрена, что от этого союза родилось четверо детей. Спустя год после своего приезда в Черноземье она родила двоих сыновей, Сильвестра и Самюэля, к которым на следующий год прибавились сестры-двойняшки, Ивонна и Сюзанна. Ни один из детей не проявлял ни малейшего сходства с портретом, от которого она бежала целых десять лет, — эта родственная нить порвалась раз и навсегда, зато появилась другая. Все четверо детей носили в левом глазу золотую искорку Пеньелей. Одна только Альма осталась без отца и наследственных черт; правда, ее слишком большие темно-голубые глаза временами напоминали глаза матери или, скорее, матери ее матери, кроткой Ханны, чье лицо поблекло и стерлось в недрах магазина перчаток, шляп и муфт любых фасонов на углу какой-то улочки в городе Вене. Зато в лице Бенуа-Кентена она нашла такого любящего, такого преданного брата, что и для нее этот край скоро стал родным. Мальчик соорудил для нее, как и обещал, деревянного слона, выкрасил его в белый цвет, поставил на колесики и долгое время катал Альму по окрестным дорожкам. Он любил ее больше всех остальных детей на ферме. Альма была для него и сестрой и дочерью, а иногда, в смятенных ночных снах, ему случалось мечтать о ней как о женщине.

С появлением Рут на Верхней Ферме слегка повеяло дыханием внешнего мира, и крепость Золотой Ночи-Волчьей Пасти, где время как будто застыло навеки, приоткрыла наконец свои глухие двери для вихря сегодняшних голосов и событий. Газеты, журналы, а, главное, радио вывели Черноземье из ее Богом забытой гавани на просторы современной истории, впервые, хотя бы частично, приобщив к ней Пеньелей. Только старшие дети упрямо не желали сниматься с якоря, считая все эти новомодные изобретения вредной чепухой. И в самом деле, как мог Два-Брата вникать в события мировой истории, если этот самый мир в любую минуту мог взлететь на воздух и бесследно исчезнуть, так что никто и пикнуть не успеет?! Что же до Матильды, для нее история остановилась со смертью Марго, и теперь было слишком поздно начинать сначала.

Волшебный фонарь медленно покрывался пылью на чердаке; теперь другие ящики, куда более магические, позволяли наслаждаться новыми ритмами, новыми песнями и навсегда запечатлевать на бумаге семейные портреты. Рут совсем забросила холст и кисти и увлеченно занялась фотографией. Толпы видений-мучеников, так долго терзавших ее душу, канули в небытие. Она произвела на свет живые существа из плоти и крови, пышущие здоровьем, созданные для игр и смеха. И отныне ее взор обращался на лица окружающих ее людей, старательно выискивая в их фотопортретах скрытые следы других образов, неуловимое сходство с ними.

Микаэль, Габриэль и Рафаэль мгновенно приспособились к этой новой силе, чьи голоса долетали до них из внешнего мира, и стали пламенными адептами радио и граммофона. Микаэль и Габриэль особенно полюбили джаз, нервные ритмы которого идеально отвечали бешеным порывам движения, властвующего над их телами. Но вскоре эта сумасшедшая жажда скорости, пространства и разрушения, терзавшая их с самого детства, перешла все границы. Они бросили семью, которую, впрочем, никогда таковой и не считали, и окончательно переселились в лес. Людскому обществу они предпочли компанию диких зверей, с которыми отлично ладили, питаясь при этом их мясом и кровью. Между собой они говорили мало, чаще сообщаясь возгласами и жестами, чем словами. И никогда не говорили вслух о соединявшей их любви — она была слишком всеобъемлющей, слишком жгучей, чтобы высказывать ее вслух. Эту любовь они тоже воплотили в движения своих тел, сделавшись любовниками раньше, чем стали мужчинами.

Что же до Рафаэля, он не последовал за братьями в лес, но не остался и на ферме. Он ушел из дома по зову своего голоса, столь же светлого, как его кожа. Этот голос нуждался в иных пространствах, в иных песнях. Итак, Рафаэль уехал в город и принялся упорно совершенствовать свой певческий дар. Его единственной любовью был и остался голос — неподражаемый тенор-альтино, какого еще никто доселе не слышал. Он был ему дороже жизни — более того, помогал своему владельцу проникать в безмолвие и тайну мертвых. Так же, как его братья понимали язык зверей и говорили на нем, вслушиваясь лишь в смутный гул крови, так и он научился различать смолкшие голоса умерших, отвечать им, вступать с ними в перекличку. И из этого тайного диалога с мертвецами он извлекал такие волнующие, такие душераздирающие интонации, что у слушателей на миг перехватывало дыхание и мутилось в голове. Ибо он достиг больше, чем совершенства, — он стал чудом преображения.

Но не все Пеньели отреклись от земли и родных. Оба сына Эльминты-Преображение Господне-Марии крепко привязались к ферме и не покинули ее. Единственным их экстравагантным поступком была страстная любовь — у одного к девушке, у другого к небу. Это двойное чувство настигло их в один и тот же день, день шестнадцатилетия.

В этот день они отправились на велосипедах в город; грядущая любовь поджидала их на углу центральной улицы, в недрах лавки с витриной в синих обводах и вывеской «Книжный магазин Бороме», — Рут попросила братьев купить детям несколько альбомов для раскрашивания. Батист открыл дверь магазина, и вдруг ручка выпала и осталась у него в кулаке, а колокольчик истошно и неумолчно зазвонил, совсем оглушив его и Тадэ. Братья растерянно топтались на пороге, уже позабыв, зачем пришли. «Что вам угодно?» — спросил чей-то голос из глубины лавки, и оттуда вышла молодая девушка с косами, уложенными вокруг головы. Она держала открытую книгу. Батист, все еще сжимавший отломанную ручку, бросил взгляд на обложку и прочел часть названия: «Принцесса Кле...» Потом он взглянул на девушку; у нее были миндалевидные глаза цвета осенних листьев и родинка над правой бровью. Он влюбился мгновенно и тут же растерял всю уверенность в себе. «Так что же вы хотите?» — повторила она, как бы подбадривая своих странных клиентов, но те упорно молчали. Вместо ответа Батист протянул девушке сломанную ручку. «О, это не страшно, — сказала она, — наш замок все время ломается. Сейчас я ее вставлю на место». Заметив, что у девушки заняты руки, Батист прервал наконец свое молчание и предложил подержать книгу. Тадэ отошел к полкам и принялся осматривать товары. Батист открыл книгу девушки в том месте, где торчала закладка. Текст, на который упал его взгляд, так потряс его, что он начал читать его вслух, вполголоса, точно интимное признание. «Господин де Немур был столь поражен ее красотою, что приблизился к ней, и, когда она сделала ему реверанс, не смог не выразить своего восхищения. Едва они начали танцевать, как по залу пронесся одобрительный шепот. Король и обе королевы вспомнили, что эти двое никогда ранее не виделись, и сочли несколько странным, что можно танцевать вместе, не будучи знакомыми. По окончании танца, когда они еще не успели ни с кем заговорить, Их Величества подозвали к себе эту пару и спросили, не желают ли они узнать имена друг друга, о которых те и не догадывались». Захлопнув книгу, он протянул ее девушке, которая стояла у двери, держась за ручку, словно собиралась выйти. «Я как раз дочитала до этого места, когда вы пришли, — сказала она, указывая на книгу, и добавила: — но вы очень выразительно прочли этот отрывок». — «Знаете, я поражен не меньше господина де Немура», — ответил Батист. «Почему же? — удивились девушка, теребя злополучную ручку. — Здесь ведь не Лувр и не бал!» Батисту показалось, что она слегка покраснела, и это придало ему храбрости. «Но здесь вы...» — начал было он, однако тут же поперхнулся от смущения и умолк. Девушка искоса глядела на него, нервно вертя ручку, которая, в конце концов, упала снова. Они одновременно нагнулись за ней и очутились так близко друг к другу, что замерли, не решаясь пошевелиться, сидя на корточках и глядя в пол.

Тадэ не обратил никакого внимания на эту сцену; листая наугад книги, разложенные посреди магазина, на большом столе, он наткнулся на снимок солнечного затмения, буквально потрясший его. Он долго изучал фотографию, потом принялся листать книгу дальше, и только этот шелест вывел из оцепенения тех двоих; очнувшись, они оба потянулись к упавшей ручке. Но в результате каждый схватил руку другого, и они снова замерли, скованные все возраставшим смущением. Батист так крепко сжимал пальцы девушки, что несомненно причинял ей боль, но она молчала и даже не пыталась высвободиться.

«Эй, Батист, — внезапно воззвал Тадэ, все еще погруженный в свою книгу, — иди-ка сюда! Ты только глянь, это же потрясающе!» Батист резко выпрямился, девушка тоже. «Ну, иди скорей! — повторил Тадэ, в полном восторге от увиденного, — я же тебе говорю, это фантастика!» Поскольку брат не отвечал, он нетерпеливо обернулся и увидел, что Батист замер у двери, сжимая руку девушки. «Ну и ну!» — бросил он, удивленный внезапной робостью брата перед незнакомкой. Девушка тоже удивилась — она только сейчас заметила поразительное сходство близнецов и недоуменно вертела головой, глядя то на одного, то на другого. После чего всех троих обуял неудержимый смех. «Ну давай, говори, — вымолвил наконец Батист, — какие ты там нашел чудеса?» — «Да, верно, теперь ваша очередь читать!» — подхватила девушка. И Тадэ начал путано излагать им истории о затмениях, о ходе планет и падающих звездах, о волшебном замке на пурпурном острове, где царил величественный астроном с серебряным носом, о лосе, умершем от того, что он выпил слишком много пива, о бронзовом глобусе с обозначениями всех светил небесных, о путешествии королей, принцев и ученых сквозь леса и снега, о золотой улочке в крепостных стенах Праги и о похождениях карлика, наделенного волшебной проницательностью и вторым зрением.

С этого дня Батист и Тадэ зачастили в город, а вернее, в книжный магазин Бороме, —

один из любви к дочери хозяина, другой из любви к Тихо Браге[1].

Золотая Ночь-Волчья Пасть никогда не противился любовным увлечениям своих детей. Над ним самим время, казалось, было не властно, и он по-прежнему уверенно шел по жизни. Теперь его земли простирались так далеко, что золотистая тень могла свободно разгуливать по дорогам, не рискуя напугать соседей.

Память его, глубокая и долгая, хранила ясное воспоминание о каждом из тысяч дней, составлявших его жизнь. Многие из них омрачило горе и смерть близких, но теперь рядом была Рут, такая светлая, такая радостная, что все печальное прошлое меркло перед этим настоящим. Ее присутствие никогда не заслоняло женщин, которых он любил прежде, напротив — оно освещало их образы, претворяя их не в портретах, но в окружающих пейзажах. Мелани, Бланш, Голубая Кровь — все они были здесь, все жили в нем — бескрайними пространствами, отвоеванными у ночи, кровью в его крови, вечной нежностью в его сердце.

Мелани, Бланш, Голубая Кровь... их имена снова звенели ликующими голосами плодородных полей, зеленых лесов и времен года. Имена и лица наконец примирились с жизнью и настоящим благодаря волшебной алхимии памяти, озаренной появлением Рут.

---

[1] Речь идет о Тихо Браге (1546—1601), датском астрономе, для которого король Фредерик II приказал построить замок с обсерваторией на острове Хвен, где он составил каталог 777 звезд. Он умер в Праге.

Мир, давно уже лишенный Божьей опоры, обрел куда более надежные устои: Рут стала хранительницей его равновесия или, вернее сказать, тем центром, куда сходились все нити бытия, все пейзажи и все лица, находя отдохновение в счастье и покое.

Ночь пятая
НОЧЬ ПРАХА

Настало время, когда Пеньели окончательно сделались «сухопутными» — людьми земли, этой холмистой земли, насквозь пропитанной дождями и туманами, укрытой густыми лесами, прорезанной широкой рекой с капризными извивами и пепельно-серыми водами. Земли, ревниво хранившей свою первозданность, где с приходом сумерек глухо звучали древние легенды о колдунах и феях, о неуловимых разбойниках и неприкаянных духах. Земли, так часто терзаемой войнами, что она постоянно жила настороже, храня страшную память о прошлом, обагренном кровью невинных жертв.

Только небо над их головами оставалось прежним, совсем как в те времена, когда они еще были «речниками», — бескрайним серо-голубым небосводом, озябшим от ветра, усеянным ярко-белыми облачками, точно брюхо волшебного коня в яблоках, бесконечно летящего к горизонту.

Этот блеклый, пепельный цвет небес от века пронизывал души людей, окрашивая все, вплоть до их крови, голосов и взглядов. И сердца их тоже приняли этот пепельно-серый цвет, в котором смешались сияние дня и мрак ночи.

Они долго омывали свои сердца в безнадежно пресной воде каналов, потом донесли их до здешних полей и лесов, укрыли в глубоких бороздах пашни, меж корней деревьев. И сердца их, в свой черед, пустили корни в этой земле, расцветая подобно диким розам и окрашиваясь, как они, в кроваво-красный цвет.

Кроваво-красный.

Шло время, и имена вещей и роз принимали все новые, все более странные формы, вплоть до того, что сделались и вовсе непроизносимыми. Нашлись люди, которые до такой степени злоупотребили игрою сходств и свободой называть вещи, что исказили их до неузнаваемости. В конце концов, они всё окрестили по-своему, окрасив мир в цвет черной крови, куда бесследно канули все прочие оттенки и нюансы.

Эти люди уподобили слово «кровь» словам «прах» и «небытие».

Кроваво-красный.
Имена людей и роз, раздираемые криком боли, исчезли в безмолвии небытия.
Кровь-прах, кровь-ночь и туман.
И тогда сам человек утратил имя — а стало быть, утратил его и Бог.

Бог-кровь — это не Бог-любовь.
Это уже Бог-пепел, Бог-прах.
Прах, пепел, пыль.

1

Но мир, который, по мнению Золотой Ночи-Волчьей Пасти, воссиял от взгляда Рут, был обречен на гигантское, всеразрушающее затмение. И не Рут первой увидела роковые признаки катастрофы; даже не Тадэ, доморощенный астроном, все ночи напролет созерцавший звезды на небе. Другая узрела их — та, что отринула все мирское, вплоть до самой себя; та, что укрыла свое имя страшным двойным плащом — Виолетта-Святая Плащаница.

Они получили письмо, написанное ее сестрой, Розой Святого Петра. «...Это случилось так внезапно, так странно; никто из нас не понимает, что произошло и происходит вот уже три недели подряд. Поэтому я и решила написать вам. Ее осматривали многие врачи, но и они тоже ничего не могут сказать. Она страдает от какой-то неизвестной и, видимо, неисцелимой болезни. А разве можно лечить болезнь, не зная причины?

Она не жалуется, как, впрочем, не жаловалась никогда в жизни. И, однако, страдания ее безмерны. Но идут они не от тела, а из сердца, я в этом уверена. Бог словно решил поразить в сердце ту, которая больше всех нас предана Ему, любит Его. Кровь, что несколько раз в детстве сочилась у нее из виска, теперь показалась вновь. Но только сейчас она течет не каплями, как раньше, а струей, безостановочно, словно из настоящей раны, и лицо ее все время окровавлено. Она совсем ослабела и не встает с постели; у нее нет сил ни ходить к мессе, ни есть, ни говорить. Причастие, что носит ей каждый день наш капеллан, стало ее единственной пищей.

Изредка она что-то произносит — так тихо, что нужно нагнуться и приложить ухо к ее губам, — но все равно, ее шепот почти невозможно разобрать. Это даже не фразы, а отдельные слова, всегда одни и те же: «Зло, Бог, мир, руины, прах, агония». Невыносимо смотреть ей в глаза — столько в них тоски и боли. Это взгляд человека, увидевшего страшные вещи, какие нельзя, не должно видеть никому. Я сижу около нее все свободное время, но не думаю, что она узнает меня: она никого больше не узнает, ее терзает то ужасное видение, от которого из ее виска и струится кровь, денно и нощно...»

Роза исписала своим мелким, убористым почерком целых пять страниц. Никогда еще она не посылала родным таких длинных писем, никогда так дерзко не нарушала обет молчания с тех пор, как переступила порог монастыря. Видно было, что в ней самой непоправимо нарушилось нечто важное.

Золотая Ночь-Волчья Пасть уразумел из ее письма лишь одно: его дочь тяжело больна и виной этому — та затворническая жизнь, на которую она обрекла себя из любви к несуществующему Богу — Богу, возникавшему лишь тогда, когда нужно было унижать и мучить людей. И в нем снова вспыхнул гнев против этого Бога, слишком часто доказывавшего ему свою безграничную жестокость. Он был готов силой вырвать у него своих дочерей, чтобы вернуть их к себе, на ферму.

Но Два-Брата вспомнил иное. Он вспомнил Бланш, мать Виолетты-Онорины, тот день, когда она впала в агонию, тот привидевшийся ей кошмар, от которого она умерла. И он понял то, что отказывались понимать другие, все, кроме Рут, в которой жила древняя память предков, безликих и безымянных призраков, что вновь возникли в ее снах испуганными толпами, гонимыми серым ветром сквозь пустоту и ночь.

В ее душе забрезжили воспоминания о родных; так из-под наносов просачивается мутная вода, размывая и искажая облик любой вещи. Ей чудилось, будто и лица ее детей и их портреты, сделанные ею, приняли второе, более значительное выражение. Особенно ярко это было видно на фотографиях: сквозь застывшие навеки, запечатленные лица проглядывали другие, более старые, забытые, казалось бы, навсегда. Все эти снимки, сделанные за многие годы, на долгую память, теперь бесконечно поражали ее. Разглядывая их, она видела на лицах детей не столько мимолетные, изменчивые выражения, которые ей хотелось закрепить на бумаге, сколько другие, исполненные глубокого, древнего смысла.

Она видела даже то, что давно успела похоронить в памяти, — своих родных, которых покинула, от которых бежала. Она поняла, что не может, не должна больше забывать их. Ее отречение от семьи оборачивалось теперь бесконечной, долгой памятью о ней. Все те преходящие мгновения, что застыли в ее фотоальбоме квадратиками вечности, внезапно ожили и подали голос. Что-то оттаяло в этих образах, стронуло их с места, унося из привычного семейного круга в неведомые дали, на встречу с прошлым.

В лицах сыновей, еще по-детски округлых, она различала теперь черты своих братьев, погибших в возрасте восемнадцати и двадцати лет во славу империи, сгинувшей с ними вместе, и сходство с Яковом, третьим братом, потерявшим рассудок. Жив ли он еще, по-прежнему ли обитает в родительском доме? Вряд ли, она хорошо знала, что его там нет, как нет и отца с матерью. На ее прежней родине не осталось ни одного дома, способного приютить ее родных; всем им, конечно, пришлось бежать, этим несчастным с позорной желтой звездой на груди, напоминавшей мишень или жалкое тряпичное сердце. Где же скрылись они, да и успели ли скрыться? Возможно ли, чтобы ее мать, которая боялась собственной бледной тени и никогда не выходила за порог темной лавки, нашла в себе силы и мужество бросить дом, уйти куда глаза глядят?! Ее мать, чьи кроткие черты явственно проступали теперь на личике Альмы. Ее мать... как мало Рут знала о ней; лишь сейчас она пыталась восстановить эту разорванную связь, почти что заново узнать мать через свою дочь, которая вскоре достигнет того возраста, когда она, Рут, покинула семью и родину, — узнать и свою мать, и свою историю, и своего Бога.

Ее семья, ее история, ее Бог — все это смотрело на нее сквозь лица на снимках, которые она не переставая делала, ретушировала, увеличивала, стараясь оживить мучившую ее память о былом. Эту внезапно пробудившуюся память больно подстегнуло еще и письмо Розы, ее рассказ о загадочной агонии Виолетты-Святой Плащаницы. Рут чудилось, будто кровь молодой послушницы обагрила всё и вся вокруг, вплоть до отцовского лица, преследующего ее днем и ночью.

Теперь борода отца казалась Рут лишь протяжным горестным стоном ночи. Ночи, которая после стольких лет разлуки, конечно, стала ночью праха, ночью бессонных терзаний и бесплодных надежд.

Кровь юной монахини ныне сочилась отовсюду — кровь настоящего, отравленная прошлым, оскверненная будущим.

«...Изер, столица — Гренобль; Ланды, столица — Мон-де-Марсан; Луар-э-Шер...». Этот школьный голос, перечислявший департаменты Франции, нескончаемым эхом отдавался у него в голове во время долгих бессонных часов. Ибо Два-Брата совсем потерял сон, как будто что-то заставляло его бодрствовать день и ночь, чтобы спасти сына, единственное его дитя, в тот миг, когда на колокольне Святого Петра вновь зазвучит роковой набат. Его слегка успокаивало только то, что Бенуа-Кентен — калека; в армии не шьют мундиров для горбатых, говорил он себе. Сам же Бенуа-Кентен мучился совсем другим —

своей беззаветной любовью к Альме. Ибо уродливое тело не создано для взаимной любви, с горечью думал он.

Один только Жан-Франсуа-Железный Штырь не был в курсе беды, постигшей ту, что была единственной радостью его простодушного сердца, ту, которую он звал своей душенькой, своей голубкой. Старость настолько прочно укоренилась в нем, что он как будто жил вне времени. Он по-прежнему любил сидеть по вечерам на пороге своей каморки, глядя в поля, которые пахал всю свою жизнь, хотя нынче глаза его заволокла пелена, позволявшая видеть лишь прошлое. И так же он больше не слышал звуков земли, криков животных и голосов окружавших его людей. Одно только достигало его слуха — воркование очередной пары горлиц в клетке, которых он постоянно держал у себя в память о Виолетте-Онорине. Временами старику чудилось, будто он и сам превратился в клетку, где его любимые птицы, нежно воркуя, сидят на краешке его сердца.

Так что, когда ударил набат, Жан-Франсуа его не услышал. Смерти не было доступа в старое сердце, где укрывались горлицы. Они оберегали его от любого зла, от любой напасти.

А колокол Святого Петра на сей раз звонил громко и отчетливо — ведь это был не прежний, надтреснутый, а новый, отлитый в торжественные дни побед и завоеванного мира.

И, однако, трещина не исчезла полностью; она просто переместилась с бронзы на этот благословенный мир. Вот отчего колокол звучал так громогласно, разнося окрест страшное известие: вернулось время зла, время крови и страха, вернулось и семимильными шагами идет по земле.

Он звонил так громко, что даже Габриэль и Микаэль услыхали его в своей лесной глуши и тотчас поспешили на ферму, — не для того, чтобы вернуться к родным, но чтобы еще раз уйти от них. И на сей раз окончательно и бесповоротно. Ибо эти братья-любовники, братья по крови, инстинктивно почуяли, что настал час, когда их страсти, их жестокость и рвущийся из горла крик найдут выход в ослепительных зарницах битвы, объявшей весь мир.

И лагерь, который они выбрали для достижения цели, своей великой цели, был лагерем противника. Их кровавые деяния могли вершиться лишь по ту сторону фронта, питаемые жгучей ненавистью, возвышенным чувством братства и жаждой разрушения. Ибо они жаждали разрушать. Разрушать, разрушать и разрушать. До тех пор, пока хватит дыхания, сил и ярости. Той ярости, что с самого рождения терзала их сердца.

2

Итак, оно вернулось — время зла, — и вновь, и опять никто сначала особенно не всполошился, не поднял тревогу. Только на сей раз враг не мешкал и мгновенно утвердился на завоеванной земле. Нужно сказать, что еще не кончилась весна, и все произошло так быстро, что она даже не успела потерять свое очарование, несмотря на первые разрушения и первых мертвецов, кое-где уже омрачивших веселый пейзаж.

Черноземье, расположенное на холмах, над Мезой, поначалу избегло тягот войны. Укрытое густыми лесами, селение просто оказалось отрезанным от территории страны и как бы пропало из виду, словно дикий зверь, безмолвно затаившийся в своей норе. Впрочем, и вся страна тоже была рассечена на зоны, уподобившись архипелагу из трех островов, трех Франций, разительно несхожих меж собой. Одна зона называлась свободной, вторую объявили оккупированной, третья, приграничная, и вовсе находилась под запретом. Кроме того, имелось и много других зон: люди покидали страну морем, унося в карманах горсть родной земли, чтобы обосноваться вместе с нею на чужбине, кто в Англии, кто в Африке. А город — самый главный, огромный город с парками и садами, где Виктор-Фландрен встретил свою последнюю и самую великую любовь, — претерпевал позор и горечь вражеского плена.

«Там». Ни «здесь», ни «сегодня» больше не существовало. Осталось одно лишь «там» — неведомое, недостижимое, и еще «завтра», грозящее страхом и бедой. Явилась новая, наспех созданная картография, не перестававшая удивлять людей: городишко, доселе известный лишь больным печенью, нежданно выдвинулся на первый план в нынешней сумасшедшей географии[1].

Весь район Черноземья, угодивший в запретную зону, казалось, сменил широту. Теперь он стоял на широте войны, уродливо преобразившей этот край. Земля засохла, словно изошла кровью; ураган, налетевший с той стороны границы, смел все подчистую — поля, стада, людей. Целые деревни исчезали с лица земли по прихоти жуткого кадастра, со дня на день подкрепляемого огнем пулеметов и взрывами бомб. Повсюду, куда ни глянь, возникли кошмарные творения военной архитектуры — бункеры, авиабазы, лагеря, казармы, железнодорожные пути. Бетонный пейзаж, ощетинившийся колючей проволокой. Жилища и поля внезапно сменяли владельцев и назначение. Враг по-хозяйски водворялся в лучших домах и беспощадно изгонял местное население, заменяя его тысячами бесплатных рабов — пленных, доставляемых сюда со всех оккупированных восточных территорий.

В первое время оккупанты, в упоении легкой победы, вели себя более или менее корректно, пытаясь даже приобщить к своему триумфу этот разрозненный завоеванный, поверженный в страх народ. Но продолжалось это недолго — преимущества и права, неоспоримые в глазах победителей, расценивались

---

[1] Имеется в виду курортный город Виши в так называемой «свободной» зоне Франции, где во время войны находилось правительство под руководством маршала Петэна.

побежденными как обыкновенный грабеж и насилие, с которыми следовало покончить как можно скорее.

Это сопротивление заставило врага открыто выказать свою ненависть. Улицы городов и сел обагрились красными плакатами, вестниками ужаса и смерти.

Черноземье практически не имело улиц, и его единственным общественным зданием была старая мыльня, поэтому оккупанты некоторое время не обращали внимания на деревню, так что ее обитатели почти не чувствовали близости врага, разве лишь мельком видели в щелочку ставней большие черные грузовики, мчавшиеся туда-сюда по дороге. Люди, однако, еще не забыли прошлое нашествие и чувствовали, что смерть только взяла отсрочку, но бродит где-то рядом, готовая наброситься и поразить их в любой миг. Ее присутствие ощущалось повсюду, только они не знали, где и когда появится она в открытую. А пока, в ожидании ее удара, они затаились и молчали.

И она пришла — эта смерть, которую они ждали с тоскливым страхом, — пришла внезапно и странно, поразив, для начала, не живых, а мертвых. Ибо на широте войны возможен любой абсурд, даже трагикомический.

Однажды ночью, перед самым рассветом, прямо на кладбище Монлеруа упал подбитый самолет. На сей раз церковь лишилась не только своего колокола, но и самой колокольни. А кладбище оказалось на три четверти разрушенным. Когда рассвело, жители Монлеруа увидели изуродованные тела своих покойников, над которыми до того основательно потрудились черви. Эти тела, без лиц, без признаков пола, вышвырнуло взрывом из могил и вперемешку раскидало по крышам ближайших домов и ветвям деревьев, только-только начавших ронять листву.

Вот таким оказался для обитателей Монлеруа первый сбор осеннего урожая на широте войны; им пришлось шестами сбрасывать трупы с крыш и ветвей, чтобы закопать их без разбора в общей могиле, вырытой под бдительным оком врага, которого интересовало в этой мешанине останков только одно — останки погибшего самолета.

Золотая Ночь-Волчья Пасть ощутил невыносимую боль при виде оскверненного кладбища, представлявшего теперь свалку костей. У него было такое чувство, словно это ему самому вспороли живот и вывернули наизнанку, опоганив воспоминания об усопших, его любовь к ним.

Мелани, Бланш, Голубая Кровь, его дочь Марго — один звук этих имен причинял ему теперь страдание, останавливал сердце. Его прошлое, все его прошлое, валялось в общей яме, грубо вырванное из истории, изгнанное из памяти.

На сей раз сомневаться не приходилось: беда и смерть подошли вплотную и нанесли свой первый удар, нанесли коварно и нежданно, в спину, со стороны прошлого. А теперь они должны были взяться за живых — обойти их с флангов и, в конце концов, безжалостно поразить прямо в лицо.

Вот так Черноземье, стоявшее на широте войны, двинулось в сторону широты смерти.

Бенуа-Кентену послышался тихий всхлип по ту сторону пламени, когда загоревшийся белый слон рухнул набок и развалился на куски. Он неотрывно, до слез, смотрел в худенькое личико Альмы, искаженное метавшимися отблесками пожарища; еще никогда ее глаза не казались ему такими огромными. Он даже не чувствовал отцовскую руку, больно стиснувшую ему плечо, — Два-Брата прижал сына к себе так судорожно, словно хотел втиснуть его в собственное тело, укрыть там.

Огонь пылал долго, ведь у него было вдоволь пищи — груды мебели, утвари, белья. Казалось, буйное пламя окрасило в розовое даже снег вокруг дома, заставляя его вздрагивать и плясать вместе с собой. Людям, стоявшим у пожарища, было одновременно и странно холодно и невыносимо жарко.

Младшие девочки, Ивонна и Сюзанна, спрятали головенки в юбку матери и вцепились ей в руки, царапая кожу. Они не хотели, не могли видеть этот кошмар. Рут застыла на месте, беззвучно плача. На ее глазах в черном столбе дыма вздымались и тут же съеживались и исчезали лица и руки — это горели ее альбомы. Слезы и языки пламени... ее глаза видели даже сквозь них. А черный дым все стлался и стлался по ветру, точно длинная борода.

Одна только Матильда держалась поодаль от женщин, сложив руки на груди. Ее седые волосы ярко белели в свете пожара.

Золотая Ночь-Волчья Пасть стоял в окружении своих сыновей, Сильвестра, Самюэля и Батиста. Он еле заметно пошатывался, как сомнамбула на грани сна и пробуждения. Его веки все еще чувствовали касание пальцев Рут, прикрывших ему глаза нынче утром. «Ну-ка, угадай, что я сегодня надела?!» — спросила она. Когда она отняла руки, он повернулся и увидел зеленое платье, платье их первой ночи. «Помнишь?» — «Конечно, помню. Оно тебе идет так же, как тогда». И верно, зеленое платье по-прежнему было к лицу Рут, как будто ни она, ни платье ни чуточки не изменились за прошедшие десять лет. И все же в его складках и карманах ему чудилась затаившаяся опасная тень, что навела на него страх тем утром, — зеленая тень, которая сейчас багровела в огне пожара и куда обе девочки спрятали испуганные лица. Тень поражения.

Даже Жана-Франсуа-Железного Штыря выволокли из его закутка и поставили перед огнем; поддерживаемый с двух сторон Тадэ и Никезом, он пытался определить, где горит, протягивая вперед трясущиеся руки. В ушах у него все еще стоял пронзительный писк двух его горлиц, которых солдаты прямо в клетке швырнули в костер.

Когда пламя наконец улеглось, офицер, который командовал расправой, сидя, нога на ногу, на единственном, специально оставленном для него, стуле, встал и выкрикнул новый приказ. Солдаты произвели второй отбор, разделив на сей раз не женщин и мужчин, а тех, кого должны были увезти, и всех прочих. Затем они пересортировали уезжавших. Рут, с ее пятью детьми, поставили в одну сторону, а молодых мужчин, способных работать на рейх, в другую; сюда попали Батист, Тадэ и Никез. Горбуна, совсем уж никчемного, оттолкнули от них. Однако оккупанты решили и его заставить потрудиться, пусть хоть единожды, во славу рейха. Офицер распорядился дать мальчику револьвер и приказал ему застрелить старого Жана-Франсуа, виновного в сокрытии горлиц, которые вполне могли полететь против ветра славной, триумфальной истории, за которую он, немецкий офицер, боролся всеми силами души.

Бенуа-Кентен оторопело глядел на оружие, лежавшее у него на ладонях. Он стоял один посреди двора, перед чадящим пожарищем. Совсем один — между офицером и Жаном-Франсуа, который испуганно шарил вокруг себя, ища опору, чтобы не упасть. Офицер велел поднести стул и даже помог старику усесться. Всех остальных оттеснили подальше, к амбарам и дому; им было разрешено только смотреть.

Офицер повторил приказ, но Бенуа-Кентен как будто не расслышал или не понял его. Он глядел то на немца, то на Жана-Франсуа, по-прежнему держа револьвер на ладонях. Его мучила боль в спине — казалось, в горбе что-то ворочается. «Сейчас он лопнет, — подумал мальчик. — Оттуда высунется рука и выстрелит». Эта мысль и напугала и утешила его. «Сейчас высунется и выстрелит...» — «Стреляй же, — прошептал ему Жан-Франсуа. — Я уже стар, так и так помру. Они убили моих горлиц, и мне теперь все равно жизнь не мила... Давай, малыш, стреляй... стреляй быстрее...» Он шептал это еле слышно, тихонько покачивая головой и улыбаясь бесконечно грустной, отрешенной улыбкой. Бенуа-Кентен поискал глазами Альму. Она стояла у стены хлева, так далеко от него, в окружении братьев и сестер. Ее огромные глаза залили синевой беленую стену.

Офицер опять повторил команду — в третий и последний раз. Его терпение подошло к концу; он предупредил Бенуа-Кентена, что, если через минуту тот не выстрелит, его самого казнят за неповиновение. Глаза Альмы заливали теперь синевой все стены вокруг, весь снег до самого горизонта. Бенуа-Кентен не видел, не слышал и не чувствовал ничего другого, только этот сизо-голубой свет, что струился из глаз Альмы, озаряя небеса и землю и трепеща в его собственном сердце протяжным немым плачем. Спина теперь болела невыносимо, хоть кричи, как будто кто-то изо всех сил разбивал ее изнутри кулаком.

Он медленно переложил тяжелый револьвер в правую руку; ему было неизвестно, как из него стреляют. Отступив на несколько шагов, он вытянул руку вперед и осторожно положил палец на курок. «Ага!» — бросил довольный офицер и, заложив руки за спину, отошел к стулу, чтобы лучше видеть происходящее. Жан-Франсуа начал издавать странные звуки, похожие на воркование его горлиц. Согнувшись в три погибели, положив руки на колени, он подался всем телом вперед, точно уже готовился упасть.

Бенуа-Кентен последний раз взглянул на Альму и поднял револьвер, держа его обеими руками. Он прицелился в голову осужденного и выстрелил. Все произошло мгновенно: пуля попала прямо меж глаз, и убитый рухнул лицом вниз. Жан-Франсуа по-прежнему тихо насвистывал, сидя на стуле. Бенуа-Кентен бросил револьвер наземь.

Раздались крики, люди у амбаров в панике заметались, но солдаты тут же восстановили порядок ударами прикладов.

Потом они пошли на Бенуа-Кентена, застывшего среди двора, целясь в него из тех странных массивных стволов, с помощью которых час назад подожгли имущество Пеньелей. Золотая Ночь-Волчья Пасть схватил сына за плечи и насильно вжал его лицом в стену, не давая обернуться и смотреть.

Раздался глухой шипящий звук, и на Бенуа-Кентена обрушились три мощные струи жидкого пламени. В последний миг он еще успел увидеть глаза Альмы. Потом его тело объял огонь, и оно вспыхнуло целиком, с головы до ног. Воркование Жана-Франсуа перешло в пронзительный стон. Его тоже подожгли, и он загорелся вместе со стулом.

Бенуа-Кентен хотел выкрикнуть имя Альмы, позвать ее, признаться наконец, как страстно любит ее сейчас — больше, чем когда-либо. Но вместо имени своей обожаемой, единственной возлюбленной он прохрипел другое слово — в тот самый миг, когда рухнул наземь, корчась в пламени: «Старуха!..» Его обожженные глаза увидели старую колдунью из парка Монсо, сдававшую стулья; она вытащила из обвисшего кармана с монетками огнемет и подожгла карусель с детьми и белыми слонами.

> Sheyn, bin ich sheyn,
> Sheyn iz mayn Nomen...[1]

Это Альма завела песенку — тоненьким, совсем детским голоском; она глядела так, словно лишилась рассудка. Ей приказали молчать, но она продолжала:

> ...Bin ich bay mayn Nomen
> A lichtige Royz.
> A Sheyn Meydele bin ich,
> Royte Zekelech trog ich.[2]

Ее ударили прикладом в грудь, и у нее пресеклось дыхание, но она тотчас запела снова, теперь уже совсем слабо: «Красотка я, красотка...» Пуля, попавшая ей в горло, оборвала песню, и девочка мягко упала к ногам сестер и братьев, захлебываясь кровью, которая обагрила их башмаки.

Ни дети, ни Рут не успели даже крикнуть; их с грубыми ругательствами загнали прикладами

---

[1] Красотка я, красотка / Зовут меня красотка (*идиш*).

[2] Красотка я, красотка / Да в красных башмачках / С монетками в кармане / С конфетками в руках (*идиш*).

в грузовик, где уже сидели Батист, Тадэ и Никез. Одна только малышка Сюзанна прошептала, поднимаясь в машину под крики солдат, так тихо, что никто не услышал: «Красотка я, красотка, да в красных башмачках...»

3

Теперь во дворе остались только Матильда, Виктор-Фландрен и Два-Брата. Грузовики давно уже скрылись из виду, а они по-прежнему молча стояли на месте, как вкопанные. Золотая Ночь-Волчья Пасть все еще прижимал сына к стене, боясь отпустить его и ощущая под пальцами бешеный стук его сердца. Ему казалось, что, разожми он руки, и тело сына тотчас распадется, как бочонок без обручей. Но вдруг разум и силы оставили его, и он весь обмяк, ничего не видя, не слыша, не понимая. Глухой стук сердца в теле его сына внезапно смолк. И тут же он ощутил острую боль в левом глазу.

Два-Брата медленно сполз вниз по стене, царапая лоб о штукатурку, и недвижно скорчился у ног отца.

Золотая Ночь-Волчья Пасть бессмысленным взглядом обвел двор, огромное кострище в центре, два обугленных тела рядом. Альму, комочком лежавшую возле хлева, в нимбе чернеющей крови вокруг белокурой головки. «Значит, кончено? — вымолвил он задумчиво и недоуменно. — Все кончено?..» День тоже кончался; вечерние тени мало-помалу затопили холм. Кому же задал он свой вопрос — уж не этим ли теням? Взглянув на «школьную» тропу, он хрипло сказал: «Два-Брата вернулся по этой дороге. Я помню. Он шагал так тяжело... Я его даже не узнал. Это как будто только вчера было...» Но ему казалось, что и все остальное тоже было вчера, — Мелани, Бланш, Голубая Кровь, Рут, и все дети, рожденные от него, и Бенуа-Кентен. Вчера...

Да, отныне здесь будет царить только «вчера», ничего, кроме «вчера». Само время сгорело у него на глазах вместе со всем добром и телами близких. Сгорело и настоящее и будущее. Остался лишь смутный призрак былого, выброшенный из потока времени.

Золотая Ночь-Волчья Пасть нагнулся к сыну и взял его на руки. Силы вернулись к нему, и вернулась память — память, обремененная столькими смертями и печалями, столькими радостями любви. Он донес сына до крыльца и сел, держа на коленях его тело. «Значит, кончено, — повторил он. — Все кончено». И он заговорил вполголоса, временами почти с улыбкой. Он обращался к своим родным, ко всем умершим, ко всем ушедшим. Так он говорил с ними до самой ночи, бережно укачивая сына и гладя его застывшее лицо. Он говорил также и с ночью, и с поднявшимся ветром, и со снегом, который закружился над его головой. «Отец, — вдруг спросила Матильда. — Что мы будем делать с... телами? Земля промерзла, могилу вырыть невозможно». Ей с трудом удалось выговорить эти, казалось бы, простые слова — такой страшный смысл отягощал их, — и она произносила их нерешительно, невнятно, словно и ее губы промерзли насквозь.

Тела... Вырыть могилу... Эти слова были так неимоверно тяжелы, так мрачны, так мертвенно холодны — еще холоднее этой оледеневшей земли. Матильда бродила по двору, стиснув на груди руки и не понимая, от какого холода ее бьет дрожь, — от холода ночи или от холода этих слов. Она боялась зайти в дом, зная, что там пусто, двери и окна выбиты, полы сорваны. Она боялась зайти в дом, потому что дома больше не было, ничего больше не было, они остались ни с чем.

Отец. Все эти тела. Вырыть могилу. Эти слова бились у нее в голове, такой же опустелой сейчас, как дом; они стучали в виски больно и громко, как вот эти перекошенные двери об стену, под порывами ветра. Но вот одно из этих слов отделилось и зазвучало явственнее прочих. Отец. Отец... отец...

Но отец не глядел на нее или, быть может, не видел. Он беседовал с ночью и мертвецами. А ведь ей было бесконечно холоднее, чем убитым, и куда более одиноко, чем им! Отец, отец, отец... Неужто ей тоже надо умереть, чтобы он наконец обнял ее, взял на руки и утешил в неизбывном, вечном горе? Неужто для этого надо умереть?!

И Матильде захотелось лечь наземь рядом с изуродованными трупами и, как они, затихнуть навеки. Она подошла к куче пепла, уже подернутой тонкой снежной пеленой, и упала на нее. «Там, внизу, наверное, еще тлеет огонь, — думала она. — Там еще осталось тепло... тепло...» Она принялась раскапывать пепел, ища под ним горячие уголья, но вдруг порезалась обо что-то железное. И боль от этой раны — наконец-то живой, реальной раны — тотчас привела ее в себя и заставила подняться.

Предмет, о который поранилась Матильда, был продолговатой жестяной коробкой, почерневшей от огня. Два-Брата принес эту коробку с прошлой войны. И какая теперь разница, чья рука лежала в ней — Огюстена или Матюрена?! Матильда засунула коробку поглубже в пепел и встала на ноги. «Да что же это я? — сердито подумала она, отряхивая платье. — Разве мое место здесь? Ну нет, я осталась в живых. Я жива. Мой отец и я — мы живы. А пепел — это удел мертвых. Тех, кто умер давно, и тех, кто умер сегодня. Но ведь я-то жива!»

И пускай тянется из опаленной коробки страшная рука прошедшей войны — ее, Матильду, она не схватит. Пускай забирает другие тела — вот эти, безжизненные, похолодевшие. И, если земля отказывается принимать их, то, может быть, примет огонь? «Отец, — вскричала она, обернувшись к Золотой Ночи-Волчьей Пасти. — Нужно что-то делать! Земля слишком твердая, мы не сможем раскопать ее. Придется сжечь тела, иначе набежит зверье».

«Земля... — отдаленным эхо повторил за ней Виктор-Фландрен, — земля...» Но говорил он не с Матильдой, он говорил во сне. Ибо он заснул с открытыми глазами, сидя на пороге и по-прежнему держа на коленях тело сына. Он прижимал его к груди, точно младенца —

этого своего старшего сына, такого большого, такого тяжелого теперь.

Он спал и видел сон. Ему снилась земля. Вот эта земля, на которой он не родился и которая, может быть, именно поэтому отторгала его от себя, не принимая даже его мертвецов. И, значит, он так и остался «речником», лишь тенью проскользнувшим среди «сухопутных» людей. Да, землей нельзя было овладеть насильно, нельзя было даже мертвым проникнуть в нее. Конечно, он всю свою жизнь копался в ней — первые семь лет спускаясь в шахту и еще полвека распахивая и засеивая эти поля. Но все это были жалкие, поверхностные царапины, которые тотчас и бесследно затягивались. Он был «речником», отвергнутым рекой; теперь он стал крестьянином, отвергнутым землей, возлюбленным и отцом, отвергнутым любовью, живым, отвергнутым жизнью, но не принятым и смертью. Ему нигде не было места. Вот почему он не спешил подниматься с порога, где спал сидя.

Ему виделась земля, ее медные и золотые колосья, ее изумрудные и голубоватые травы, леса и источники, цветы — розовые, как губы, синие, как глаза, красные, как кровь. И от всего этого ничего не осталось. Только смертельный холод и прах.

«Земля... земля...» — шептал во сне Золотая Ночь-Волчья Пасть. Робко забрезжил рассвет, на горизонте мелькнули его первые розовато-белые сполохи.

Однако разбудила Виктора-Фландрена не утренняя заря, а пылающий костер, который

Матильда развела на месте вчерашнего пожарища, собрав последнюю солому в давно пустых стойлах и все оставшиеся дрова. Потом она сложила в него тела Альмы, Бенуа-Кентена, Жана-Франсуа и даже брата, которого с трудом вырвала из объятий спящего отца. Все эти тела казались неподъемными, налитыми свинцовой тяжестью холода и смерти, но как же покорно дались они ей в руки! Сама же Матильда, так внезапно вернувшаяся к жизни в тот самый миг, когда уже отказалась от нее, ощутила в себе новую, свирепую силу. Она пристально глядела в этот второй огонь — на сей раз очищающий и благословенный. Жаркий, прекрасный огонь, вновь соединивший все, что разрушило вчерашнее злое пламя, и теперь освобождавший мертвецов от их мертвого обличья, чтобы отдать ветру.

Золотая Ночь-Волчья Пасть встал и медленно подошел к огню. Он не сказал ни слова, только смотрел и смотрел, вместе с дочерью, на этот погребальный костер, где исчезали останки его детей и старого товарища. В его душе не было теперь ни гнева, ни ненависти, ни возмущения против Бога. К чему все это, если Бога попросту нет, если небеса так же пусты, как земля, как его дом?! Не было у него иных богов, кроме близких, которых он так любил и которые теперь мирно сгорали у него на глазах. Он смотрел, как эти боги обращаются в прах, и молчал.

Уже совсем рассвело, и небо приняло тот же светло-серый цвет, что и груда пепла на дворе, как будто и оно тоже горело всю ночь напролет. Поднявшийся ветер вздымал тучи снега и уже начал уносить пепел.

Виктор-Фландрен и Матильда решились наконец войти в разоренный дом. Ветер врывался в разбитые окна и стонал по углам; ободранные стены отражали и разносили по комнатам скорбное эхо его завываний. Казалось, это звучит нестройный хор разрозненных голосов, вырванных из уст и тел, беспорядочно метавшихся по дому, точно стая обезумевших, ослепших птиц.

Матильда взглянула на отца; он стоял посреди комнаты спиной к ней, уронив руки и глядя в пол. «Столько лет, столько жизней, — и чем же все это кончилось!» — мысленно воскликнула она, пораженная его видом. Ибо отец вдруг показался ей точно таким же, каким она запомнила его тридцать пять лет тому назад, у смертного ложа ее матери. Просто со временем плечи его стали чуть шире, а спина немного ссутулилась. Что же — зарыдает ли он теперь, как рыдал в тот день? Ее любовь к отцу была в этот миг и острой ненавистью и бесконечной нежностью, и эти два чувства боролись в ее сердце, грозя вот-вот разорвать его. Матильда схватилась за голову — комната завертелась вокруг нее, стены зашатались. Да, она сдержала свою клятву: она до конца осталась преданной отцу, не покинула его ни в любви, ни в смерти. Из пятнадцати рожденных им детей она одна была рядом с ним всегда, во всех жизненных бурях и невзгодах. И какую же награду получила она за свою бесконечную верность? Только безразличие и предательство за предательством. Она почувствовала, как ненависть берет верх над состраданием, превращается в безумную ярость. Беспощадное сознание обмана вспыхнуло в ней: как же посмеялась над нею жизнь! Матильда впилась зубами в руку, чтобы не завыть в голос, и, рухнув на колени, разразилась истерическим хохотом. Столько лет, столько любовных драм, ревности, смертей, и в результате — ноль, пустое место! Стуча кулаками в пол, она хохотала, хохотала до икоты. Виктор-Фландрен обернулся к ней. «Матильда, Матильда, что с тобой? Перестань, умоляю тебя! Замолчи, успокойся!..» Этот безумный, злобный смех разъедал ему душу. Опустившись на колени, он схватил дочь за руки. «Я тут, я тут! — крикнула она, не переставая смеяться. — Я всегда тут, при тебе! Других уже нет, а я осталась. Но только зачем, Господи боже, зачем?! Ты ведь никогда меня не любил, ни ты, ни все другие! А я вот выжила, и некому меня любить, некому!..» Всклокоченные волосы падали ей на лицо, лезли в глаза и рот. Эти седые пряди, свисавшие со лба, блестели, как слезы. Она подняла было руку, чтобы оттолкнуть отца, но рука задела его плечо и судорожно вцепилась в него. И отец открыл ей объятия, прижал к груди и дал выплакаться; ее слезы струились по его шее, под рубашку, обжигая кожу.

Наконец слезы иссякли; Матильда решительно поднялась и, отбросив назад волосы, твердо сказала: «Ну, а теперь за работу! Нужно все начинать сначала». В который уже раз она сумела совладать с собой.

4

И они взялись за работу — голыми руками, стремясь лишь к одному: бороться, день за днем, со страшной пустотой и горем, вторгшимися в их жизнь.

Однако вскоре у них появилась и другая цель. Она возникла вместе с молодой женщиной, пришедшей однажды вечером на ферму. Все ее достояние заключалось в одежде, что была на ней, и в ребенке, который только-только зашевелился у нее под сердцем. Она пришла пешком, и ей понадобился целый день, чтобы добраться до Черноземья. А добраться было необходимо, ибо ее городок тоже сгорел дотла. Самолеты сбросили на него больше бомб, чем там насчитывалось домов, не оставив камня на камне, одни лишь дымящиеся воронки. Исчез с лица земли и книжный магазин Бороме со своей красивой голубой витриной, крышей, стенами и книгами, да и сам хозяин вместе с женой нашел смерть под развалинами. Спаслись только Полина, их дочь, да ребенок, которого она носила, — ребенок Батиста. Вот почему она пришла искать убежище на Верхнюю Ферму. И Золотая Ночь-Волчья Пасть принял ее, как принял некогда Жюльетту и Ортанс.

Спустя короткое время присутствие Полины вернуло лица и плоть всем тем неприкаянным голосам, что гулко звенели в опустевших комнатах. Постоянно пребывая в неистовом ожидании, она сумела вовлечь в него и Виктора-Фландрена, вырвать его из оцепенелого одиночества. Она ни минуты не сомневалась в возвращении Батиста; кончится же когда-нибудь эта война, твердила она, все войны рано или поздно кончаются. И в самом деле: вокруг уже начали тихонько поговаривать, что враг смотрит хмуро и уныло, как оно всегда и бывает, если дело идет к разгрому. Ходили слухи, что он теряет последние силы, продвигаясь там, далеко, на востоке, в глубь заснеженных бескрайних равнин, навстречу своей погибели. Батист и Тадэ на фронт не попали, их отправили в трудовой лагерь где-то в Германии. И, значит, нужно было ждать и надеяться на их возвращение — с такой силой, чтобы оно стало реальностью.

Золотая Ночь-Волчья Пасть не мог вынудить судьбу вернуть родных на ферму, но он заразился неистовой надеждой Полины, как лихорадкой, и эта надежда грела ему сердце до самого конца войны. У него отняли близких, увезли их неведомо куда, неведомо зачем, но ведь не для того же, чтобы убить?! Страшная сцена во дворе, в день обыска, пожара и разорения фермы, была следствием зверской жестокости отдельного офицера и рокового поступка Бенуа-Кентена, но, разумеется, не являлась частью системы — просто ужасный, из ряда вон выходящий случай. И, однако, в последнее время он четырежды почувствовал ту жгучую, слишком хорошо знакомую боль в левом глазу, только не захотел придать ей значение, заставил себя позабыть о ней.

Иногда он думал: а может, его близкие находятся в большей безопасности в тех лагерях, под охраной самих врагов; может, там они меньше страдают от голода и лишений, чем здесь, на пустой ферме?

Он еще мог кое-как представить себе лагеря для военнопленных или иностранных рабочих, но был совершенно неспособен вообразить себе лагеря, куда свозят евреев. Он вообще слабо понимал, что это означает — быть евреем, и вражеская антисемитская пропаганда никак не прояснила для него этот вопрос, который он, впрочем, никогда и не задавал себе. В начале его знакомства с Рут она как-то сказала: «Знаете, я ведь еврейка». Но нет, он не знал, да и что тут было знать? Единственная разница между ними, которую он заметил тогда, была разница в возрасте, и только она одна мучила его. Однако и это оказалось неважным — счастье его союза с Рут смешало их года воедино, как воды двух светлых, неторопливых рек. Только сейчас эта фраза Рут вспомнилась ему и заставила размышлять. Но, сколько он ни думал над ней, он не находил ответа и в конце концов пришел к одному: Рут — его жена, его возлюбленная, и она обязательно вернется к нему, вместе с их четырьмя детьми, как только правнуки германского улана сгинут на краю света, в снегах, которые мечтали завоевать.

Да, Рут должна была вернуться к нему, вместе с детьми. И не только ради них самих, но ради тех двоих, со смертью которых он никак не мог примириться, — Альмы и Бенуа-Кентена. Он горевал о них еще больше, чем о сыне или Жане-Франсуа. До сих пор он не верил в то, что увидели его глаза. Любимый внук Бенуа-Кентен, милый, кроткий мальчик, благодаря которому он встретил свою последнюю любовь, сгорел заживо в струях пламени. И Альма, хрупкое дитя с глазами, вечными, как время, с душой, огромной, как ее глаза, пропела, захлебываясь кровью, свою последнюю скорбную песнь.

Именно ради этих двоих, обратившихся в прах, он должен был вновь найти Рут, чтобы они смогли, помимо их собственной любви, жить любовью своих детей, не успевших ее познать. Он твердо верил, что только подле Рут найдет утешение — и возрождение. Ибо только им двоим отныне дано было, наперекор смерти, возродить тех, кто был и остался лучшей их частью. И другие — другие тоже должны вернуться к нему, — и сыновья Бланш, и сыновья Голубой Крови, и даже те трое, зачатые в Лесу Ветреных Любовей, хотя от них не было никаких вестей с самого начала войны.

К осени у Полины родился сын. Она назвала его Жаном-Батистом. Это последнее рождение ребенка на ферме, как и рождения всех Пеньелей в течение полувека, укрепило надежды Виктора-Фландрена. Значит, не напрасно он восстановил стены своего дома, навесил двери и ставни — в этих стенах, где пустоту разорения сменил наконец домашний уют, раздался новый младенческий крик, зашевелилось новое детское тельце, всей своим существом вовлекая других в жизнь и в поток времени. Этот крик потряс Виктора-Фландрена даже больше, чем крик его первых сыновей, ибо в нем он как никогда ясно распознал горькую, но прекрасную истину — непрестанное обновление мира. Он придал ему новые силы и надежды для того безрассудного ожидания, которое держало его в напряжении день и ночь. Теперь он уже не сомневался в возвращении близких. Крик младенца уверенно, хоть и несвязно, возвещал: они вернутся.

Полина еще сильнее, чем Золотая Ночь-Волчья Пасть, уповала на то, что ее сын — залог возвращения близких, которых они так упорно ждали. Ведь он был плодом ее любви, зачатым в волшебный день дождя и обнаженной кожи.

Как ясно помнился ей этот день, когда они с Батистом отправились за город на велосипедах. Выбравшись на проселочную дорогу, они покатили вперед, прямо к серому мерцающему пятну, заволокшему горизонт, спеша так, словно опаздывали к нему на свидание. Но они не успели: пятно внезапно расползлось по всему небу, которое, словно огромный серый брезент, затрепетало под порывами ветра. Испуганные птицы с криками заметались вокруг них. «Сейчас хлынет. Нужно возвращаться», — сказал Батист, приостанавливаясь. И как раз в этот момент упала первая капля. Крупная, холодная, она звонко шлепнулась ему на лоб и скатилась к губам, оставив на них вкус коры и камня. Этот вкус мгновенно пронизал все его тело, возбудив в нем острое, сладкое желание. «Нет, давай останемся! — глухо и решительно ответила Полина. — Дождь будет такой сильный, такой прекрасный! А потом, все равно уже слишком поздно». И, схватив Батиста за руку, она увлекла его к ближайшему пригорку. Ливень наконец разразился в полную силу, молотя их по плечам и лицам. Они бросили велосипеды на обочине, взбежали на пригорок, но тут же поскользнулись и съехали вниз, в ложбинку с быстро намокавшей травой. Полина чувствовала, как нетерпеливо жаждет ее кожа этого ливня, и холодного и обжигавшего, жаждет объятий и поцелуев, и она сбросила с себя всю одежду, чтобы подставить обнаженное тело струям воды и безраздельно отдаться ласкам Батиста. Одно из колес брошенного велосипеда еще долго вращалось в пустоте, и Полина до головокружения смотрела из-за плеча Батиста на это сверкающее под дождем металлическое солнце.

В тот самый день — день обнаженной кожи — на дне ложбины со скользкой травой и влажным мхом она и зачала своего сына. Он был живым напоминанием о волшебном миге ее безумной любви и страсти, размытом вокруг них нескончаемым ливнем, под звуки глухих барабанов грома в сумрачном шатре небес.

Именно так Полина и прозвала своего сына — Барабанчик. И этот кроха-барабанчик стал для нее не только посланником надежды и хранителем ее любви, но и предвестником близящейся победы и счастья. Ведь он впервые произнес главное волшебное слово детства — «мама» — именно в тот день, когда мир узнал о капитуляции врага в снегах и стуже Восточного фронта; он сделал первые свои шаги в день, когда неприятель понес второе поражение на другом конце земного шара и был изгнан из Африки. Еще немного, и ребенок заговорит, и будет петь и бегать — так пусть это случится, когда оккупантов выставят наконец с ее родной земли. И Батист вернется к ней.

Шли дни, мальчик подрастал, а вместе с ним росла их надежда; однако в то же самое время враг, почуявший упадок своей славы, которую считал непреложной и вечной, пытался укрепить ее с помощью беспощадных облав, грабежей и казней. Многие деревни и даже города бесследно исчезали с лица земли, загубленные пожарами, покинутые своими обитателями. Но войне мало было ползти по земле, теперь она обрела крылья и взвилась в небо. Самолеты, бороздившие ночные небеса, казались стремительными тучами, сеявшими стальные и огненные дожди, а иногда и диковинных белых птиц, опускавшихся на ветви деревьев. Одна из таких птиц упала однажды на крышу Верхней Фермы, повредив себе при этом ногу. Золотая Ночь-Волчья Пасть укрыл раненого у себя в доме. Этот человек говорил на непонятном языке, но все же сумел объяснить, что ему нужно. И, как только он оправился, Золотая Ночь-Волчья Пасть проводил его до Леса Мертвого Эха: теперь в чащах скрывались не только дикие звери и живучее воспоминание о свирепых волках, но и люди, решившие бороться с ходом истории. Тщетно враг пытался выловить и уничтожить их, ему это не удавалось. Поезда в округе то и дело сходили с рельсов, мосты рушились, немецкие составы с солдатами взрывались. Ведь на широте войны ход бытия нередко делает самые странные зигзаги, и жизнь строится путем разрушения.

Одна только земля оставалась самой собой, неуязвимым тысячевековым телом, наделенным волшебной силой возрождения и готовым, несмотря ни на что, продолжать свой извечный цикл. Золотая Ночь-Волчья Пасть наконец понял ее суть, почти достигнув рубежей своего недвижного изгнания. Озарение это пришло к нему внезапно, как удар грома, в тот день, когда он возвращался домой через поля, с вязанкой хвороста на плечах. Он застыл на месте, настолько потрясенный, что у него перехватило дыхание; дикая мысль о том, что Бог все-таки существует, пронзила его сердце. Но это был не тот Бог, что восседает, точно гигантская птица, где-то там, высоко в небесах, над временем и светилами, раз в год являя себя людям. И не тот, в чье милосердие верила Полина, каждый вечер молившаяся ему у кроватки сына. Это было другое, безликое и безымянное божество, растворенное в земле и скалах, в корнях и грязи. Божество-Земля, обитающее в лесах и на горах, в водах рек и морских приливах, в дожде и ветре. А люди — всего лишь марионетки в руках этого неведомого, но вездесущего Божества, погруженного в космический сон. И разве сам он, Виктор-Фландрен Пеньель, не являет собой одного из тех, кто, волею Его, медленно погружается в бездны ночи, описав перед тем несколько незавершенных кругов бытия и рассеяв по пути несколько блесток величественной и вечной грезы, бесконечно более длинной, чем его собственная жизнь?!

Да, он был всего лишь марионеткой среди сонма других. И война — та война, что повторялась так же регулярно, как урожаи, солнцестояния и женские месячные, — тоже, наверное, была, как и он, проявлением божественного начала — быть может, одним из жестов Божества Земли, неловко повернувшегося в своем сонном забытьи. А мертвые — они были еще ближе к Нему, чем живые; ближе любви, лесов, рек, даже войны, ибо цикл их бытия, пусть и оборванного до времени, стал завершенным жестом Бога-Земли, жестом, указующим в ее недра, где они растворились в несказанной сладости Его величественной дремы.

Уронив наземь свою вязанку, Виктор-Фландрен стоял посреди поля, захваченный фантастическим смешанным ощущением легкости и тяжести, ликования и грусти. Он долго смотрел вокруг себя, полной грудью вдыхая холодный воздух, точно стремился измерить и попробовать на вкус окружающее пространство. То самое пространство, которое он когда-нибудь покинет, оставив после себя разве что легкое дуновение ветерка в ветвях бука. И ему вдруг почудилось, будто все его существо устремилось вниз, в ноги. Ибо, в конечном счете, разве не сводилось его присутствие в этом мире к крошечному пространству ступней, попиравших землю? И он принялся топать ногами, словно этими глухими тяжелыми звуками хотел воззвать к своим мертвецам, лежавшим во прахе, и хоть на миг вырвать Бога-Землю из его непробудного сна. А потом он зашагал дальше, высоко неся свою надежду и радостно ощущая полнокровную тяжесть своего сильного мужского тела, живого и все еще бесконечно жаждущего жизни. Теперь он чувствовал себя не изгнанником рек, земли и любви, как это было совсем недавно, на широте войны, но просто тем, кто дошел до самого края неведомой, безумной ночной грезы, которая миг назад привиделась ему и от которой он хотел во что бы то ни стало пробудить всемогущего Бога.

5

Неизвестно, что же именно — топанье Золотой Ночи-Волчьей Пасти или детское обаяние Барабанчика, шумно скачущего по ферме, — возымело действие, пробудив от долгого богатырского сна Бога-Землю, который столько лет подряд называл мир войной, обрекая полчища людей на смерть. Но факт остается фактом: те, кто выжил, решились все-таки поднять головы и безбоязненно взглянуть в сияющие летние небеса, ибо ощутили в себе новую дерзкую силу благодаря словам, радостно повторяемым во всех уголках их страны: «Они высадились!», «Париж освобожден!», «Они уже подходят...»

Время врага истекало; оккупанты спешно откатывались назад, к своей границе, вспомнив наконец ее точное нахождение. Но даже и в этом паническом бегстве они еще успевали делать остановки то тут, то там, в разоренных деревнях, стараясь изничтожить все, что еще уцелело, и камни, и людей.

Так оно случилось и в Черноземье. Немецкий транспорт, спасавшийся от победителей, внезапно нагрянул в деревню. Ровная колонна грузовиков остановилась в центре селения; солдаты, спрыгнув с машин, выстроились повзводно, а затем, с дотошной немецкой аккуратностью и тончайшим пониманием театрального искусства, сымпровизировали оркестровую оперу в трех действиях.

Опера крови и праха. Действие первое: каждый дом был тщательно обыскан сверху донизу, а все обитатели деревни выведены на улицу и расставлены вокруг колодца. Закончив с этими попавшимися под руку статистами, немцы приступили ко второму действию. Каковое воплотилось в багровом гудящем пламени от гранат, щедро разбросанных по всем домам. Теперь, в этих роскошных, прекрасно задуманных и выполненных декорациях, под яростный рев пожара, можно было вывести на авансцену и главных героев драмы.

Мужчин — а здесь остались только самые молодые и самые старые, — загнали в мыльню. Там им приказали встать на колени в маленькие деревянные, набитые соломой лотки вокруг водоема и мерно, ритмично бить вальками то по воде, то по бортику. Третье действие приближалось к кульминационному моменту. За стенами мыльни по-прежнему бушевало багряное пламя; обезумевшие женщины, сбитые в плотную бесформенную толпу возле колодца, с ужасом вслушивались в мерный, то звонкий, то глухой, стук вальков. И только одна небольшая группа женщин держалась наособицу. Закутанные в черные шали, они стояли молча, деревянно выпрямившись и стиснув руки на груди. Этим женщинам давно уже некого было оплакивать; их вдовьи слезы иссякли много лет назад, тела иссохли от долгого одиночества, а сердца раз навсегда застыли в непреходящей скорби. Они бесстрастно глядели, как проклятие их вдовьего дома настигает целое селение.

Внезапно музыка сменила ритм: треск автоматов ворвался в мерное постукивание деревянных вальков, почти тотчас заглушив его. И всплескам воды, принявшей мужские тела, сразу же ответил пронзительный, звериный вопль женщин у колодца.

По завершении третьего действия немцы, соблюдая все тот же безупречный порядок и тишину, сели в грузовики и отбыли восвояси.

Они не стали заниматься Верхней Фермой — время поджимало, — а эту короткую оперу решили поставить напоследок просто для того, чтобы продемонстрировать, пусть даже из-под раздавившего их колеса истории, свое непобедимое презрение к новым триумфаторам.

Так что, когда освободители прибыли в деревню, освобождать было уже нечего. В центре сожженного дотла селения они только и обнаружили, что ополоумевших от горя женщин, которые прямо в одежде возились в кровавой воде мыльни, пытаясь вытащить из нее длинные узлы белья, непонятно почему отягощенные мужскими телами. Среди освободителей находился и Никез. Он так и не попал в трудовой лагерь, куда его собирались отправить после обыска на Верхней Ферме. По дороге он сбежал, выпрыгнув наугад, в темноту, вместе с несколькими своими товарищами, из вагона для скота, в котором везли пленных. Он тотчас кинулся бежать, не разбирая дороги и не останавливаясь, слыша за спиной длинный свисток, лязг остановленного поезда и злобный треск выстрелов. Он бежал стремительно, во весь дух, бешеными прыжками, инстинктивно угадывая верный путь, подобно дикому зверю, преследуемому охотниками; бежал так, будто путешествие в вагоне для животных и впрямь наделило его животной силой и увертливостью. Он оказался сильным и хитрым, как одичавший пес, и собаки, обученные охоте на беглецов, не смогли вернуть его тем, кто отправлял людей в лагеря. Когда одна из них настигла Никеза и вцепилась ему в ногу, чтобы задержать и выдать своим хозяевам, он извернулся, схватил ее за горло и задушил. Так он и бежал всю ночь без оглядки. И с той поры ему стало казаться, что он непрерывно, безостановочно бежит куда-то, словно тысячи других злобных, несущих смерть псов гонятся за ним по пятам, не отставая ни на шаг. И даже когда ему удалось наконец достигнуть морского побережья и сесть на корабль вместе с другими, встреченными во мраке скитаний беглецами, ему почудилось, будто он все еще продолжает бежать, теперь уже по воде. И когда он вернулся на родину, спустившись среди ночи на парашюте в лесные дебри, ему тоже померещилось, что он прибежал сюда по небу. Война превратила его в вечного бегуна, обреченного никогда не оборачиваться, никогда и нигде не задерживаться. И, надо сказать, что именно благодаря этой удивительной, почти безумной одержимости бегом он и спасся от всех ловушек, расставленных врагом.

Но вот пришло время, когда направление бега изменилось на сто восемьдесят градусов: теперь он бежал не от врага, а следом за ним. Из дичи он превратился в охотника, в загонщика. В этом-то качестве он и ворвался в Черноземье, свою родную деревню. Однако он вынужден был признать, что покамест не научился бегать достаточно быстро, — на сей раз противник оказался вдвое проворней его. С первого же взгляда он понял, что опоздал, и притом безнадежно. Из семнадцати домов

Черноземья сохранился в целости лишь один — большая ферма, стоявшая на отшибе, высоко на склоне холма, под спасительной сенью густого леса. От всех же прочих остались только чадящие развалины. Да, в этот раз Никез проиграл гонки; ему не суждено было войти в отчий дом ликующим бегуном-освободителем. И этот человек, сотни раз легко ускользавший от смерти, вдруг почувствовал себя до ужаса тяжелым, мучительно тяжелым и неповоротливым. Смехотворно тяжелым.

Он стоял у колодца, как вкопанный, не в силах сделать хоть один шаг к мыльне, откуда неслись дикие крики, рыдания и плеск взбаламученной воды. Тело не слушалось его, не могло делать две вещи разом — видеть и шагать; это у него никак не получалось. Он только смотрел, а двинуться с места не мог. Несколько солдат, зашедших в мыльню, тотчас выскочили обратно, и их начало рвать.

Но вот вышли и женщины. Никез знал их всех — и не узнавал ни одну. Их лица были искажены одинаковым безумием, платья мокры и пропитаны кровью, словно они все разом встали после каких-то кошмарных коллективных родов. Среди них он увидел свою мать или, вернее, жуткое, уродливое подобие своей матери — грузную старуху с седыми космами, которая шла, качаясь из стороны в сторону, хрипя и как-то нелепо, судорожно взмахивая руками. Никеза охватило невыносимое отвращение; он пошатнулся, и ему пришлось, чтобы не упасть, привалиться к колодцу. Что же такое она произвела на свет в мыльне — эта обезумевшая, страшная, как в античной трагедии, мать?!

Она прошла мимо него, даже не заметив. Значит, видеть и шагать одновременно стало теперь непосильно для всех, не только для него? Она шла, и потому ничего не могла видеть. Он хотел позвать ее, но слова застряли у него в горле, и наружу вырвался лишь крик. Странный, слабый, младенчески-мяукающий крик, который напугал его самого. Этот крик упал в глубину колодца, и черная пустота вернула наружу его неузнаваемое, мрачное, гулкое эхо.

Мать не услышала крик, зато эхо достигло ее слуха. Она остановилась, обернулась и наконец узнала в молодом парне, скрючившемся над колодцем, своего сына. Бросившись к нему, она стала трясти его за плечи, потом силой приподняла голову и закричала в лицо: «Никез! Никез!» — «Никез!.. Никез!..» — скорбно, приглушенно повторял за ней колодец.

Он открыл глаза и взглянул. На этот раз он признал ее. Да, это была она, его мать, с ее добрым взглядом и любящей улыбкой. Это было ее прежнее, ее истинное лицо. И он прижался к ней, спрятал голову на материнской груди. От ее мокрого платья исходил тошнотворный сладковатый запах крови, смешавшейся крови его отца и младшего брата. Но он оттолкнул его от себя, жадно впитывая только одно — давно забытое мягкое тепло материнской груди.

Итак, Верхняя Ферма избежала несчастья. И Золотая Ночь-Волчья Пасть открыл двери своего дома для тех, кто лишился крова и кому негде было приклонить голову. В пустовавших амбарах и стойлах, свободных от инструментов и скота, он обустроил места для ночлега женщинам и детям. Теперь он да Никез были единственными мужчинами в поселке. А от его пятерых старших сыновей, так же, как от Рут с малышами, по-прежнему не приходили вести. И Золотая Ночь-Волчья Пасть — патриарх в толпе помешавшихся от горя женщин — чувствовал себя куда более обездоленным, чем все эти вдовы и сироты. Сколько же можно ждать, сколько можно надеяться на возвращение близких! — сердце его не выдерживало такого неистового напряжения, а любовь оборачивалась гневным протестом.

Прошло еще два-три месяца, и возвращение началось — правда, едва начавшись, оно тут же и прекратилось. Первым вернувшимся был Батист. Он не отважился ни спрыгнуть с поезда, как Никез, ни сбежать из лагеря, куда его засадили немцы. Тадэ — тот удрал в первые же дни заключения, и никто не знал, что с ним сталось.

Ну, а Батист стойко выдержал долгие месяцы плена, исполняя подневольную работу с примерной покорностью. Зачем, а главное, куда было ему бежать? Для него во всем мире существовала только одна-единственная обитель — Полина.

Полина, его кров, его земля, его вселенная. Вне ее не было ничего, ни пространства, ни

314

даже времени. Бежать из лагеря, чтобы встретиться с ней, не имело никакого смысла — просто потому, что она жила в оккупированной зоне, где царил враг; его тотчас схватили бы и вновь разлучили с нею. Нет, Батист предпочел смириться с тяготами плена, замкнувшись в себе и не усугубляя мучительную боль разлуки бегством и скитаниями, ибо тогда он наверняка пропал бы, разыскивая ее повсюду, за каждым деревом в лесу, на углу каждой улицы. Кроме того, он рисковал быть убитым, а этого он позволить себе не мог — ведь тогда он потерял бы Полину навеки. И, раз уж ему было невозможно ни жить, ни умереть вдали от нее, он зажал себя в кулак и принудил позабыть обо всем на свете — о времени, которое тянулось и тянулось, о голоде и холоде, об усталости и болезнях. Это все происходило где-то там, на окраинах его существа, не достигая сознания, не затрагивая неистовой одержимости Полиной. В конце концов, товарищи так и прозвали его — «Моя Полина», ибо он был способен говорить только и исключительно о ней, даже во сне. Хотя во сне он больше кричал, чем говорил, и кричал ее имя. Он выкрикивал его с болью и страстью, в каждом своем сне видя одно и то же — обнаженное тело Полины, безраздельно отдающееся ливню, любви, наслаждению. И это атласное, струящееся, нагое тело, до которого никак было не дотянуться, денно и нощно мучило его сердце и плоть, исторгая из груди отчаянный крик.

Но вот наконец он вернулся — без славы, без заслуг, кроме разве одной — непоколебимой верности своей любви, — без боевого прозвища, с одной только смешной кличкой «Моя Полина». Он возвращался, как тень после долгой разлуки со своим телом, и в миг встречи с этим телом, вернувшим ему плоть и жизнь, судорожно затрясся от счастья.

Однако он нашел не одно тело, а целых два. Полина бросилась к нему с малышом на руках. «Вот видишь, — сказала она, протянув ему ребенка, — я ждала тебя вдвойне! Я знала, что ты вернешься. Благодаря ему я ни разу не усомнилась, ни разу не потеряла надежды. Он так похож на тебя, наш сын! Я смотрела, как он растет, и сквозь него видела, как ты возвращаешься ко мне».

Тадэ вернулся только спустя долгое время. О своей задержке он сообщил открыткой с несколькими простыми словами: «Я жив. Хотя мне придется заново учиться жить. Я вернусь. Но не знаю, когда, так как по дороге к вам должен сделать большой крюк. И потом, мне еще нужно выздороветь. Обнимаю вас. Хотелось бы знать, скольких из вас я смогу обнять по возвращении».

Открытка долго переходила из рук в руки. Золотая Ночь-Волчья Пасть, Батист, Полина, Матильда с недоумением читали и перечитывали ее. Зачем ему нужно заново учиться жить, если он и так жив? Что это за большой крюк? От какой болезни он должен лечиться? И что у него за дела на берегах озера Констанц? На открытке стоял штемпель Линдау.

А Золотую Ночь-Волчью Пасть неотрывно мучили и другие вопросы. От Рут с детьми по-прежнему не было никаких вестей. Ну почему же она не возвращается теперь, когда наступил мир? Почему не пришлет хотя бы открытку? Этот большой крюк, о котором писал Тадэ... уж не решил ли он предпринять поиски Рут? Его Рут.

Батист и Полина решили дождаться приезда Тадэ, чтобы сыграть свадьбу. Он был свидетелем их первой встречи; теперь они хотели, чтобы он стал свидетелем на бракосочетании. И Барабанчик тоже принялся играть в ожидание; он воображал себе этого дядю, который писал, что хочет научиться жить заново, эдаким маленьким, совсем крошечным человечком, прямо как он сам. Значит, он будет его другом.

Но дядя, которого наконец увидел Барабанчик, оказался вовсе не маленьким; он был ростом с его папу, и походил на него так, что и не отличишь. И вернулся он в сопровождении двоих детей, девочки двенадцати лет и пятилетнего мальчугана. Их имена были так же необычны, как и повадки, — Ципель и Шломо. Они говорили, а вернее, еле шептали, на непонятном языке и постоянно держались за руки, как будто боялись потеряться. И они упорно смотрели в землю — казалось, их глаза не переносят дневного света и вида людских лиц.

«Я поклялся их отцу разыскать их, взять к себе и вырастить. У них больше никого нет на свете», — объявил Тадэ, знакомя детей со своими родными.

Их отец был его товарищем по лагерю. Они спали на одной подстилке, ели из одного котелка, носили одну и ту же одежду — полосатый наряд позора и холода плена, и вместе медленно умирали в течение целого года. Но умер только его товарищ, а он остался жить. Тот умер однажды утром, прямо на ногах, во время переклички. Его номер остался без ответа и канул в безвестность потерянных цифр. Случилось это в Дахау. И Тадэ сделал из клятвы, данной другу, оружие против другой страшной переклички — той, которую денно и нощно устраивала в лагере смерть.

Война, обрекшая Никеза на бег, а Батиста на недвижность, заставила Тадэ пуститься в долгий кружной путь. Сбежав из лагеря, он примкнул к группе партизан и сражался вместе с ними до тех пор, пока они, выданные каким-то предателем, не оказались во вражеском кольце. Почти все погибли, только его смерть, видимо, избрала очень долгий кружной путь и обошла его стороной. Тадэ опять посадили в лагерь. И смерть, устав кружить, кончила тем, что забыла его, а может, потеряла из виду. Теперь она отошла довольно далеко — впрочем, и жизнь тоже была не очень-то близко. Ему пришлось искать ее на чужбине, в деревушке, затерявшейся в окрестностях холодного серого озера. И он нашел ее там, хотя и слабенькую, вконец запуганную, — она едва брезжила в опущенных черных глазах этих детей, которые больше двух лет прожили в погребе местного кабачка, за штабелями мешков, ящиков и бочек.

Их прятала служанка, весь свой век прожившая в этой семье; ей вдруг, ни с того, ни с сего, запретили обслуживать хозяев, объявленных нечистыми и переведенных в категорию рабов; тогда она пошла работать подавальщицей в деревенском кабачке и укрыла детей в его недрах. Каждый вечер она тайком спускалась к ним, принося объедки с тарелок посетителей. Так они и жили — остатками еды, а еще страхом и тишиной. Ибо в сыром мраке подвала они разучились играть, смеяться, говорить, а под конец даже страдать или желать чего-либо. Они забыли, что такое детство, что такое жизнь.

В эти долгие месяцы заточения они превратились в тени самих себя и обрели слепой взгляд и чуткий слух ночных птиц. И до сих пор все их движения были медленны и неуверенны, глаза испуганно потуплены, а рты почти немы. Им нужно было учиться жить куда больше, чем Тадэ.

Барабанчик, весь лучившийся радостью детства, не нашел в них долгожданных товарищей для игр. Однако эти дрожащие, еле слышно шепчущие призраки, лишенные всего на свете, даже детства, имели над ним одно неоспоримое преимущество — они были братом и сестрой, навеки спаянными безумной любовью, которой они с ним не делились, в которую ему не было доступа.

Эта глубокая, почти мистическая любовь, соединявшая Ципель и Шломо, казалась Барабанчику непостижимой и завораживающей. И ему уже не нужен был вернувшийся отец, да и дядя тоже. Теперь он хотел маленькую сестренку. Он представлял себе эту девочку похожей на мать, только совсем крошечной и еще красивее. И пускай вся красота и любовь этой младшей сестрички достанутся ему одному!

И он начал донимать Полину мольбами, твердя с мягким, но неотступным упорством, поражавшим взрослых: «Мамочка, я хочу, чтобы у меня была сестричка!»

Полина обвенчалась наконец с Батистом; ко дню свадьбы она уже носила ребенка, которого так желал ее сын. На сей раз Барабанчик сделал из своего ожидания не игру, а ревнивое, требовательное бдение. Этот ребенок, когда он родится, будет его собственным, его сестрой.

Что же до Рут с детьми, то их отсутствие, сопровождаемое молчанием, в конце концов объяснилось, а исчезновение получило имя. Оно было так трудно произносимо и непонятно, что Золотая Ночь-Волчья Пасть никак не мог его освоить. Он вертел его и так и эдак, еще дольше, чем открытку Тадэ, присланную из Линдау. Но, каков бы ни был смысл этого слова, оно с каждым днем все больнее и больнее вонзалось ему в сердце.

Ибо название это, вместе со многими другими, сплошь щетинилось колючей проволокой и сторожевыми вышками, скалилось собачьими клыками и изрыгало черный дым сожженной человеческой плоти.

Заксенхаузен. Имя, единым махом вычеркнувшее из жизни имена Рут, Сильвестра, Самюэля, Ивонны и Сюзанны. Окончательное имя. Имя конца.

6

Им обещали славу, а они, в ответ, поклялись в верности и отваге. И вот они пустились в путь к бескрайним равнинам, в поисках обещанной славы, во имя данной клятвы верности. Но один только ветер носился по этим равнинам, один только холод ждал их там.

Они уходили как раз в то время, когда дикие лебеди сбивались в стаи, чтобы тоже пуститься в странствие к другим берегам. Но люди так и не нагнали лебедей, не достигли даже места их прилета, ибо их цель отодвигалась все дальше и дальше. Холод завоевывал все новые ледяные пустыни, отодвигал свои белые, до безумия белые владения к пределам невозможного. И людям пришлось остановиться, не дойдя до великой реки, отделявшей страну от краев вечного холода и пустоты, где собирались лебеди, прилетевшие с их родины.

Однако и люди и лебеди стремились в одну и ту же сторону — прямо на восток. Первые шли туда пешком, вторые летели, под звуки одинаково звонких, гортанных песен. И двигались они тоже одинаково замедленно — люди из-за тяжести оружия, а потом из-за холода и ран, птицы из-за слишком широких крыльев, которые судорожными взмахами старались преодолеть земное притяжение. Они одинаково трудно боролись с режущим ветром и ледяными иглами метели, прижимаясь друг к другу на стоянках. Но, если люди, изнуренные нескончаемой ходьбой, постепенно превращались в обледенелых, окровавленных медлительных чудищ с изъеденными солью глазами, то лебеди, вырвавшись наконец из земной хватки и переночевав несколько раз на льду озер, который разбивали клювами, оборачивались волшебными, полувоздушными, полуводяными созданиями. Белоснежными ангелами с сердцами, сияющими лазурью бездонных небес и бескрайнего моря.

А люди все шагали и шагали. Они пели, они убивали. Их молодость приняла цвет крови, а сердца знали одну-единственную любовь — любовь к борьбе, к убийству голыми руками, с ангелом неумолимой жестокости за спиной. Это была столь свирепая, ликующе дикая, завораживающая страсть, что они давно позабыли о своей принадлежности к роду людскому. Теперь каждый из них почитал себя сверхчеловеком, тогда как на самом деле стал воителем, вооруженным до зубов, с сердцем, отравленным гордостью и презрением, с черным знаком смерти на челе.

Они шагали под эмблемой в виде черепа, оглушительно хохоча и распевая «Песню Черта»:

SS marschiert in Feindesland
Und singt ein Teufelslied...
...Wo wir sind, da ist immer vorne

Und der Teufel der lacht nach dazu.
Ha Ha Ha Ha Ha Ha Ha Ha Ha!
Wir kampfen für Freiheit,
Wir kämpfen für Hitler...[1]

Однако ни тот, чьим именем они сеяли смерть на земле, ни Черт, братский смех которого они поминали в своей песне, уже не заботились о них. Имя первого, увенчанное, в пылу мании величия, сколь пышным, столь же и смехотворным титулом, начинало понемногу тускнеть и дребезжать, как разбитая пустышка. Ну, а зловещий смех второго все чаще заглушал их собственный, напоминая могильный хохот смерти.

Они полагали себя борцами, овеянными славой, а были всего лишь убийцами, брошенными своими вождями и ненавидимыми всеми остальными. Но они этого не знали, не желали знать. Они рвались вперед, возглашая в пустоте свою несуществующую честь и верность родине: «Wenn alle untreu werden / so daß immer noch auf Erden für / bleiben wir doch treu / euh fähnlein sei».[2]

Однако вскоре их знамя начал трепать ветер поражения, превращая его в линялую тряпку. Им пришлось покидать большие города

---

[1] Эсэсовцы маршируют по вражеской земле / Распевая «Песню Черта» /...Где бы мы ни были, мы всегда идем вперед / А Черт хохочет: «Ха-ха-ха... / Мы сражаемся за свободу / Мы сражаемся за Гитлера...» *(нем.).*

[2] «Когда все предадут / Мы останемся верными / Чтобы в мире вечно развевалось / Знамя нашего единства» *(нем.).*

на востоке, которые, даже сожженные дотла, не покорялись им, и обратить взгляды обратно, на запад. Но они не могли вернуться тем же путем, что пришли, — во-первых, такие солдаты, как они, не отступают, а во-вторых, даже и это отступление было невозможно, ибо они слишком глубоко увязли в этой истории с любовью к убийствам и сражениям, и каждый шаг назад грозил им неизбежной гибелью.

И тогда они двинулись к морю. У них не осталось такой страны, которая могла бы еще называться родиной. Отныне любая пядь земли являла собою пустыню и войну. И только один город еще взывал к ним, еще находил отклик в их сердцах. Город, где они, однако, никогда не бывали, затерявшийся на краю света, да, пожалуй, и истории. Берлин — символ их веры, их чести и их верности.

Но этот обратный кружной путь оказался нескончаемым; обезлюдевшая, печальная равнина вокруг них тянулась и тянулась, а ветер, секущий снегом их лица, своим пронзительным завыванием только подчеркивал мертвую тишь этой безнадежной пустоты.

Они шли долго, так долго, что даже засыпали на ходу. Дни и ночи напролет это призрачное воинство, под гнетом снега и оружия, в сомнамбулическом сне, пробиралось сквозь леса, туманы и тьму, не произнося ни слова. Да и о чем было им говорить в этой ледяной вселенной? Их лица так задубели от мороза, что растрескавшиеся губы пропускали только белые облачка дыхания и невнятный хрип. Из глаз сочились розоватые слезы, и по капле уходила память. Они уже не помнили о том, что на земле бывают другие пейзажи, что не вся она состоит из мерцающих снежных полей, что на ней растут не только ели да березы.

Впрочем, деревья эти были больше, чем деревья; они походили на великанов с переменчивым нравом, то грозным, то благодушным, и с одинаковым безразличием брали их в кольцо, чтобы приютить или погубить метким выстрелом. Ибо эти ели иногда забавлялись и такими шутками, укрывая в своих густых ветвях врага, стрелявшего без промаха.

Они добрались до морского побережья к тому времени, как дикие лебеди, почуяв близкий конец холодов, с ликующими криками собирались в обратный путь на восточных островах, посреди озер, которые подступавшая весна вновь окрасила веселой лазурью. И трубные звуки их песен, возглашавших тяжкие перипетии новой миграции, опять-таки походили на гортанные звуки маршей, которые люди упорно продолжали петь, прославляя свою никчемную отвагу и верность.

Люди и лебеди, невзирая на препятствия, стремились обратно на запад, спешили в свою страну, ведомые кто мифом, кто инстинктом.

Ветер сменил запах и направление, но от этого не стал менее холодным и жестоким. Теперь у него был соленый привкус, и он хлестал по лицам людей, изнуренных нескончаемым переходом, свистящими кнутами дождей, сплетенными в ледяных просторах Балтики. А еще он приносил оттуда назойливые, пронзительные крики морских птиц.

Они пересекали песчаные равнины с озерами, лесами и болотами, деревушки со сланцевыми крышами и узенькими, безупречно прямыми улочками. Однако весна, чье возвращение лебеди там, вдали, уже славили вовсю, взмывая в расчищенные небеса, медлила с приходом в этот край. Равнины, с которых никак не сходил снег, пустовали, да и деревни тоже были безлюдны. Не дымили трубы над сланцевыми крышами, слепо глядели захлопнутыми ставнями окна, по затихшим улицам металось неприкаянное эхо. Сырость изъедала столы и стулья на фермах, не забывая и о деревянных стенных часах, чьи маятники давным-давно уныло висели в бездействии. Коровы, брошенные хозяевами в разоренных стойлах, громко ревели от боли в набухших, невыдоенных выменях. На стенах рыбачьих хижин пересыхали никому не нужные сети — точь-в-точь омертвевшие водоросли, выброшенные на берег. Что в море, что на земле, что в городах — всюду царила пустота.

Крестьяне, рыбаки и прочие обитатели деревень давно укрылись в лесах. Но, главное, спасались бегством жители городов, особенно того прославленного города, к которому солдатики — игрушки Черта — так неистово рвались, из последних сил пробиваясь сквозь встречный поток беженцев, поток истории, — все с той же песней на устах.

Wo wir sind das ist immer vorne
Und der Teufel der lacht noch dazu.
Ha Ha Ha Ha Ha Ha Ha!...

Город. Огромный город, о котором они столько мечтали... наконец-то они вошли в него. И не исключено, что некоторые из них, шагая по улицам и пригибаясь под шквальным огнем, втайне надеялись: а вдруг им выпадет честь и счастье увидеть Его, их низкорослого кумира, которому они дали клятву отваги и верности! Говорили, будто он укрылся в чреве своего растерзанного города, в недрах подземного бетонного дворца.

Среди тех, кто питал эту тайную надежду, были рядовой Габриэль Пеньель и рядовой Микаэль Пеньель. Их приключение подходило к концу, они знали об этом. И радовались.

Они так бесконечно долго шли, боролись и убивали, преодолевали холод, огонь и усталость для того лишь, чтобы достичь этого вожделенного места, этого желанного мига! Чтобы умереть именно здесь, среди величественных руин огромного города — города, который избрали своей второй родиной. Чтобы умереть здесь, вблизи от Него, их повелителя с глазами, блистающими адской ненавистью, огнем небытия. Ради него оставили они свой лес в Черноземье, отринули близких и родную страну. Ради него шли до изнеможения, в едком поту, заливающем глаза, в снегах и лихорадке, под хлещущими дождями. А скоро их лица зальет не вода, а кровь. Жгучая кровь ненависти, с самого рождения терзавшая их сердца и плоть. И это ради него, знаменитого алхимика, специалиста по крови и праху, ради него, обреченного, как они знали, на неминуемую гибель, они и вошли в Город с песней на устах.

Их последний бой продолжался меньше недели. Бой на выщербленных мостовых и в развалинах домов, на полуобрушенных крышах и в глубине загаженных подвалов. Бой, во время которого огромный город сгорел дотла, точно библиотека с каменными книгами, так что вся память, все следы его былой славы канули в небытие, только и оставив после себя зримого и чтимого, что разгром и смертельные раны. Небо приняло цвет пыли и кирпича, улицы — цвет пожара, стены — цвет крови, а люди — цвет штукатурки, ржавчины и тумана.

Оба солдата Пеньеля перебегали с баррикады на баррикаду, с крыши на крышу, от ворот к воротам, начисто забыв об отдыхе, еде и питье. Им было некогда, у них осталось время только на то, чтобы стрелять, непрерывно стрелять, убивать и поджигать. Близился конец их великой мечты о славе и триумфе, и нужно было подстегнуть, ускорить последние кадры этого жуткого фильма, расцветить его ослепительными красками пожарищ, взрывов, смертей и страстей.

Они уже были не солдатами регулярной армии, а вольными стрелками, пьяными от борьбы и огня, от свободы разрушать. Ибо они жаждали разрушать и только разрушать, разрушать без конца; так скульптор одержимо врубается в камень, стремясь поскорее убрать лишнее и высвободить наконец неведомую доселе форму, пробудить новую магическую силу. Им нужно было все разрушить, все сокрушить и, притом, побыстрее, чтобы высвободить из стен Города, из землистых небес, из этих последних часов их молодости и их борьбы чистую, безупречную форму, чистую, безупречную силу их любви. Высвободить из камня молнию, ее жгучее острие, затаившееся в сокровенной глубине их сердец с самого мига рождения, — может быть, даже задолго до рождения. Окаменевшую молнию цвета крови, и небесную и земную — вечную. Окаменевшую кровь.

Близился рассвет. Микаэль и Габриэль вели бой с третьего этажа дома по Принц-Альберт-штрассе, который защищали только вдвоем от непрерывных атак противника, и вдруг, как по команде, прекратили стрельбу. Они почуяли в воздухе что-то новое, незнакомое; оно перебивало уханье взрывов, веяло сквозь багрово-черную пелену, затянувшую небеса. Это было нечто вроде абсолютного безмолвия, прозрачнейшей чистоты. Оно возникло неведомо откуда и надвигалось на них. На них одних, прямо и неотвратимо, через весь город, через всю войну. Но на них двигалось и еще кое-что — огромный танк. Он шел вперед очень медленно, с трудом прокладывая себе путь по улице, сплошь заваленной обломками зданий и сгоревшими машинами; его гигантский ствол неторопливо ходил из стороны в сторону, словно хобот доисторического зверя, вынюхивающего добычу. Танк был у них под прицелом, им стоило только выстрелить. Выстрелить один раз. Или два. Или больше.

Но ни тот, ни другой Пеньель стрелять не стали. Они враз, одинаковым жестом, сложили оружие: их ладони внезапно ощутили нужду в пустоте и тишине. Крепко схватившись за руки и не двигаясь, они молча ждали приближения грузного стального чудовища — приближения той ослепительной прозрачности, того неслыханного безмолвия, что вот сейчас, в следующее мгновение, омоют им лица, овеют сердца. В этой просторной пустой квартире, откуда они только что вели огонь, все звуки, даже самые тихие, вдруг сделались внятными их душе. Особенно, журчание воды, сочившейся из трещин в стене. Они на миг прикрыли глаза и улыбнулись. Бесконечная нежность снизошла на их души. Прозрачное безмолвие, повеявшее на них... наконец-то они признали его. То был голос брата.

Третьего брата. У которого они отняли почти всю кровь, так что он родился совсем белым, совсем хрупким. И таким одиноким. Да, это был его голос, волшебно тонкий звук, который все поднимался и поднимался в выси небесные, пронизывая тишину, достигая безупречности абсолютного света. Чистого, белого света, блестящего, холодного света пустоты. И они блаженно улыбались, дивясь этому кроткому, безмятежному покою. Их охватила сладкая дрожь нежности, дрожь беспорочной страсти.

Голос брата, того, третьего, завершал свою очистительную работу, превознося то, что вся их жестокость, вся пролитая ими кровь так и не смогли помочь им понять. Эту окаменевшую молнию, застывшую в потайной глубине их сердец. Эту окаменевшую кровь, крик, землю. Эту окаменевшую смерть. Вот она наконец-то показалась им — сверкающая, великолепная. Вот она — вырвалась из мрака, из ярости, чтобы принести им, на лезвие кинжала, который пронзит их сердца, дар улыбки, дар слез.

Голос брата, того, третьего, долетал к ним с другого берега войны и ненависти. И разбитые, плачущие стены вокруг них обернулись лицами. Лицами, похожими на слезы, лицами-слезами. Каплями пота и слез, неостановимо струящимися по грязной штукатурке, по грязной коже. И стены широко распахнулись, открыв им вид на Город. На обезумевший, приговоренный, погибший город. Все его руины вдруг обрели лицо, все мертвые обрели голоса и лики. А голос Рафаэля все не умолкал, тонкий, исступленно молящий голос — песнь великого прощения, великого прощания. Голос третьего брата, чистая, благостная песнь милосердия. В тот самый миг, когда все уже погибло, все ушло безвозвратно.

Микаэль и Габриэль больше не были ни солдатами, ни вольными стрелками. Они никем больше не были. Только детьми, двумя маленькими детьми, заблудившимися в городе, в истории. Двумя детьми, дрожащими от нежности и грез. Они стояли, обратив лица к разверстому оконному проему и до боли сжав друг другу руки.

Окаменевшая слеза, окаменевшая улыбка. Теперь им предстояло не разрушать — но исчезнуть. Исчезнуть в голосе брата, вместе с голосом брата. Раствориться в нем, в этом магическом звуке, до полной прозрачности. Соскользнуть туда, вниз, в непроницаемую тайну смерти. Согласиться и отказаться.

Взрыв был ужасен. Грузный зверь, тщательно обнюхав своим хоботом стены, учуял добычу и изрыгнул огонь. Фасад дома разлетелся вдребезги, как стекло; крыша рухнула. Рухнуло все. И оба солдата Пеньель рухнули в подвал, раздавленные балками и кирпичами.

Никто так и не нашел под обломками их тела. Они неразличимо смешались с прахом огромного Города, с прахом истории и забвения, — совсем как тот, чье имя так пылко восславляли, кому служили так истово и преданно — так бессмысленно и бесполезно.

7

А для Золотой Ночи-Волчьей Пасти мира больше не было. Не было мира — для него. Исчезновение Рут и их четверых детей низвергло мир в адскую пропасть, в небытие. Ночь и тишина превратились в мрак и безмолвие. Заксенхаузен. Это слово неустанно, день и ночь, стучало у него в голове, заглушая все другие слова, все мысли и образы, да они, впрочем, и сами умирали, едва родившись в его обессиленной душе. Заксенхаузен. Это слово пульсировало в такт глухому биению его сердца, теми же прерывистыми, беспорядочными толчками. Проходили недели, месяцы, но ничего не менялось — слово упрямо отбивало свой назойливый, до ужаса монотонный ритм. Заксенхаузен. Заксенхаузен.

Золотая Ночь-Волчья Пасть проводил дни, сидя на низкой скамеечке в углу комнаты, лицом к стене. Дни и ночи. Он сидел, обхватив голову руками, поставив локти на колени. Голова была так непомерно тяжела — тяжела от пустоты, да еще от этого бесконечно тупого внутреннего биения, — что не могла держаться прямо сама по себе. Стоило ему опустить руки, как она начинала клониться то вперед, то назад, неостановимо и медленно, словно маятник старых часов. Он больше не испытывал ни голода, ни жажды, ни потребности спать. Он даже не страдал. Страдание осталось там, в прежней жизни, а он был низвергнут в небытие. Он претерпевал ужасное течение времени — час за часом, секунда за секундой, — и это время, выброшенное за пределы времени, не имело ни смысла, ни протяженности; оно было пустое, никакое. Заксенхаузен. Разум его был на грани распада, все в нем было на грани распада, и, однако, ничто не поддавалось смерти. Даже его тело, лишенное пищи и сна, противилось ей. Он застыл, точно ствол, в углу своей опустелой комнаты — ствол окаменевшего дерева.

Он ничего не мог с собой поделать. Он больше не принадлежал себе, не думал, не чувствовал. Он просто переносил. Заксенхаузен.

Заксенхаузен. Он переносил пытку абсолютной ночью — Ночью, поглотившей все, Ночью уничтожения; он переносил худшую из бессонниц — бессмысленное присутствие, пронизанное отсутствием. Он не мог не быть там, в этом «нигде»; не мог не бодрствовать, час за часом, в этом «никогда», в этом невозможном, немыслимом «никогда». Он не мог не видеть, не видеть даже того, что не поддается видению — саму невозможность что-либо видеть. Он видел Ночь, ее чернильный мрак, одновременно и непроницаемый и прозрачный — чернила, возникшие до всякой письменности, а быть может, как раз и после нее. Чернильно-черная Ночь, где ничто уже не пишется, не читается, не говорится. Непроглядно-чернильная Ночь, где ничего больше не происходит.

На самом деле, это, может быть, и не он бодрствовал в ночи, а сама ночь бодрствовала сквозь него, в нем. А он всего лишь служил ей опустелым приютом из костей и кожи, где ночь стояла, как недремлющий часовой, охраняя собственную необъятность, собственное безмолвие. Ночь. Ночь. Эта Ночь.

Матильда, двое ее братьев и Никез усердно трудились, стараясь вернуть прежний облик ферме, земле, поселку. Черноземье в очередной раз поднималось из руин. Несколько мужчин вернулись из лагерей, и люди медленно, трудно восстанавливали свои жилища, все начинали сначала. Так оно издавна водилось в Черноземье.

Ципель и Шломо тоже постепенно, как бы на ощупь, возрождались к жизни, к детству, к любви и доверию, но все еще не могли окончательно избавиться от въевшегося в них страха. Парой безмолвных теней они ходили по пятам за Тадэ, остерегаясь заговаривать с другими, завязывать с ними дружбу. И по-прежнему крепко держались за руки, по-прежнему были серьезны и неулыбчивы. Их тщедушные фигурки постоянно дразнили воображение Барабанчика, которому эти неприступные, неразлучные тени виделись даже во сне, в ночной темноте. Но теперь ему являлось и другое лицо, и уж оно-то улыбалось только ему, ему одному. Это было личико маленькой девочки со светлыми косичками, с удлиненными глазами цвета осенних листьев, глядевшее на него из окна. Ибо в его снах младшая сестренка почему-то всегда появлялась в окне с запотевшими стеклами. И, стоило ему подбежать, чтобы открыть окно или хотя бы протереть стекла, как сон внезапно, толчком, прерывался. Но это его как раз не огорчало. Он терпеливо ждал. Скоро она появится на свет и будет принадлежать ему, только ему одному.

Пришло новое письмо от Розы, на сей раз очень короткое. «Агония Виолетты окончилась. Она длилась пять лет. Пять лет страданий и крови. Сестра угасла тихо, с улыбкой, как будто ничего не произошло. Она улыбалась даже в смерти, и ничто не могло стереть эту улыбку с ее лица. Кровь внезапно перестала течь из виска, и случилось необыкновенное:

само родимое пятно вдруг бесследно исчезло — просто слетело вниз, как увядший лепесток розы. В монастыре все говорят о чуде и восславляют праведницу. Но я больше не верю в чудеса, это слово утратило для меня всякий смысл. Слишком уж поздно оно произошло, это чудо. Я больше ни во что не верю. Я пошла в монастырь только для того, чтобы не разлучаться с Виолеттой, и теперь, когда она умерла, не хочу здесь оставаться. Я попросила освободить меня от обета послушания. Скоро я уеду — еще не знаю точно, когда, и не знаю, что буду делать, покинув Кармель. Но это не имеет никакого значения».

Весть об этой смерти горше всех поразила Матильду, холодную и высокомерную Матильду. Ведь это она вырастила обеих дочерей Бланш, а, главное, кому, как не ей, было знать, что означает для детей из семьи Пеньель потеря близнеца, своего второго «я». Она одна остро чувствовала то отчаяние, что испытывала Роза-Элоиза, ибо сама вот уже десять лет терзалась таким же неутешным горем и безнадежным одиночеством. Виолетта-Онорина умерла примерно десять лет спустя после смерти Марго и почти в том же возрасте. И это сходство событий глубоко потрясло Матильду. Но она, в который уже раз, собралась с силами и овладела собой, только стала еще более суровой и более одинокой, чем прежде. Окружающим был заказан доступ в ее сердце. Один только отец мог бы рассчитывать на ее любовь. Ее безумный, ее безнадежно обожаемый, ее ненавистный отец, которого она всю жизнь преследовала своей ледяной, ревнивой, страстной любовью. Матильда никого не пускала в комнату Золотой Ночи-Волчьей Пасти; она одна входила к нему трижды в день. Пускай, пускай сидит тут, на своей скамье, сжимая голову в ладонях, отвернувшись к стене! Пускай проведет здесь столько времени, сколько захочет, сколько понадобится! Она-то его знает — он все равно воспрянет, оживет. Он всегда оживал — как она сама, как поля Черноземья. Их сила была неисчерпаема, их привязанность к жизни — неистребима. Да, он непременно оживет, и снова бросит ее, и снова предаст. Она это знала. И именно поэтому так остро ненавидела отца — и не могла от него оторваться. Ее отец, в скорби своей, превратился в ее дитя. В ее собственность. Несчастное дитя, пораженное горем и безмолвием. Но зато на какое-то время он был отдан ей и только ей одной.

Никто больше не поминал Микаэля и Габриэля. Никто не знал, а главное, не желал знать, что с ними стряслось. Достаточно было и того, что они вступили в «Шарлемань» — эту фашистскую дивизию — и предали свою родину, свой народ. О них больше не говорили, их раз и навсегда вычеркнули из семейной хроники и забыли, как будто они и не рождались на свет, — словом, они разделили судьбу всех подобных отщепенцев. Что же до их брата Рафаэля, то и о нем почти ничего не было известно, если не считать странных слухов, пришедших издалека, почерпнутых из газет.

Рассказывали, будто однажды вечером, в начале мая, в Нью-Йорке, он вдруг лишился голоса и рассудка. Это произошло во время оперы «Орфей» Монтеверди, где он исполнял партию Эсперанцы. Говорили, что никогда еще голос его не был настолько чист и мелодичен, как в тот вечер. А главное, он звучал так душераздирающе скорбно, что и слушатели, и музыканты, и другие певцы на сцене и за кулисами в какой-то момент замерли, почти задохнулись, и в зале воцарилась гробовая тишина. И Орфей, также потрясенный до глубины души, скорее прокричал, чем пропел, голосом, в котором звучало рыдание, свое знаменитое «Dove, ah, dove te'n vai...»[1], после того, как Эсперанца, готовясь исчезнуть, закончил свою арию словами:

> Lasciate ogni speranza, voi ch'entrate.
> Dunque, se stabilito hai pur nel core
> Di porre il piè nella città dolente,
> Da te me'n fuggo e torno
> A l'usato soggiorno.[2]

И всем присутствующим почудилось, будто сейчас тенор-альтино и вправду исчезнет прямо на их глазах, выйдя из роли и обернувшись тем самым Эсперанцей, которого воплощал на сцене. Он как будто уходил в ад впереди Орфея, готовый прежде него проникнуть в Город скорби и праха. Но никто не мог бы ска-

---

[1] Куда, куда ты исчезаешь? *(ит.)*.

[2] «Оставь надежду, ты, сюда входящий! / Пусть в твоем сердце / Не погаснет желание / Проникнуть в город скорби / Я же ухожу / Дабы вернуться в привычный круг» *(ит.)*.

зать, какую Эвридику и в каких областях невозможного, невидимого будет он разыскивать там.

Он пронесся сквозь пространство, сквозь тела людей и исчез. Ибо его голос, слишком высоко взлетевший, слишком неистово прозвучавший, покинул его. Рассказывали еще, что с того самого вечера, когда он утратил голос и рассудок, он бродит, нищенствуя, по окраинам Нью-Йорка — беловолосый нищий с кроткими розовыми глазами, с вечно открытым и вечно немым ртом, с видом сомнамбулы, — а за ним по пятам бегут два огромных пса, один черный, как смоль, другой светлый, как солома, взявшиеся неизвестно откуда.

Но и голос Рафаэля тоже сделался бродячим, как он сам. Он странствовал по всему свету, по городам и весям, перелетая через моря, леса и поля таким легким, почти беззвучным дуновением, что никто и не вслушивался в него — кроме тех, чья память была обожжена огнем, уста замкнуты безмолвием, а сердце надорвано горем. Скорбное дуновение плачущего ветра.

> Dunque, se stabilito hai pur nel core
> Di porre il piè nella città dolente
> Da te me'n fuggo e torno
> A l'usato soggiorno...

Это был даже не голос, а обрывки голоса, череда печальных отзвуков. Он молил, каждой своей неслышной нотой молил о сердце, готовом его выслушать, приютить и согреть.

Dunque, se stabilito hai pur nel core
Di porre il piè nella città dolente...

И те, что давали ему приют, этому жалобному голосу, неприкаянно скитавшемуся по свету, стоили не больше, чем он сам. То были люди, давно уже открытые всем ветрам, всем безднам и всем безмолвиям. Люди пепла и праха.

Долетел он и до Черноземья. Целые дни напролет он витал над Верхней Фермой, шепча за окнами и у стен, а потом, однажды ночью, проскользнул под дверь, внутрь. Он пролетел по комнатам, поднялся по лестницам, проник в спальни. Но не нашел доступа в сны усталых, забывшихся людей. И только один из них услыхал его. Правда, этот человек не спал, он просто молча сидел на низкой скамье, почти у пола, крепко сжав голову руками.

Голос скользнул вдоль его спины, пронизав ее дрожью, достиг затылка и невнятным шепотком угнездился в голове. Человек вздрогнул, почувствовав, как ледяной холод поднялся от поясницы к затылку, а оттуда ко лбу. Разжав руки, он удивленно поглядел вокруг, точно человек, внезапно пробудившийся от долгого сна.

За окном стояла ночь. Прекрасная, непроницаемо черная и, в то же время, прозрачная ночь, усеянная в высях небесных живыми переливающимися звездами. В комнате было темно. Он прислушался. Но голос больше не звучал, он уже влился в его кровь. Однако ему послышался другой шум, доносившийся из спальни Полины и Батиста. Женский стон. Он медленно встал, утвердился на ногах. Потом разулся и бесшумно покинул комнату. Спустился по лестнице, вышел из дома, прикрыл за собой дверь. Ночь и впрямь была редкостно красива ледяной прозрачной красотой. Войдя в амбар, он принялся искать. Сейчас он лучше, чем когда-либо, видел в темноте. Наконец он вышел, засовывая в карман бумажный сверток. И направился к Лесу Мертвого Эха. Его золотистая тень витала вокруг хозяина. Он шел босиком, с обнаженной головой, в одной полотняной рубашке.

> ...Da te me'n fuggo e torno
> A l'usato soggiorno...

Холода он не ощущал. Холод тек в его жилах вместе с кровью, вместо крови. Он вошел в лес. Здесь царила кромешная тьма, но он явственно видел каждую травинку, каждую чешуйку коры, каждого жучка. Ночь стояла в его глазах. Он отыскал лужайку. Остановился, сел, прислонясь к шершавому выступу скалы. Вынул из кармана бумажный пакетик, развернул его и принялся есть, щепоть за щепотью, красные зерна. Он жевал их до тех пор, пока его рот не окрасился багровой пеной, а к сердцу не подступила тошнота. Потом он упал на бок, головой в мох. Он лежал среди влажных листьев и засохших ветвей, и по лбу его струился пот.

НОЧЬ ПОГЛОЩАЕТ НОЧЬ

Женщина встает из сплетения корней.

На ней платье цвета спекшейся крови. Красной крови, ржавой крови.

Она покачивает бедрами на ходу.

Он видит ее со спины.

Он не видит ничего, кроме нее; она загораживает ему весь вид.

Он видит только это — ее бедра, и впрямь великолепные; они маняще колышутся при ходьбе под кроваво-красной тканью, которая мягко струится, подчеркивая их изгибы.

Она опускает руки в карманы, роется,
достает разные вещи.

Множество вещей,
которые выбрасывает на ходу.

Здесь ленты, ключи, серебряные приборы, подсвечники, зеленые и лиловые шарики, женские волосы, перчатки, фрукты, женские туфли, серпы.

Столько вещей, и, однако,
карманы красного платья по-прежнему кажутся пустыми.

Женщина продолжает бросать вещи
и все время загораживает ему вид.

———

Поднялся ветер. Ужасный ветер.
Небо почернело, его испещрили длинные
облака —
лежачие, цвета шафрана.
Человек очень высокого роста, сгорбленный, шагает на горизонте,
на фоне неба.
Он несет на плечах мужчину,
хотя, может быть, это и женщина.
Наверное, им приходится бороться со встреч-
ным ветром.

Женщина в красном платье исчезла.
Так и не показав ему лица.
Напоследок он выбросила из карманов
фотографии
и маленькие каменные фигурки.
И потом еще лампы,
лампы из стекла и цветной бумаги,
которые мерцают тусклыми оранжевыми
пятнышками
в черной траве.
Как блуждающие огоньки.

Вокзал. Ночь.
Обыкновенный деревенский вокзальчик.
Подходит поезд —
паровоз и длинная череда вагонов.
Состав так велик,
что не умещается вдоль платформы.
Последние вагоны
стоят прямо в чистом поле.

Это старые деревянные вагоны, запертые же-
лезными шкворнями. Вагоны для скота или,

может быть, просто товарные. Паровоз свистит и пыхтит, выпуская грязно-белые — пепельные — тучи пара, и они плывут вдоль его черных боков. Дым идет отовсюду из под брюха паровоза из-под вагонов от шпал из травы. Он стелется по пустынной платформе а паровоз жалобно ревет / Стены вагонов зашевелились точно бока запыхавшихся животных и вспучились / Деревянные планки трухлявые покрытые лишайником черным от копоти задрожали и тихонько треснули / Глаза тысячи глаз блестят в щелях У всех одинаковый взгляд Единый взгляд расширенный пустой застывший

Он бежит вдоль вагонов
В пепельном дыме
его руки шарят по влажным стенкам
дерево так прогнило так трухляво
что кажется мягким как масло
он пытается вернуться в вагон
но не находит ни окна ни двери
он заглядывает в щель между планками
но видит все время
одно и то же
взгляды без лиц
и жесты без тел
затерянные в пустоте ночи
и все одинаковые
он не находит того что ищет
тех кого ищет
своих

Он входит в Город большой Город он попадает в него по реке на чем-то вроде плота такого плоского что его ноги все время на уровне воды черной воды мутной от ила в которой ничего не отражается вокруг одни только руины и пепел стены домов нелепо накренились и вдруг бесшумно обрушиваются здесь царит абсолютная тишина вдали на мосту он опять замечает человека который несет на сутулых худых плечах мужчину или быть может это женщина оба сгорблены и тощи их костлявые черные силуэты неуклюже двигаются в пустоте а за ними или навстречу им шагают скованной походкой такие же другие его плот потихоньку скользит по течению в кисловатых запахах грязной холодной воды от моста к мосту он видит все того же человека и ту же сцену

От моста к мосту темнота сгущается
а его боль растет
Там, у него в груди, у него в животе
горит
пылает
жжет
Маленькие красные зернышки
занесли ему огонь
в кровь
и в плоть
Он катается по земле
жестокие судороги скручивают его тело
Вот уже начались конвульсии
Плот кружится вокруг своей оси в невидимом водовороте внезапно тысячи шумов сотрясают город колокола гудят вовсю хлопают ставни свистят поезда проносящиеся по железным мостам пронзительно звенят трамваи

пробираясь по узким улочкам воют на луну
собаки плачут младенцы кричат мужчины и
женщины голосят сирены но весь этот гвалт
вскоре заглушает один только стук каблуков
женщины
      торопливо идущей по туннелю
стук каблуков и звонкое эхо стука
ее глаза затуманены потом
и в них расплывается любой образ
образы смешиваются сплетаются уничтожают
    друг друга
он чувствует как тяжелеет его тело
напитанное грязью ночного мрака
с этим адским огнем внутри
земля качается все куда-то летит
он катится вниз обдирает плечо о выступ скалы
и вся мешанина из пережеванных красных зе-
    рен ставшая жгучей лавой
поднимается к горлу заполняет рот и он при-
    никнув лбом к камню извергает рвоту
долго
красную пережеванную мешанину
Красное платье женщины с манящими бедрами
что танцует на пустынной площади
пот струится по его телу
он царапает пальцами землю
он хочет пить
он кусает землю
или свой кулак
он уже не понимает
Снова с неожиданной силой встает ветер
но теперь уже в его
только в его теле

Он видит книгу
огромную
в черном кожаном переплете
книгу большую как человек
книгу с мужскими плечами
книгу охваченную конвульсиями
Книгу
всю гудящую от ветра
от его то низких то пронзительных завываний
корчится извивается
как больное животное
Хлопают ее страницы
ветер обдирает слова
истекающие слюной черной кровью

Это течет у него изо рта. Он хрипит. Ему
    больно. Ему чудится будто он говорит зо-
    вет называет. Ничего этого нет. Он хрипит
    извергает слюну рвоту. Черную вязкую
    кровь.

Он снова переворачивается на спину задыха-
    ясь пытаясь держать глаза открытыми.

Ночь. Пожирает ночь.

Лужайка тихонько кружится — большая кару-
    сель деревьев и животных что везут на себе
    безумных детей фантастические силуэты.

К ледяному поту примешивается другая вода,
на сей раз жгучая. Слезы.

И вот старый человек. Золотая Ночь-Вол-
        чья Пасть,
        плача, зовет свою бабушку.
        «Виталия! Виталия!..» —
шепчет он, как будто одно лишь это старинное
    имя не умерло, не поддалось забвению.

Оно тут, это имя, совсем близко, теплое, родное; оно отвечает: «Я здесь. Спи. Спи спокойно...»
и укрывает его золотистой тенью.

И из-под его затылка, как раз в том самом месте, где он рыл,

кусал землю,

у подножия скалистого выступа,

выступила вода.

Светлая, прохладная вода

которая омыла его голову

омыла лицо

освежила рот

«...Спи, родненький, спи, мой маленький...» — повторяет голос Виталии.

В тот же час, когда на лужайке Леса Мертвого Эха, из-под головы Виктора-Фландрена Пеньеля, по прозвищу Золотая Ночь-Волчья Пасть, забил источник, там, на Верхней Ферме, Полина произвела на свет своего второго ребенка.

Это был мальчик. Красивый мальчик, полный жизни и сил, со всклокоченными волосами цвета меда и янтаря. Он издал протяжный крик, подобный звуку трубы, и весело задрыгал ручками и ножками в воздухе, куда его поднял отец, словно заранее отметая от себя все мрачные тени прошлого.

Ему дали имя Шарль-Виктор.

Он был самым младшим в роду Пеньелей. Первым послевоенным ребенком. Ребенком, родившимся после всех на свете войн. Тем, на ком закрывалась Книга Ночей — Книга Имен и Криков.

Но книга закрывается не для того, чтобы закончиться, умолкнуть

Последнего слова не существует. Не бывает последнего имени, последнего крика.

Книга просто перевернулась. И теперь ее нужно будет листать в обратном порядке, до первой страницы, а потом начать сначала. Только с другими именами, с другими лицами.

Шарль-Виктор Пеньель, тот, кого позже назовут Янтарной Ночью, родился, чтобы, в свой черед, бороться в ночи. В полуночи Ночи.

ОГЛАВЛЕНИЕ

Литературно-художественное издание

Сильви Жермен

КНИГА НОЧЕЙ

Идея и оформление серии *Вадима Назарова*
Ответственный редактор *Алексей Балакин*
Художественный редактор *Павел Борозенец*
Технический редактор *Любовь Никитина*
Корректор *Вера Дроздова*
Верстка *Максима Залиева*

Подписано в печать 15.12.99.
Формат издания 84×90^1/$_{32}$. Печать высокая.
Тираж 10 000 экз. Усл. печ. л. 15,40.
Заказ № 1933.

ЛП № 000029 от 04.11.98.
Издательство «Амфора».
197101, Санкт-Петербург, ул. Льва Толстого, д. 19.
E-mail:zalcman@mail.ru

Отпечатано с готовых диапозитивов в ГПП «Печатный Двор»
Министерства РФ по делам печати, телерадиовещания
и средств массовых коммуникаций.
197110, Санкт-Петербург, Чкаловский пр., 15.